# キッチン風見鶏

森沢明夫

ハルキ文庫



角川春樹事務所

目次

# キッチン風見鶏

# プロローグ

広々とした港の公園に、初夏の風が吹いた。

木陰《こかげ》のベンチに腰掛けているぼくの頭上からは、さらら、さらら、と若葉の葉擦《はず》れの音が降ってくる。

ふと、足元を見た。

お気に入りの赤いナイキのスニーカーの周りで、はちみつ色をした木漏《こも》れ日が戯《たわむ》れるように揺れていた。

水曜日の午後——。

よく晴れた空に、飛行機雲がすうっと伸びていく。

噴水の周りでは、幼稚園の制服を着た子供たちが歓声をあげ、その手前をトイプードルを連れた大学生らしき女性がのんびりと歩いている。腕を大きく振ってウォーキングする老人も、ベンチで缶コーヒーを飲んでいる力仕事系のお兄さんも、みな、それぞれいい風に吹かれて気持ち良さそうに見える。

緑色のベビーカーを押す若い母親が、ぼくの目の前を通り過ぎたとき、近くに停泊している外国船が汽笛を鳴らした。

ぼーーーーう。

耳心地のいい重低音は、ぼくの家があるこの港町から、新緑の山の手に向かって一気に駆け上っていく。

「さてと」

汽笛を合図にしたかのように、ぼくはベンチから立ち上がった。もはや居ても立ってもいられないので、散歩でもしようと思ったのだ。

てくてくと岸壁の柵に沿って歩き出す。

今日の海は、いつもより青々としていた。抜けるような五月の青空を映しているのだろう。

コンクリートの岸壁には小さな波が当たって、たぷん、たぷん、と甘い音を立てている。

この音を聞くと、なぜかぼくは心が安らぐ。昔からそうだ。

そうだ。安らごう。もっと落ち着こう。どんなに心配したところで、結果は変わらないのだから——。

自分に言い聞かせながら、「ふう」と息を吐いて呼吸を整える。

公園の隅っこを見遣ると、いつもの場所にアイスクリームの移動販売車が来ていた。ピンクと白のストライプで彩られた、わりと派手な車だ。

大好きなキャラメルチョコチップでも食べれば、緊張で固くなった心も甘く溶けて、少しは落ち着くかも知れない――。

　そう思ったぼくは、歩幅を広げて歩き、移動販売車の前の列に並んだ。列といっても、ぼくの前にいるのは二人だけだけれど。

　前の前の人は、チョコミントを買った。

　前の人は、ストロベリーミックス。

　そして、いよいよぼくの番になったとき、

「おや、久しぶりに来てくれたね」

　見慣れた店員が、にっこりと笑いかけてきた。

　ワイン色のベレー帽に黒縁《くろぶち》メガネをかけたおじさんだ。

　以前から思っていたのだが、この人は、どこか昭和の漫画家を彷彿《ほうふつ》とさせる。年齢は、そろそろ還暦《かんれき》といったところだろうか。

　ずいぶん昔から通っているのに、はじめて話しかけられたぼくは、ちょっと慌ててしまって、

「えっ？　あ、すみません。最近、ちょっと忙しかったというか」

　と、尻切《しりき》れな返事をしてしまった。

「仕事？」

「まあ、はい、そんな感じです」

「このご時世、忙しいのはいいことだよね」

「はあ……」

ぼくは曖昧《あいまい》に頷《うなず》くしかない。

「で、今日も、キャラメルチョコチップかな？」

漫画家みたいなおじさんが、親しげな目をこちらに向ける。

「えっと……」

それでお願いします――、と言いかけたとき、ジーンズのヒップポケットで、ブーン、と音がした。

スマートフォンが振動したのだ。

き……、来た。

ぼくは緊張のあまり、息を吸ったまま吐くのを忘れてしまう。

「あ……」

声にならない声を出しながら、ヒップポケットからスマートフォンを抜き出した。慌てていたから、危うくコンクリートの地面に落としそうになった。

液晶画面をチェックした。

着信の相手は……、週刊少年アスカ編集部――。

「き、来た……」

今度はしっかり声に出してしまった。

「え？」

と、漫画家みたいなアイスクリーム屋が、こちらを不思議そうな目で見る。

「あ、えっと、ちょっとすみません。やっぱり、いまのオーダーはなしで」

そう言って、スマートフォンの応答ボタンを押した。

「も、もしもし……」

に続けて、自分の名を名乗る。

生まれてこのかた、こんなに声が震えたのは初めてだった。

相手も、自らの名前と肩書きを名乗った。そして、こちらの反応をあえて愉《たの》しむかのような、妙にゆっくりとした口調で続けた。

「お忙しいところ、すみません。いま、お電話をして大丈夫でしょうか？」

「はい、大丈夫です」

「ええと、ですね」

「はい」

「今回、お電話を差し上げましたのはですね」

「はい」

「じつは、本年度の『週刊少年アスカ新人賞』にご応募いただいた作品についてのお知らせなのですが」

知ってるよ、そんなこと。早く、早く、結果を言ってくれ。

急《せ》き立つ内心とは裏腹に、ぼくは怯えたような声色で「は、はい……」と返事をしていた。

ふわり。

ふいに清爽《せいそう》な海風が吹いて、ぼくの前髪が揺れた。

途切れた会話――。

沈黙が、やけに長く感じられる。

スマートフォンを押し当てた耳の奥では、ドク、ドク、と鼓動が鳴り響いていた。

「ええと、結論から申し上げますと」

来た。

結論。

「…………」

ぼくはもう、返事すらできなかった。

「この度は――」

「…………」

残念ながら――という編集者の声が、頭のなかで聞こえた気がした。しかし、ぼくの耳は別の音を聞いていたらしい。

「おめでとうございます」

「え……」

周囲の世界から、すうっと音が消える。

頭のなかは真っ白だ。

そこから先の会話は、正直あまり覚えていないし、断片的に覚えている内容ですら、リアリティーがまるでない。

はい。あ、ありがとうございます。え？　あ、はい。嬉しいです。とても。それは、ええ、もちろん伺います。えっ？　担当編集者が、ぼくに……。はい。分かりました。ええと、ぼくはご連絡をお待ちしていれば？　あ、そうですか。はい。はい。お願い致します――。

そんな感じで、ぼくの口は、なかば自動的に動いていた感がある。

しかし、編集者が「それでは」と通話を切ろうとしたとき、ふと我に返って呼び止めた。

「あっ、あの……、すみません」

「はい、何でしょう？」

「えっと……」

「………」

「どうも……」

「は？」

「どうも、ありがとうございます」

電話をしているのに、ぼくは深々と頭を下げていた。

そのままゆっくりと顔を上げたら、斜め前にいたアイスクリーム屋と目が合った。漫画家みたいなベレー帽のおじさんが、細めた目でこちらを見ていたのだ。

「いえいえ、審査をしたのは私ではないですから」

電話の向こうでは、そう言って編集者がくすっと笑っている。

「いや、でも。本当に、これからよろしくお願い致します」

「はい。こちらこそよろしくお願いします。先生のご活躍に期待していますので」

は？　センセイ？　ぼくが？

「全力で、あの、頑張ります」

「ありがとうございます。では、追ってまたご連絡を差し上げますので」

「はい。ありがとうございます」

ぼくは、また頭を下げていた。

「それでは、失礼いたします」

プツ。

通話が切れた。

ぼくは、下げていた頭をゆっくり戻すと、ほぼ無意識にスマートフォンをヒップポケットに戻していた。

ポカンとしたまま、ふたたびアイスクリーム屋と目が合った。

「何か、いいことあったみたいだね？」

にっこりと細めた目でこちらを見ながら、小首を傾《かし》げている。

「え……」

「あれ？　いまの電話、いいことがあったんじゃないの？」

これが、いいこと？

反射的に、ぼくは首を横に振りそうになった。

いいことなんてレベルじゃない。

じわじわと気分がハイになってきたぼくは、必死に感情を抑えながら「ええ、まあ、はい」と小さく頷いてみせた。なんだか自分でも気持ち悪いくらいにニヤけているのが分かる。

「それはよかった」

だから、よかったなんてレベルのことじゃないんですって。

「ありがとうございます」

頭を下げずにそう言ったとき、ふとぼくの耳に、周囲の雑音が戻ってきた。

子供たちの歓声。噴水の音。遠くを行き交う車の排気音。樹々の葉擦れ。岸壁に当たる波の音。仔犬の鳴き声。おばちゃんたちの話し声――、それらすべての雑音が軽やかな音符になって園内を漂《ただよ》っている。

見慣れた公園。

通いなれたアイスクリームの移動販売車。

初夏の青い空。

ひらひらと光りながらたゆたう海原。

まばゆい新緑に萌《も》える樹々。

世界って——

こんなに明るかったっけ？

「で、アイスはいらないの？」

そう訊かれたぼくは、反射的に訊き返していた。

「あの、おじさん、漫画家みたいだって言われませんか？」

「え？」

「あ……、そのベレー帽と、黒縁メガネが」

「あはは。これ？」おじさんは、頭に乗せたベレー帽を触りながら小さく笑った。「とくに言われたことはないなぁ」

「そうですか」

「うん。でも、そう見える？」

「はい。ずっと前から、漫画家みたいだなぁって、思っていました」

「あはは。子供の頃、漫画を読むのは好きだったけどね」

苦笑しながら、眉《まゆ》をハの字にしたおじさんが、ふたたび言った。

「それより、アイスは？」

もちろん、食べるに決まっている。

「あ、じゃあ、今日も」

キャラメルチョコチップを——、と言いかけたとき、また外国船の汽笛が放たれた。

ぼーーーーーーーう。

スカッとするような、いい音色だ。

ぼくの未来を祝福するファンファーレが、まさに、いま、高らかに放たれた気がした。

「いつものキャラメルチョコチップかな？」

おじさんの声に、ぼくは「あ、いえ」と首を横に振った。

そして、ピースサインを返した。

いつもの、では済まさない。

いまのぼくは、もう、これまでのぼくではない。

リベンジを果たした男なのだ。

「今日は、ダブルでお願いします」

「え？」

「キャラメルチョコチップを、ダブルで」

「珍しいね」

「はい」

おじさんは、ひとりごとみたいに「なんだか、いいねえ」と言いつつディッシャーでキャラメルチョコチップをすくい取ると、手際よくコーンの上に載せた。そして、さらにふたつ目をすくい取りながら続けた。

「今日は、ずいぶんとおめでたいことがあったみたいだから、上のひとつはサービスさせてもらうよ」

「え……、いいんですか？」

「常連さんが泣くほど喜んでいるんだからね。これは私からのささやかなお祝いってことで」ふたつ目のアイスをしっかりと載せて、「はい、何だか知らないけど、おめでとう」とこちらに差し出してくれた。

ぼくは右手の親指で目の下を軽くぬぐうと、「えへへ。ありがとう……ございます」と潤《うる》みかけた声で礼を言い、シングルの代金を支払った。

大好きなキャラメルチョコチップ。

人生初のダブル。

ずっしりとしたこの重さ——、ぼくはきっと死ぬまで忘れないだろう。

「いただきます」

雪だるまみたいな二重のキャラメルチョコチップをかじった。唇についていた涙のしょっぱさと、いつもの濃厚な甘みが入り混じって、ちょっと変な味がした。

でも、この味もまた、きっとぼくは死ぬまで忘れないのだろう。

「いい顔して食べてくれるねぇ」

そりゃそうだ。いまのぼくには、いい顔以外は作れやしない。

なにしろ、死ぬ気で描いた作品の受賞が決まったのだ。しかも、プロとしてのデビューが約束され、担当編集者までついてくれることになったのだから。

「人生でいちばん美味《おい》しいアイスなんで」

「あはは。そいつは嬉しいな」

漫画家みたいな風貌《ふうぼう》のおじさんは、まさに、いまさっき漫画家になることが決まったばかりのぼくに向かって「なんならトリプルにしてあげようか？　ご馳走《ちそう》するよ」と微笑《ほほえ》んでくれた。

海の方からきらきらとまばゆい風が吹いて、ぼくの生乾きの頬を撫《な》でていく。

「本当ですか？　じゃあ、頂きます」

今日は、遠慮なんてしない。

ぼくは食べかけのダブルを、おじさんに向かって差し出した。

そして、胸裏《きょうり》でささやいた。

このアイスのお礼として、いつかきっと、おじさんのことを漫画のなかに登場させてあげますよ――。

ぼくはそう誓って、初夏の青い海風を胸いっぱいに吸い込んだ。

# 第一章　和牛の熟成肉

【坂田翔平】


深夜に降りはじめた雨が、朝には土砂降《どしゃぶ》りになっていた。

ここまで雨脚が強いとビニール傘などほとんど無力で、お気に入りのスニーカーはずぶ濡れだ。

遠い空では、淋《さび》しげな雷鳴が轟《とどろ》いている。

五月の雷も、まだ「春雷」のうちに入るのかな……。

ぼんやりとそんなことを考えながら、ぼくは安物の腕時計に視線を落とした。

出勤時間の午前九時三十分には、まだ十五分の余裕がある。

今日はこんな天候だから、少し早めに家を出てきたのだ。

ふいに、どん、と強い風が吹き付けてきた。

ぼくはビニール傘を風に向けて倒しながら、丘の上の住宅地へと続くまっすぐな並木の坂道を上っていく。歩道は洒落《しゃれ》たレンガ敷きで、大正ロマンを彷彿させるガス灯を模した街灯が立ち並んでいる。

ぼくの住むこの町は、いわゆる異国情緒漂う港町だ。晴れた日もいいけれど、しっとり濡れた雨の日も味わいがある。しかし、ここまでの豪雨では、もはや情緒もへったくれもない。

青い軽自動車がぼくを追い抜いて、坂の上に消えた。

今朝は荒天のせいか、いつもより車通りが少なかった。車道をよく見てみると、水深一センチほどの川のようになっていて、雨水が滔々《とうとう》と港町に向かって流れていた。

この坂は長い。

しかも、勾配がある。

二四歳にしてすでに運動不足なぼくは、いつも五合目あたりで息があがりはじめ、そして今日も六合目あたりで「ふう」と息を吐いた。

と、その刹那《せつな》――。

遥か坂の下から重低音が響いてきた。

港に停泊している外国船の汽笛だ。

晴れた日であれば、汽笛は坂の上の住宅地のさらに先まで心地よく響き渡っていくのだが、さすがに今日はそうもいかない。世界をみっちりと埋め尽くした濃密な雨音に押し潰されてしまうからだ。

背中が少し汗ばんできた頃、ようやく坂の九合目にたどり着いた。

ぼくは、びしょ濡れになったスニーカーのつま先を左へ向け、古い石畳の裏路地へと入っていく。

この路地を、ぼくは勝手に「ゲート」と呼んでいる。

なぜ「ゲート」なのかというと、ここに足を踏み入れた瞬間から、ぼくを取り囲む世界の「空気」が変わっていくからだ。にぎやかで瀟洒《しょうしゃ》な港町の雰囲気がすうっと薄れていき、一歩、また一歩と、歩を進めるごとに、どこか静謐《せいひつ》な夢のなかへと吸い込まれていくような、そんな奇々妙々とした気分になるのだ。

ざっくり言えば、異空間への入り口――。

そういう意味で、ぼくは「ゲート」と呼んでいるのだった。

「ゲート」の長さは五〇メートルほどで、いつもなら門番のように野良猫（とくに黒猫）たちが闊歩《かっぽ》しているのだが、雨降りの今日は、さすがに一匹たりとも姿を現さない。

ぼくは、いつものように「ゲート」の行き止まりまで歩いて、左を向いた。

目の前にちょこんと建っているのは、雨に濡れた小さな一軒家のレストランだ。ヨーロパの片田舎――、たとえば、南仏の丘の上あたりが似合いそうな可愛らしいレトロな建物である。

ひび割れの修繕痕《しゅうぜんあと》が残るクリーム色の塗り壁。

落ち着いた柿色をしたとんがり屋根。

てっぺんには、青銅《せいどう》色の古びた鶏が鎮座《ちんざ》している。

この店のシンボル「風見鶏」だ。

しかし「風見」とはまったくの名ばかりで、実際は、どの方向から、どんなに強い風が吹いても、この鶏は頑として風を見ようとはしない。ひたすら意固地に動かず、いつだって南斜面の向こうに広がる港町と海原を眺め下ろしているのだ。きっと丘の麓《ふもと》から吹き上げてくる潮風《しおかぜ》を永年浴び続けたせいで、根元の可動部が錆《さ》びて固まってしまったのだろう。

ぼくは、その小さなレストランの入り口の庇《ひさし》の下に入った。

足元のレンガもびしょ濡れだ。

ほとんど役立たずだったビニール傘を閉じ、それを茶色い陶器の傘立てに突っ込んだ。そして、古びた木製のドアを開け、「おはようございます」と言いながら開店前のフロアへと入っていく。

今日はちょっと挨拶《あいさつ》の声に張りがなかったかな……と自分で思ったとき、厨房《ちゅうぼう》から澄んだ女性の声が返ってきた。

「あ、翔平《しょうへい》くん、おはよう」

ぼくのアルバイト先である、ここ「キッチン風見鶏」のオーナーシェフ、鳥居絵里《とりいえり》さんだ。

年齢は、ぼくの八つ上。つまり、三二歳らしいけれど、そばかすの浮いた童顔と澄んだ声色のせいで、実年齢よりも五つは若く見える。

「今日、すごい雨ですね」

「うん、バケツをひっくり返したような雨って、このことだよね」

洗いざらしの白いコックコート（シェフが着る上着）とサロン（前掛け）姿の絵里さんが、厨房からカウンター越しに顔をのぞかせた。たったの二席しかない、おまけみたいなカウンターだが、常連さんは好んでこの席に座る。

「膝《ひざ》から下、びしょ濡れになっちゃいました」

ぼくは自分の穿いているジーンズを見下ろしながら言った。

「膝っていうか、腰まで濡れてるじゃん。早く着替えてきなよ」

絵里さんが苦笑したとき、ゴロゴロと胃のなかで響くような雷鳴が轟いた。その音に釣られて、ぼくらはフロアの南側にある大きな掃き出し窓の向こうを見た。不穏な黒い空と、ずぶ濡れのテラス席。たくさんのハーブが植えられた洋風の小庭は、豪雨で白く煙っている。晴天の日なら、その庭の遥か向こうに、ぺったりとした藍色の海原と港町のビル群を見晴らせるのだが、土砂降りの今日はまるで分厚い磨《す》りガラスでも見ているようだった。

「雷雲、近づいてきたのかな。さっきより音が大きくなったよね」

「そうみたいですね」答えながら厨房を振り向いたとき、ぼくは小さな違和感を覚えた。

「あれ、絵里さん、髪の毛が」

「あ、気づいた？」

「はい……」

「ちょっと気分転換にね。雰囲気、違うでしょ」

違うもなにも、一昨日までは肩甲骨《けんこうこつ》に達する長さの黒髪だったのに、今日は肩にも届かないボブになっていて、童顔にいっそうの磨きがかかっている。

「ちょっと、切りすぎたかな」

絵里さんは、毛先をつまみながら小首を傾げた。

こういうとき、気の利いた男だったら「いえ、素敵ですよ」とか「似合っていると思います」とか、そんな台詞《せりふ》を言えるのだろうけど、残念ながら、ぼくは昔からそういうタイプではないし、とくに今日はそんな気遣いなどできそうになかった。

「いえ、大丈夫……だと思いますけど」

自分で言っておきながら、大丈夫、というのはさすがに失礼な気がした。でも、元来のんきな性格の絵里さんは、さほど気にした様子もなく、口元をゆるめてくれた。

「そう？」

「はい」

「大丈夫？」

「はい」

「なら、よかった」

髪の毛の話題は、それで終わりになった。

「この雨と雷だと、今日は、お客さん、少ないかもなぁ……」

絵里さんは、窓の外を眺めながらぽつりと言って、短くなった髪を耳にかけた。

なんとなくだけど、ここ数日、絵里さんもテンションが低い気がしていた。髪を切って気分転換をしたくなるくらいだから、何か良からぬ出来事があったのかも知れない。ぼくは少し気になったけれど、そのことについてはタイミングが来たら訊いてみようと思う。

とりあえずは仕事だ。開店時間は待ってはくれない。

「じゃあ、ちょっと着替えてきます」

そう言ってぼくは厨房の裏にある六畳ほどのバックヤードに入り、黒い革靴、黒いズボン、黒い靴下、そして白いワイシャツに着替えた。びしょ濡れの靴下とジーンズは、針金のハンガーを使って壁にかけておく。

着替えを終えると、いつものように厨房脇にあるオーディオのスイッチを押した。フロアの天井近くに設置されたＢＯＳＥのスピーカーから、やわらかな波音が流れはじめる。キッチン風見鶏では、音楽の代わりに波音を流すことになっているのだ。それは季節が冬だろうが天候が雨だろうが変わらない。

フロアに出たぼくは、波音に包まれながらテーブルの上を台布巾で拭《ふ》き、カトラリーをチェックしていく。調理担当の絵里さんは、すでに厨房でランチタイムの仕込みに取り掛かっている。

絵里さんは、この店の三代目だ。若いけれど、先代から伝授された料理の腕は相当なものだと思う。なにしろ、ぼくが食べさせてもらう日々のまかない飯ですら、いちいち唸《うな》りたくなるほどのクオリティーなのだ。きっと幼少期から美味いものばかりを食べて育ったせいで、舌が肥え、結果、料理の才能も開花したのだろう。

ぼくが三つ目のテーブルを拭きはじめたとき、窓の外で、
ビシビシッ！

と鋭い音がして、閃光《せんこう》がフロアの奥まで照りつけた。そして、間髪いれずに轟いた雷鳴が、大きな窓ガラスを振動させた。

これは、近くで落雷があったかも……。

そう思った刹那――。

ふわり。

ぼくの前髪が幽かに揺れた。

閉め切ったはずの室内で、空気が動いたのだ。

一瞬、ぞくり、として背中が粟立つ。

フロア内に満ちていく、えも言われぬ異様な空気感。

それは「空虚の存在感」とでも言いたくなるような、妙に矛盾した感覚だった。裏路地の「ゲート」を歩いているうちに、どんどん深まってくるあの不思議な雰囲気が、ぎゅっと一点に凝《こ》って生まれるような――、そんな独特の存在感なのだ。

また、アレか……。

胸裏で嘆息しながら、ゆっくりとテーブルから顔をあげてみた。

もう、ぼくは、はっきりと分かっている。

アレのいる場所が。

いつもどおり、左手の壁際だ。

ちらり、とそちらに視線を送る。

やっぱり、いた――。

こいつはどういうわけか、雨の日によく姿を現す。しかも今日は、もの言いたげな雰囲気を醸《かも》し出しながら、じっとこちらを見詰めている……ような気がした。それは、ぼくの目には「ピンボケ写真」のように、ひどく曖昧な像として映るのだが、とりあえず人間の姿形をしていることは分かる。

かまわずテーブル拭きを再開した。

開店時間までにやるべき仕事が、まだ他にもあるのだ。いや、たとえ暇だったとしても、普段からぼくはなるべく関わらないようにしているし、そもそも関わりたい人間なんてそうそういないだろう。

なにしろ、そいつは幽霊なのだから。

◇　◇　◇

フロアにある四つのテーブルを拭き終えたぼくが、続けて小さなカウンターの一枚板を拭こうと思ったとき、今度は厨房から視線を感じた。絵里さんがまじまじとこちらを見ていたのだ。

「翔平くん」

「はい？」

「昨日、何かあった？」

「え？」前置きもなく、いきなり図星を指されたぼくは、一瞬、言葉を失ってしまった。

「な、なんで、ですか？」

「見てれば分かるよ。だってさ、今日は雨なのに翔平くんの出勤時間、いつもより五分くらい早かったじゃん。それってさ、あえて少し早く家を出ようと思ったってことでしょ。ってことは、朝から身体は元気だったはず。病気では、ない。それなのに、どことなく挨拶の声には張りがなかったし、わたしの髪型が変わったことに気づくのも遅かった。そういうの、いつもの翔平くんじゃないもん。それにさ——」

はじまった。絵里さんの特技ともいえる「自己流プロファイリング」だ。つまり、人の行動やその周辺をつぶさに観察し、分析し、推理し、言い当てる。

そもそも「プロファイリング」というのは、犯罪者を捜査するときに使われる「データをもとにした推理と分析」のことらしいけれど、絵里さんは、なんとなく自然と身についたのよね——というその能力を、お店に来てくれるお客さんの心身の状態を知るために頻用している。そして、お客さんひとりひとりの現状にぴったりと合った料理の素材、塩加減、油の量、食器の色などを提供しているのだ。しかも、その「プロファイリング」の能力たるや、とても素人《しろうと》とは思えないレベルで、ぼくはいつも驚かされているのだった。

絵里さんいわく、今朝のぼくは、出勤してからフロアで二度ため息をついていて、その二度とも、視線が一点を見詰めていたらしい。そういった行動は、どちらかといえば不幸せな出来事を思い出しているうえに、髪が少し脂《あぶら》っぽく、珍しく手ぶらで出勤してきたこともぎみの赤い目をしている人が見せるものなのだそうだ。しかも、今朝のぼくは寝不足気になっていたという。そして、それらのデータをもとに、こんなことを言うのだった。

「翔平くん、何かつらい出来事があって、昨日の夜はあまり眠れなかったでしょ。お風呂に入る気力も失せちゃうくらいの出来事だってことだよね。しかも、今日に限って、漫画を描く道具を持ってきていないってことはさ――」

「………」

もはや、ぼくは観念して黙っていた。

「このあいだ、わたしに読ませてくれた作品――」

ぼくは、浅いため息をついた。

そして、頷いた。

「はい。また、落選しちゃいました」

「そっかぁ……。あれ、すごくいい漫画だったのに」

絵里さんは、そう言って、自分のことのように肩を落としてくれた。

「やっぱり、そう甘くはないですね」

できるだけ軽い口調で答えてみた。でも、それがむしろ空々しい感じになってしまった気もする。

「本当に厳しい世界なんだね」

「みたいですね」

ぼくは他人事《ひとごと》のように答えていた。

「でもさ、翔平くんは大丈夫だよ。才能があるし。それにさ、あきらめない限りは、少しずつでも確実に夢に近づいていくんだから」

才能、か……。

曖昧に頷いたぼくは、ため息をこらえた。

何を隠そう、ぼくの夢は、子供の頃から漫画家になることだった。十八歳のときに山梨の田舎町から都会に出てきて、一人暮らしをしながら大学の文学部を卒業したけれど、漫画家になるという夢を捨てきれず、あえて就職活動をしなかった。みんながリクルートスーツを着て、あちこちの会社を駆けずりまわっているときに、ひたすらアパートにこもって各出版社の新人賞に応募するための作品を描き続けていたのだ。

もちろん、地元で小さな時計店をこつこつ営みながら学費を払い、仕送りまでしてくれた両親には、それ相応の罪悪感を覚えている。だからこそ、ぼくはどうしても両親に「就職活動はしなかった」とは言えず、ついつい「洋風料理のレストランを経営する老舗《しにせ》の企業に勤めたから、心配いらないよ」などと言ってしまったのだった。事実、キッチン風見鶏では洋風料理を出しているし、三代続く老舗だし、アルバイトとはいえフルタイムで勤めていることに変わりはない。だからぼくは嘘をついたわけでは、ない——と、思いたい。

「わたし、あの漫画、絵もストーリーも本当にいいと思ったんだけどなぁ。すぐに続きを読みたいって思ったし」

そう言って、真顔で慰《なぐさ》めてくれる絵里さん。そして、

「ありがとうございます。でも、まあ、仕方ないです……」

と、心とは裏腹な台詞を口にするぼく。

店内に流れはじめた微妙な空気を、やわらかな波音と、ゾッとするような幽霊の存在感が複雑にしていく。

なんだかぼくはたまらなくなって、絵里さんに気づかれないよう、そっとため息を漏らした。

絵里さんのプロファイリングどおり、ぼくは必死に描いた作品を、有名漫画誌の新人賞に応募していた。そして、その落選を知ったのが、つい昨日のことだったのだ。一人暮らしの部屋で心臓をバクバクいわせながら、応募した週刊漫画雑誌の「受賞作品発表ページ」を開いてみたのだが、そこにはぼくの名前も作品名も掲載されていなかった。電話連絡もこなかったし、ホームページをチェックしてみても、やっぱり駄目だった。大賞はもちろん、入選にも、佳作にも、審査員特別賞にさえも選ばれていなかったのだ。ようするに、箸にも棒にもかからない、というやつだ。

正直いえば、今回ぼくが応募した作品は、自分としてはかなりの自信作だった。物語の

起承転結はきれいに決まっていたし、徹底的にコマ割りを工夫して心地いいリズム感を出せたという自負もある。もちろん、人物も背景も丁寧に描いたし、主人公のキャラクターだって個性的かつ魅力的で、ページのなかを生き生きと動き回っていたはずだ。台詞も選びに選び抜いた言葉を並べ、句読点の位置ひとつとっても手抜きをしなかった。

自分で言うのもナンだけれど、魂を込めて描いたつもりだし、作品が完成したときは、歓喜のあまり、背中と両腕に鳥肌が立ったほどだった。もはや坂田《さかた》翔平史上、最高のクオリティーであることは疑いようもなかった。その上で――、用心深いぼくは、さらに念のため、過去の受賞作品と自分の作品を冷静に比較してみたりもした。結果、ひいき目なしで、ぼくの作品の方が優れていると判断していたのだ。

生まれてこのかた、ぼくはどちらかというと「控えめな性格の人」として人生を歩んできた。そんなぼくが、ここまで自惚《うぬぼ》れたのはとても珍しいことだと思う。そして、自惚れついでに、絵里さんに応募前の原稿を読んでもらったのだった。すると、まさにぼくの狙いどおり、絵里さんは前半でくすっと笑い、中盤にさしかかると物語に惹《ひ》き込まれて何もしゃべらなくなり、そして最後のシーンを読みながら、瞳をうるうるさせたのだ。その横顔を眺めつつ、ぼくは心のなかで密かにガッツポーズをとっていた。万一、この作品で落選したならば、もはやぼくには才能がないと認めるしかない。この際、すっぱりと筆を折ってやる――と、そんなことまで思っていたのだ。

ところが、いざ「落選」という現実を目の当たりにすると、それまでの自信や勢いはどこへやらで、すっぱりと筆を折るどころか、ぼくの脳みそは、さもしい言い訳を考えはじめる始末だった。

選者となった漫画家や編集者たちは、そもそも漫画を見る目がないのではないか？

あるいは、応募した雑誌との相性が悪かったのか？

他の雑誌のコンペだったら受賞していたのではないか？

あ、もしかして、原稿の送り先を間違えたか、自分の名前とペンネームを書き忘れていたとか？

でなければ、選者たちが、ぼくの作品に嫉妬したんじゃ……。

とまあ、そんな具合で、思いつく言い訳も、我ながら見苦しいほどに低レベルだった。

正直、これまでの人生、ぼくはとても多くのものを犠牲にしながら、夢を叶えるための努力を続けてきたつもりだ。結果として、長年こつこつ積み上げてきた「自信」という名のピラミッドを多少なりとも築きつつあった。しかし、今回の落選は、その小さなピラミッドすら土台から崩壊させそうな出来事となっていたのだ。

ぼくは、その崩壊をなにより怖れていた。「自信」を失うことと「未来」を失うことは、ぼくにとっては、ほぼ同義だったからだ。ぼくは、その「未来」を失わないために、ひたすら言い訳を考え続けていたのだと思う。

ところが、無理矢理ひねり出した低レベルな言い訳には、それぞれ「嘘の重さ」が備わっていた。つまり、言い訳をするほどに、ぼくの心は、その重さにのしかかられて、やがては耐え切れなくなり、たまらず重さを湿っぽいため息に変えて吐き散らかすのだった。そうしていたら今度は、ひとり部屋のなかでぽかんとしてしまった。背骨からするりと力が抜け落ちたようになって、ひとり部屋のなかでぽかんとしてしまった。

そんな具合だったから、昨夜のぼくには食欲などあるはずもなく、風呂に入る気力さえも失せていた。早々に布団に潜り込んでみても、ひたすら悶々とするばかりで、眠りたくとも眠れずにいた。まぶたが少し重たくなったのは、カーテンの隙間から乳白色の朝日が漏れはじめた頃のことだった。そして、ちょうどそのあたりから天候が荒れていき、大粒の雨に叩かれた窓ガラスがバラバラと悲しげな音を立てたのだった。

ぼくは布団のなかで、右手の中指の爪の付け根を撫でていた。そこにはパチンコ玉を半分にしたくらいの大きなペンだこがある。

報われない努力、か……。

胸のなかで自虐《じぎゃく》的につぶやいたぼくは、なんだか過去の自分に申し訳ないような気持ちになって、ペンだこをぎゅっと押した。独特の鈍い痛みが、永年、酷使《こくし》してきた中指の芯に沁みていく。

しばらくしてから訪れた眠りは、とても浅かった。

浅い眠りは、ぼくに妙な夢を見させた。

ひとけのない海辺のさびれた公園で、ぼくはエメラルド色の凪《な》いだ海原をぼんやり眺めながらブランコに揺られていた。そのブランコはずいぶんと錆び付いていて、漕ぐたびに、

きいこ、きいこ。

きいこ、きいこ。

とすり泣きみたいな音を立てた。

空はよく晴れているのに、世界はまるでモノクロ写真のようにうら寂しく、自分が大人なのか子供なのかすらも曖昧だった。とにかく、夢のなかのぼくは、とても心もとない存在としてブランコに揺られ続けていたのだ。でも、もう少しすれば「誰か」がこの公園にやってくる。そして、隣のブランコに乗ってくれる——そんな淡い期待を胸に滲《にじ》ませていた。そして、その「誰か」は、なんとなく、ぼくの理解者であるような予感がしていたのだ。

きいこ、きいこ。

きいこ、きいこ。

夢のなかのぼくは、錆びたブランコに揺られ続けた。

ざわ、ざわ。

ざわ、ざわ。

エメラルド色の凪いだ海からは、不安を搔《か》き立てるような潮騒が忍び寄ってくる。

ふと、背後に「誰か」の気配を感じた。

ぼくがゆっくり振り向いたとき、錆びたブランコの音が無機質なアラーム音に変わっていった。

それは、現実の目覚まし時計が発する機械音だった。

もう、朝か――。

生ぬるい布団のなかで薄く目を開けた。

目覚めてもなお、夢のなかで吹いていた潮風の湿度が、肌感覚として残っている気がした。

「ふう……」

ぼくは嘆息して、しばらくのあいだ薄暗い天井を見詰めていた。

いま目を閉じたら、ふたたび耳の奥の方で、潮騒とブランコの音がリアルにこだましてきそうだった。

背後に感じていた「誰か」の気配――。

あれは、いったい誰だったのだろう。

考えるのとほぼ同時に「落選」という言葉を思い出した。コップの水に一滴のインクを垂らしたように、心のなかに憂鬱《ゆううつ》が広がり出す。

バラバラバラ、と窓を叩く雨滴。

分かったよ。起きるよ。うるさいな。

声には出さず、窓に向かって文句をたれた。

それから二度、深呼吸をして、さらにひとつ伸びをしてから、のろのろと布団から這い出し、出勤の準備を整えた。

いつもなら、ぼくは帆布《はんぷ》製のショルダーバッグを斜めがけにして家を出る。バッグの中身は、使い慣れたペン類と二冊のノート。ノートは罫線《けいせん》のないもので、ふいに作品のネタやキャラクターなどのアイデアが降ってきたときのメモ用に一冊。もう一冊は、ランチタイム後の空き時間に、作品のラフを描くための「漫画ノート」として使っている。

しかし、今朝のぼくは違った。ショルダーバッグのなかから財布とスマートフォンだけを取り出すと、それぞれジャケットのポケットに突っ込み、そのまま手ぶらで出勤したのだった。

そして、いま――。

絵里さんが見事なプロファイリングでもって、昨日からのぼくの状況をあっさり見抜いてしまった、というわけだ。

また激しい稲光が窓の外で弾け、フロアに濃い影が落ちた。

間髪いれず、バキバキバキ、と大木をへし折るような轟音がして、掃き出し窓が震えた。

「ひゃっ」

絵里さんが短い悲鳴をあげる。

それをきっかけに、壁際に立っていたあの「雨の日の幽霊」の存在感が増した。ぼくはそちらを振り向かぬまま、カウンターテーブルを拭きはじめた。どうせ用事があるときは幽霊の方から勝手に話しかけてくるのだ。それまでは放っておけばいい。というか、もしも、こちらから幽霊に話しかけたとすると――、絵里さんの目には、ぼくが無人の壁に向かって一人で話しかけているように映ってしまう。さすがに、それはヤバすぎる。

この霊感体質のおかげで、ぼくは幼少期からひたすら肩身の狭い思いをしてきた。正直、大人からも子供からも薄気味悪がられたし、クラスでいじめられたことも一度や二度ではない。高校のときにようやくできた友達らしい友達も、気づけばフェードアウトするように遠ざかっていったし、大学時代にはじめてできた恋人には「やっぱり、ちょっと気味が悪いんだけど」と、それこそ幽霊でも見るような目で見られて、あっさりフラれてしまった。現在のぼくのこの内向的な性格は、つまりはそうやって形成されてきたのだ。

「いまの雷、すごい音だったね」

絵里さんが、両手で胸のあたりを押さえながら言った。

「雷雲、ほとんど真上にあるみたいですね」

「うちのお店に落ちたら、どうなるんだろう」

「うーん……、おそらくは」ぼくは、とんがり屋根の上を想像しながら続けた。「動かない風見鶏に直撃して」

その先は、絵里さんが言ってくれた。

「衝撃で、ついに動くようになったりして」

「ですね」

「それ、あるかも」

「あるいは、せっかく動いても、雷に焼かれて、鶏の丸焼きになっちゃうかも知れませんね」

「あはは。そっちの方がいいね。本日のメニューに加えておこうか」

絵里さんは小さく笑ったけれど、やっぱりいつもと比べると笑顔が曇っているように見える。

ぼくはカウンターテーブルを拭き終えた。

ちらりと壁際を見る。

雨の日の幽霊は、ひたすら黙ったままこちらを凝視していた。

「あ、そうだ。翔平くんさ、好きな歌ってある？」

厨房のなかの絵里さんが、前触れもなく話題を変えた。

「え、好きな、歌――ですか？」

「うん。聴くだけでテンションが上がるような、そういう歌」

絵里さんは口元に小さな笑みをためて、こっちを見ている。

「テンションが上がる歌……」少し考えてから、ぼくは答えた。「いや、とくに、思いつかないです」

「嘘。本当にないの？」

「どっちかというと、しっとりとしたバラードが好きなんで」

「じゃあ、バラードでもいいよ。ちょっとでも気分がよくなる曲、あるよね？」

「うーん」ぼくは、ふたたび思いを巡らせた。「たとえば、スピッツの『若葉』とか……ですかね」

「若葉？」

「はい」

ゆったりとしたテンポの、ちょっと甘酸っぱいような曲だ。テンションが上がるわけではないが、聴いていて気持ちがすうっと凪いでいくような気はする。

「それ、どんな曲？」

「どんなって……。きれいな弦楽器の前奏があって、スピッツですから、全体に甘酸っぱいような曲調で……」

「うん」

「聴いていると、なんだか、落ち着いた気分になれる感じです」

「へえ。ちょっと唄ってみてよ」

「え？」

「いいじゃん、ちょっとだけ。鼻歌でいいからさ」

絵里さんは、軽くウインクをしてみせた。こういう芝居がかった仕草を、ごく自然にやれてしまうのが、からっと明るい絵里さんのキャラクターだと思う。

「いや、そういうのは、ちょっと」

ぼくは首をすくめた。

「えー、いいじゃん。照れないでよ」

「歌、苦手ですし」

そもそも鼻歌というのは、相手に「はい、どうぞ」と言われて唄い出すものではないだろう。

「もう、シャイなんだから、翔平くんは」

「…………」

「じゃあ、今度、ネットで探して視聴してみようかな」

「そうして下さい」

「スピッツの『若葉』ね？」

「そうです」

「この、照れ屋さんめ」

ちょっと、からかうようにそう言って、絵里さんは視線を手元に落とした。そして、まな板の上に食材を並べ、洋包丁を握る。

ランチの準備に戻ったのだ。

絵里さんは、手を動かしながら、しゃべり続けた。

「翔平くんさ」

「はい」

「そういう気に入った歌があったら、鼻歌にして唄ってみて」

「え？」

「けっこういい気分転換になるからさ、鼻歌って」

さく、さく、さく、と、まな板の上から小気味いい音が聞こえてくる。ランチのサラダに使うアスパラガスを包丁で切っているのだ。

「気分転換、ですか」

「そう。くだらないって思うかも知れないけど」

「…………」

「騙《だま》されたつもりで試してみてよ」

別に、くだらない、とは思わない。

「絵里さん、よく鼻歌を唄ってますもんね」

「うふふ。うちのお母さんの遺伝だね」

そういえば、絵里さんのお母さん——つまり、亡くなった先代の奥さんである祐子《ゆうこ》さんも、絵里さんと同じく、とても陽気な人で、よく鼻歌を唄いながらお店にふらりと現れては仕事を手伝ってくれるのだった。

「でも、絵里さんみたいに所構わず唄ってると……」

ぼくがそこまで言ったとき、絵里さんが包丁を握った手を止めて小さく吹き出した。

「あはは。あれは、うっかりっていうか——、もう、ほんと、恥ずかしかったんだから」

じつは数日前の夕方、厨房で絵里さんが何気なく鼻歌を唄っていたら、いつの間にかカウンター席に着いていた常連客の手島《てしま》洋一《よういち》さんに「今日は、やけにご機嫌ですね」と笑いながら突っ込まれ、それにハッとした絵里さんは、珍しく赤面していたのだ。

「あんなに恥ずかしそうな絵里さんを見たのは、はじめてです」

手島さんは、おそらく絵里さんに気があるお客さんで、絵里さんも、そのことには気づいているように見える。

「だってさ」絵里さんがカウンター越しにこちらを見た。「唄ってた曲がアレだったんだもん。さすがに恥ずかしいじゃん」

あのとき絵里さんが鼻歌で唄っていたのは、童謡の『鳩』だったのだ。

「たしかに……」

ぼくが苦笑して、絵里さんが「でしょー」と言った瞬間——、
バキバキバキッ！

ふたたび大木をへし折るような雷鳴が轟き、窓ガラスが激しく震えた。

近くで落雷があったに違いない。

絵里さんは厨房で「ひっ」と小さな悲鳴を上げて、肩をすくめた。

同時に、ぼくの首筋には、ちりちりと鳥肌が立っていた。

いっそう気配を増した壁際を、ちらりと横目で窺う。

幽霊の像が、いつもよりはっきりと浮かび上がっていた。

短く刈られた白髪。浅黒い顔。表情までは読み取れないが、ゆったりとした白っぽい服を着ていることは分かった。老齢のわりに、身体つきはがっちりとしている。

ほら穴みたいな双眸《そうぼう》が、まっすぐこちらに向けられていて、いまにも話しかけてきそう

な雰囲気だ。

そんなにアピールされても駄目だ。無視しよう。

ぼくは厨房で固まっている絵里さんに視線を戻して言った。

「いまの雷、近くに落ちたんじゃないですかね」

「やっぱり落ちたかな……。わたしさ、雷って、子供の頃から苦手なんだよね。早くどっかに行ってくれないかなぁ」

眉をハの字にした絵里さんは、雨に霞むテラス席を眺めながら、ちょっと大げさに嘆息してみせた。

◇　◇　◇

この日のランチタイムは、絵里さんの予想どおりとなった。

悪天候のせいで、お客さんの数が、いつもの半分にも満たなかったのだ。

とはいえ、絵里さんのプロファイリングに手抜きはなかった。お客さんが席に着くなり、絵里さんは愛嬌《あいきょう》たっぷりの笑みを浮かべて「いらっしゃいませ」とカウンターの中から声をかけると、そのままさりげない感じで「今日は雨がすごいですね」とか「苦手な食材はありますか？」とか「先週もいらして下さいましたよね？」などと軽い世間話をはじめる。

会話の時間は、平均すると三十秒ほどだろう。しかし、その短い時間にもかかわらず、絵里さんは、お客さんの顔色、服装、声の張り、化粧のノリ、爪の手入れ、靴の汚れ、同伴者との関係など、信じられないほど多くの情報を収集してしまう。そして、それらの情報をもとにして、ランチの味付けの濃さから器の色まで、お客さんに合わせて変えていくのだ。

プロファイリングをしているときの絵里さんは、やわらかな微笑みを浮かべているけれど、その横顔はとても凛々しく見える。ようするに、ぼくの目には「プロ＝職人」として格好よく映っているのだ。本人は気づいていないかも知れないが、プロファイリング中の絵里さんは、まばたきをしない。そういうところがまた、玄人《くろうと》っぽくていいなぁ、と思う。

この日のランチタイムの最後に席を立ったお客さんは、白髪の老婦人だった。年齢は七〇歳くらいだろうか。小綺麗な身なりをした一見《いちげん》さんだ。この年代の女性が一人ぼっちで来店するのは、わりと珍しい。

ぼくはその老婦人の会計を済ませ、出口まで見送りに出た。

「ありがとうございました。またいらして下さい」

言いながらドアを開けたぼくは「こちらでしょうか？」と傘立てから上品な桜色をした傘を抜き取り、そっと手渡した。

「それよ。どうもありがとう」

「いえ」

「ランチのお肉、噂《うわさ》どおり、さっぱりしてて、びっくりするくらい美味しかったわ」

老婦人は、目を細めるようにして微笑んでくれた。

いい顔。

その表情を見て、ぼくの口元も自然とゆるむ。


お客さんが来店したときよりも、帰るときの方が「いい顔」になっていれば、合格――。


それが、初代から伝わる「キッチン風見鶏」のモットーなのだ。

「お気をつけてお帰り下さい」

「どうもありがとうね。ごちそうさまでした」

桜色の傘をさして雨のなかへと歩き出したこの老婦人は、きっとリピーターになってくれるだろう。ぼくは確信しながら、その後ろ姿をしばらく見守り、やがて店内へと戻った。

「ランチタイム、お疲れさまでした」

厨房の絵里さんに、いつもどおりの声をかける。

「はーい、翔平くんもお疲れさま」

絵里さんが食器を片付けながら返事をくれる。

「最後のお客さん、びっくりするくらい美味しかったって言ってくれましたよ」

「ほんとに？　よかったぁ」

「あのお客さんに出した料理は、どこを変えたんですか？」

ぼくはプロファイリングの内容について訊ねた。

「どこだと思う？」

「うーん、サラダ、ですかね……」

「おっ、正解。よく分かったね」絵里さんは、ちょっと目を細めて続けた。「あのお客さんね、椅子に座った瞬間、小さくため息をついたの。背中も丸まってて少しお疲れみたいだったから、お肉の消化を助ける酵素のある大根をサラダに加えたの。あとは、お肉のタレに使う生姜《しょうが》を少し多めにしたりしてみたんだよね」

なるほど。生姜もまた消化を助ける食材だと、以前、絵里さんに教えてもらったことがある。

「あとはね、いつも以上にしっかり筋切《すじぎ》りをして、お肉も薄めにスライスしてお出ししたかな。フライパンで焼いたときに出る脂も、キッチンペーパーでなるべく拭き取っておいたんだよね。お年寄りに脂はもたれるから」

絵里さんは、お客さんひとりひとりにたいしてここまでするのだ。リピーターが多いのも当然だと思う。

ちなみに、この店のいちばんの売り――というか、人気の食材は、今日のランチでも使った和牛の熟成肉だ。目利きの肉屋さんが仕入れる赤身肉を、数週間かけてじっくりと熟成させ、旨《うま》み成分のアミノ酸を倍増させたものだという。もちろん、ひと口に「熟成」といっても、ただ肉の塊を寝かせるだけではない。絵里さんに聞いたところによると、赤身肉を「ドライ・エイジング」専用の熟成庫に入れ、温度を一〜二度に、湿度を七〇〜八〇パーセントに保ちつつ、肉の表面に必要な菌を付着させる。その後は、ひたすら庫内で強い風を浴びせながら、数週間かけて無駄な水分を飛ばしてやるのだそうだ。

そこまで手をかけた肉と、絵里さんのプロファイリングが掛け合わせられるのだから、あの老婦人が「びっくりするくらい美味しかった」というのも頷ける。

「かなり喜んでくれていたんで、きっとリピーターになってくれますよ」

「だといいなぁ。あのおばあさん、感じがよかったもんね」

こういうとき、いつもの絵里さんなら、にっこりと愛嬌のある笑みを浮かべるのだけれど、今日は少しばかり違った。口角をわずかに上げただけで、雨に煙る窓の外を静かに眺めたのだ。

ふと何かを思い出して、物思いに耽《ふけ》ってしまった——。

そんな感じの横顔だ。こういうことが、ここ数日、続いている。

「あ、そうだ、トイレットペーパーが少なくなっていたんで、交換してきます」

そう言って、ぼくはそそくさとトイレに向かった。いつもと様子の違う絵里さんに、かけるべき言葉が見つからなかったのだ。

掃除の行き届いたトイレに入り、後ろ手にドアを閉めた。

「ふう」

と、ひとつ息をつく。

天井から吊るされたレトロな笠のついた黄色い電球が、なんとなくいつもより暗く感じられた。

漫画の落選でぼくが落ち込んでいるときに、いつもはカラッと明るい絵里さんまでテンションが低いなんて……。

二人そろってこの調子では、店全体の雰囲気が鬱々《うつうつ》と沈んでしまうのではないかと心配になる。しかも、その暗い空気がぼくの心にもじんわりと沁みて、いっそう胸が重たくなってきそうだ。

とりあえず、いま、ぼくにできることは何だろう？

トイレのドアに背中をあずけたまま考えてみた。

思いついた答えは、ひとつだった。

空元気《から》を出すこと。

ぼくなりに。

まったくもって芸のない答えだけれど、とりあえず「よし」と口に出してみた。

そして、ドアから背中を離すと、少なくなっていたトイレットペーパーを取り替えようと、木製の棚からロール紙をひとつ手にして、スピッツの『若葉』を鼻歌で唄いはじめた。

空元気を出すにあたって、絵里さんのおすすめを試してみようと思ったのだ。もちろん、決してドアの外に漏れ聞こえることのないよう心を砕きつつ、とても、とても、小さな声で。

と、その瞬間——、
ぞくりとするような湿っぽい気配を背中で感じた。

上半身にザザと鳥肌が立つ。

狭いトイレのなかの空気圧が、一瞬にして高まった気がした。

来た。

あいつだ……。

振り返ると、すぐ目と鼻の先に、雨の日の幽霊が立っていた。

「……！」

あまりにも距離が近かったから、ぼくは驚いて、思わず洋式の便器にストンと尻餅をついてしまった。

この幽霊は、閉め切っていたドアを音もなくすり抜け——というか、半分だけすり抜けていた。ようするに、身体の前面だけがドアの内側にあるのだ（背中やお尻はドアの外だろう）。そして、相変わらずほら穴みたいな双眸で、じっとぼくを見ている。

「あの、何か用ですか？」

便器に座ったまま、ぼくは鼻歌と同じくらい小さな声で訊いた。

もちろん、用があるから、こんなところに出てきたのだ。それを知りつつ、あえて訊いた。ずっと黙っていられても困るし。

そして、訊ねたからには、こちらも意識を集中させて「心の耳」を澄ましてやった。

幽霊の「声」というのは、ほとんどの場合は耳で聞く「音」ではなく、心のなかに思念がすっと染み込んでくるような感じで伝わってくる。だから、こちらが意識を集中させて、ラジオのチューニングを合わせるように、幽霊との「心の周波数」（のようなもの）を合わせてやるのだ。それをちゃんとやらないと、どうにも彼らの「声」が聞き取りづらくなり、こちらに伝わってくる情報が断片的になってしまう。一方、ぼくが幽霊に向かって「話す」ときは、思念を送るより、むしろ実際の「声」の方がきっちりと伝わるのが不思議だ。結果、ぼくが幽霊としゃべっている様子を他者が見ると、誰もいない空間に向かってひとりで話しかけているように見えてしまうのである。

雨の日の幽霊が、すうっと移動し、ドアを完全にすり抜けてきた。

そして、かすかに口を開いた。

《絵里……理由……訊いて……ひとりぼっち……悩み……欲しい》

正直に言うと、しばしば顔を合わせているこの幽霊とぼくは、あまり会話の相性がよくないらしい。意識を集中してみても、なかなか心の周波数が合わず、いつもこの程度の情報しか伝わってこないのだ。とはいえ、毎回、伝えたい内容を推測できるくらいの情報は伝わってくる。だから、ぼくはこう訊いてみた。

「ようするに、絵里さんがひとりで悩んでいるから、その理由を訊いてあげて欲しい――そういうことですよね？」

雨の日の幽霊は、わずかに頷いた。

「分かりました。じゃあ、後で訊いておきます」

《必ず……》

「はい」

ぼくも頷き返した。

雨の日の幽霊は、ホッとしたような雰囲気を漂わせると、足元から徐々に透明になっていき、数秒で全身を霧散《むさん》させてしまった。

完全に消え失せると、圧のかかっていたトイレのなかの空気が緩《ゆる》んだ気がした。電球の明るさも、元に戻ったように見える。

「はあ……」

幽霊との会話に軽い疲労を覚えて、思わず嘆息した。

ぼくの見立てでは、雨の日の幽霊は、絵里さんの守護霊というわけではない。この店、もしくはこの土地の地縛霊《じばくれい》だ。それなのに、ことあるごとに絵里さんに向けたアドバイスをぼくに託そうとするのだった。たとえば、このお客はクレームを言いそうだから扱いに気をつけろとか、もうすぐ地震が来るから食器棚のワイングラスが落ちないよう注意しろとか、風邪で熱があるから今日は店を閉めて休めとか、ときにはフライパンにバターをもっと多めに入れろとか、そんなことにまで口を出す。そして、そのアドバイスは得てして正しいうえに善意が込められているから、絵里さんはこの幽霊にずいぶんと救われてきたと思う。

ただし、問題もあった。幽霊からのアドバイスを、ぼくがどう絵里さんに伝えるべきか。そこがいつも難しいのだ。何も考えず、そのままストレートに伝えでもしたら、ぼくはあっという間に「預言者」として祭り上げられてしまうだろう。そして、またしても「怪しいスピリチュアル系」「ヤバい奴」「怖い人」「イカれたお兄ちゃん」「宇宙人」などとレッテルを貼られて、最悪の場合、解雇されてしまうかも知れない。

もちろん、絵里さんは、そういうタイプの人ではないと思いたい。けれど、ぼくは過去に、何度も、何度も、そうやって痛い目に遭ってきたのだ。この人なら絶対に大丈夫。ぼくを受け入れてくれる。信じてくれる。そう確信していた人でさえも、最後は、それこそ幽霊でも見るような奇異な目をぼくに向けながら去っていった。実の親ですら、何度かぼくを総合病院の精神科に連れて行こうとしたくらいだから、他人が離れていくのは仕方のないことかも知れないけれど。

ぼくは、もう、他者に理解されないことには慣れていた。

なにしろ幼少期からずっと、それがふつうだったのだから。

しかし、どんなに心を無にしてみても、孤独に慣れることだけはできなかった。その理由は、じつにシンプルだ。

孤独こそが、この世の地獄だから――。

そのことを身をもって思い知らされてきたぼくは、自分の能力を隠すためなら何だってするし、いつだってそのために心を砕いてきた。これから先も、ひたすら用心深く生きていくことになるだろう。

ひとりぼっちにだけは、なりたくないから。

ぼくはトイレから戻り、厨房に入った。

絵里さんの隣に立ち、ランチ後の食器洗いを手伝う。

「あの、絵里さん」

「ん？」

絵里さんが、チラリとこっちを向いて、一瞬だけ目が合った。

「ええと、凹《へこ》んでるいまのぼくが言うのも何なんですけど」

「え、なあに？」

ぼくが冗談を言うとでも思ったのか、絵里さんは、くすっと笑った。

「最近の絵里さん、なんか、いつもより元気がないっていうか……」

「え……」

「あ、いや、ぼくの思い過ごしならいいんですけど。でも」

絵里さんは、洗剤のついた手を水で流すと、濡れた食器を布巾で拭きはじめた。ぼくが洗って水で流し、絵里さんが拭いて棚にしまう、という流れ作業に入ったのだ。

それから絵里さんは、考え事でもするような顔で、少しのあいだ口を閉じたまま黙々と食器を拭いていた。こういう不自然な間を作るのは、普段の絵里さんにはあまりないことだった。

やっぱり、何か、があるのだ。

雨の日の幽霊が心配するほどの、重大な何か、が。

ぼくは食器を洗いながら、ちらりと絵里さんの横顔を見た。口元と頬に、どことなく不自然な力が入っているように見える。

と、そのとき、

絵里さんの口が動きはじめた。

「あのね――」

「あ、はい」

ぼくは手を止めて、絵里さんを見る。

「じつは、まだ、誰にも言ってないんだけどね」絵里さんは前置きを口にすると、珍しく「はあ……」と湿っぽいため息をついた。「先週、お店を閉めた後に、うちのお母さんがさ、もう抗癌剤《こうがんざい》も放射線治療もやらないし、検診にも行かないって言い出したんだよね」

「え……」

絵里さんの母、祐子さんは、十数年前に夫を癌で失い、未亡人となった人で、二年ほど前に自身も胆管癌《たんかんがん》の手術をしたと聞いていた。そして、その手術を契機に、絵里さんにこの店を譲ったのだ。ぼくがアルバイトとして雇われたのは、そのすぐ後のことだった。あの頃は、オーナーになったばかりの絵里さんと、右も左も分からないぼくだけだったから、二人して、いつもバタバタと慌てて仕事をしていた気がする。しばらくして祐子さんが退院し、お店を手伝ってくれるようになったときは、心底ホッとしたものだ。

「祐子さんの手術、成功したんですよね？」

「一応はね。でも、再発を防ぐために、薬と放射線治療を続けてたの」

それは知らなかった。ぼくはただ検診に行っているとだけ聞かされていたから。

「でも、その治療を続けていれば、大丈夫なんですよね？」

「再発の確率は下がるみたいだけど……」

「だったら――」

薬も放射線も続けるべきですよね――、と言いかけて、ぼくは口を閉じた。そんなことは、すでに絵里さんが祐子さんに言っているはずだ。

「ほら、あの人、言い出すと聞かないタチだからさ」

食器を拭いていた絵里さんの手が止まり、こちらを向いた。そして、形のいい眉をハの字にすると、「ほんと、困った人でしょ？」と小さく微笑んだ。

予想外の重たい話に、ぼくは「でも……」と言ったきり言葉に詰まってしまった。

と、そのとき、店内の空気が幽かに揺れた気がした。

この違和感は――。

フロアの壁際を見遣ると、またしても雨の日の幽霊が立っていた。

幽霊の輪郭《りんかく》はさっきよりもあやふやになっていたけれど、彼は不安そうな空気を全身にまといながら、ぼくたちのいる厨房をじっと見詰めていた。

分かってますよ——。

ぼくは雨の日の幽霊に背中を押されたような気分で口を開いた。

「あの……、絵里さん」

「ん？」

「ちゃんと治療してもらうよう、説得するんですよね？」

すると絵里さんは、一瞬、ぼくから視線を外して、どこか遠い目をすると、「はあ」と短くため息をもらした。

「説得、できるかなぁ、わたし……」


【鳥居絵里】


「説得、できるかなぁ、わたし……」

言いながら、わたしは無茶を言い出したときの母の顔を思い出した。

それは妙なほどにすっきりとした顔だった。

母は、母なりに真剣に考え抜いた上で、あの結論を出したに違いない。だからこそ、あそこまで開き直った選択肢を選べたのだ。

わたしは、ふたたび手を動かした。濡れた食器を拭き、棚にしまっていく。

翔平くんも黙ったまま、慣れた手つきで食器を洗いはじめていた。きっと、洗いながら、わたしに返す言葉を探しているのだ。こういうとき、安易に「説得できますよ」なんて答えないところが翔平くんらしいと思う。不器用だけど、優しく、誠実なのだ。

母が胆管癌の手術をしたのは、約二年前のことだった。

手術は成功したけれど、そのとき医師からはこう告げられていた。

これはあくまで統計上のデータですが、五年後のお母様の生存率は、三割ほどになります——。

もちろん、人によっては十年も、十五年も、あるいはもっと生きる人だっているらしい。でも、あの手術からすでに二年を経過している母が、来年も生き抜いてくれる確率は、いったいどれほどのものなのか。もちろん母も、そのデータは知っている。

「あの、絵里さん……」

翔平くんが、手を動かしながら口を開いた。

「ん？」

「どうして、祐子さんは治療をやめようと」

「うーん……、どこまでが本心なのかは分からないけど」

「………」

「これからの人生は、もう、病気のことを忘れていたいんだって」

「忘れる？」

「うん。毎日、癌のことを考えながら薬を飲んだり、治療とか検診に通ったりすることに疲れちゃったみたい。副作用も辛いし」

「………」

「だから、もう『戦わない人生』を選択したいんだって」

わたしは母の言葉を引用して言った。

「戦わない、人生……」

「うん」

「………」

翔平くんは、ため息をこらえたような顔をして口をつぐんだ。だから、わたしは続けた。

「残りの人生はね、のんびりと大好きな土いじりを楽しみながら、美味しいお野菜をたくさん作って、このお店のお客さんたちに喜んでもらいたいんだって。そういう平和なことだけを考えていたいんだって」

また、わたしは、母の言葉をそのまま口にした。

あの夜の母の、妙にすっきりした表情を思い浮かべながら。

「絵里さんは……」

「え？」

「えっと、絵里さんの本音は」翔平くんが、ちらりとフロアの壁のあたりに視線を送ってから、こちらを振り向いた。「祐子さんとは違うんですよね？」

「本音は……、もちろん、ちゃんと治療をして長生きして欲しいよ。だけど……」

「……」

「お母さんの人生だからさ。やっぱり最終的には、お母さんに選択権はあるんだろうなって――、まあ、そう思ったりも……しちゃうよね」

わたしは、ちゃんと本音を言ったつもりだ。でも、自分の発した言葉を信じ切れていないような、あやふやな自分もたしかにいる。

「そうですか……」

「うん。だって、そうじゃない？」

訊きながら翔平くんの方を振り向いたとき、ふいにわたしの手からお皿の重みが消えた。

「あっ」

と思ったときにはもう、カシャンと嫌な音が響いて、足元に白い陶器の破片《はへん》が飛び散っていた。

わたしと翔平くんは、そろって足元を見下ろした。

「ごめん。また、やっちゃった」

「いえ。箒《ほうき》とちりとりを持ってきます」

翔平くんは、手についていた食器用洗剤の泡をさっと流すと、そのままバックヤードに消えた。

わたしは、心ここにあらず、といった感じで、散らばった破片をぼんやり眺め下ろしていた。


だって、そうじゃない？


さっき口にした台詞を、もう一度、胸裏でつぶやいてみる。

すると、不規則に散らばった白い破片たちが、なんとなく花のように見えてきた。花びらは純白で、艶《つや》があって、きれいなのに、どこか無慈悲な香りを漂わせているような――。

そして、なぜか、その純白の花は、わたしにウエディングドレスを思わせたのだ。

できることなら――、母がまだ元気なうちに嫁入り姿くらいは見せてやりたい。いや、見てもらいたい。

ああ、これこそは自分の本音だな、と思う。

そして、本音の浅いところには、それとはまったく別の思いもあった。

そもそも、わたしはレストランの店主には向いていないのではないか――。

わたしは、どこかで自分のことをそう感じているようなのだ。のんびりしすぎた性格しかり、気持ちにゆとりがなくなると今のようにドジをやってしまうそそっかしさも、先代の父や母にはないものだった。お客さんを想う気持ちは等しくあれども、そのせいで仕事が少し丁寧になりすぎて全体的に遅れるきらいもある。

いっそのこと、お店を止《や》めてしまってもいいのではないか——。

じつは一昨日あたりから、そう思いはじめている自分もいた。このお店を閉めて、母と一緒にいる時間を少しでも多く作るべきではないか、と。

現在の母は、お店をちょくちょく手伝いながら、実家の近くの土地で有機野菜を作っている。そして、まさにそれを生きがいとしているようなところがあるのだ。

最近のわたしは、そんな母のことがどうにも気になってしまい、仕事中に意味のないメールを送ってしまうことがある。いまこの瞬間、母は畑で元気にしているだろうか——、ただ、それだけを知れればいいのだ。でも、それは言い換えれば、心を母に向けながらお客さんの料理を作る、ということでもある。それは、きっと、お客さんにたいして、とても失礼なことだ。

だったら、いっそのこと、母と一緒に土いじりに専念したら？

同じ柄の長靴を履き、小さな畑で背中をくっつけるようにしゃがんで畑仕事をする。そして、他愛もないおしゃべりをして笑い合うのだ。そういう幸せな時間を「いま」作っておかないと、後で、きっと……。

「絵里さん？」

ふいに、翔平くんの声がした。

わたしはハッとして顔を上げる。

ウエディングドレスの純白も、無慈悲な花の美しさも、畑の土の匂いと感触も、見慣れた小さな厨房のどこかに霧散した。

「あの……、大丈夫、ですか？」

「あ、うん、平気。ごめん。なんか、ぼうっとしちゃった」

背の高い翔平くんは、心配そうに眉根を寄せると、腰を深く折って破片を掃き集めはじめた。

「なんか、ごめんね」

白いワイシャツの丸まった背中に、そう言った。

「あ、いえ、大丈夫です」

答えながら淡々と箒を動かす翔平くん。

そういう意味じゃないんだよ――。

わたしは、胸裏でつぶやいた。わたしが謝っているのは、掃除をしてもらっていることでも、お皿を割ったことでもなくて……、ただひたすら自分のことだけを考えて、このお店を閉めてしまいたいなんて考えていることにたいして、だった。

翔平くんにとっても「キッチン風見鶏」は生活を支える大切な職場なのに。

ごめんなさい――。

わたしが小さな自己嫌悪を味わっていると、翔平くんが丸めていた背中をすっと起こした。お皿の破片をちりとりに集め終えたのだ。そのまま危険物入れのあるバックヤードへと向かいかけた翔平くんが、ふと何かを思い出したように振り向いた。

「あの、絵里さん」

「え……、なに？」

「えっと、何ていうか……」翔平くんは、ちりとりと箒を手にしたまま、少しためらうような顔をした。と思ったら、ひとつ呼吸をして、こう続けたのだ。「思い切って定休日を変更して、月水金の三日だけの営業にしちゃうとか、そういうのもありかなって」

「え？」

「あ、いや、何となく、なんですけど……、いまの絵里さんは、祐子さんと一緒にいる時間をもっと作りたいんじゃないかなって……」

このタイミングで、翔平くんの口からここまで図星の台詞が出てくるとは……。

わたしは驚いて、少しのあいだ言葉を失ってしまった。

「あ、なんか、すみません。余計なお世話ですよね」

「ううん」

と、わたしは小さく首を振る。

「でも、週休四日にしたら、ぼくの給料もなくなっちゃいますね」

翔平くんは、ちょっとわざとらしくへらへら笑って、ゆっくりとこちらに背を向けた。そして「これ、捨ててきます」と言ってバックヤードの方へと消えた。

わたしは、翔平くんがいなくなったあたりをぼんやり見つめたまま立っていた。

翔平くんは、ときどきこんなふうに、わたしの心を見透かしたような言葉を口にすることがある。

ざわ、ざわ。

ざわ、ざわ。

と、ＢＯＳＥのスピーカーから漂い出す波音に耳を傾けた。

波音は、わたしの心のひだに染み込んで気持ちをざわつかせた。

「ふう」

ひとつ息をついた。

そして、「まさか、考えすぎだよね」とひとりごとをつぶやき、シンクに残っていた洗い物をふたたび片付けはじめた。

# 第二章　なんでも餃子

【手島洋一】


閉店時間を過ぎて数分後――。

翔平くんが、客席の照明を半分ほどに落とし、バックヤードに消えた。私が手にしているグラスのビールは、やわらかな琥珀《こはく》色に変わる。

ぬるくなりかけていたそのビールを少し飲んで、カウンターにそっと置いた。たった二席しかない「おまけ」のようなカウンターだが、そこは私のお気に入りだ。

それにしても、今日は、さんざんな一日だった。

朝から土砂降りのなか営業であちこち駆けずり回ったうえに、小さなミスをして得意先のお偉いさんに嫌味を言われ、結果、尊敬する上司を軽く落胆させてしまったのだ。コンビニで買った昼食のおにぎりを営業車内で食べていたら、うっかり足元に落としてしまうし、それを拾おうと無理な格好をしたら、脇腹の筋肉が攣《つ》って悲鳴を上げそうにもなった。

正直、今日はさすがに心身ともにぐったりだ。

そもそも私は、子供の頃からいわゆる「デキる」タイプではない。周囲に期待されるとすれば、それは道化役くらいなもので、社会人なら飲み会の幹事兼、盛り上げ係といったところだろう。

私は無意識に「ふう」と息を吐いて、カウンターの上で頬杖をついた。そして、絵里さんの華奢《きゃしゃ》な背中をぼんやりと眺めた。

カウンター越しの厨房は、いわゆるオープンキッチンになっていて、そこで絵里さんがせっせと閉店後の後片付けをしているのだ。

天井近くに設置されたスピーカーから漂うやわらかな波音。

食器と食器がぶつかり合うカチャカチャという音。

べったりと疲労がへばりついた私の背中。

泡のなくなったビールと、薄暗い店内。

ふと、この世界に存在するのは、私と絵里さんだけなのではないか——、と都合のいい錯覚に陥りそうになる。

思えばこのシチュエーションは過去に何度かあった。私は、そのたびに「何か手伝いましょうか？」と訊いていた。しかし、絵里さんの返事はいつも決まって「お客さんに、そんなことさせられません」だった。だから今夜の私は、ただ黙って絵里さんの背中を眺めているのだ。

私服に着替えた翔平くんがバックヤードから出てきて、「波音、流したままでいいですか？」と絵里さんに訊いた。

「あ、うん。そのままでいいよ。お疲れさま」

「じゃあ、ぼくは、これで。お先に失礼します」

絵里さんと私に小さく会釈《えしゃく》して、翔平くんはそそくさと出口に向かって歩き出した。普段なら、彼はもう少し遅くまで片付けを手伝っているはずなのだが、今夜は私がいるから気を利かせてくれたのだろう。こういう男同士の阿吽《あうん》の呼吸というのは悪くない。

翔平くんへの感謝の思いから、うっかり彼の背中に「ありが……」と言いかけて、すぐに「お疲れさま」と言い直した。

翔平くんが帰って、絵里さんと二人きりになると、静かだった波音のヴォリュームがじわりと増した気がした。潮が満ち、波打ち際が近づいてきたような、そんな不思議な気分になる。

私は、小さな背中に声をかけた。

「あの、絵里さん」

「はい？」

絵里さんは、こちらを振り返らずに返事をした。

「今日の翔平くん、なんだか、ちょっと元気がなさそうに見えましたけど」

言いながら私は、心のなかで『絵里さんも、ですけど』と付け加えていた。

「そう思います？」

「ええ」

「手島さんって、意外と鋭いんですね」

絵里さんは、相変わらずこちらに背中を向けたまま話す。

「え、そうかな」

「鋭いですよ」

「絵里さんのプロファイリングには勝てませんけどね」

私は冗談めかして返した。

「あはは。わたしのは、ただの自己流と直感ですから。プロファイリングってほどじゃないんです」

洗い終えたフォークの束を手に、絵里さんがこちらを振り向いた。形のいい眉を、軽くハの字にして微笑んでいる。

「翔平くん、やっぱり何かあったんですね？」

私は話を戻した。

絵里さんは、フォークを抽《ひ》き出しにしまいながら答える。

「まあ、ちょっと……、あったみたいですね。ショックなことが」

私は、あえて「何が？」とは訊かず、「やっぱり、そうでしたか」とだけ口にしておいた。絵里さんは他人の秘密を軽々しくしゃべるようなタイプではないからだ。

「人生、いろいろですよねぇ……」

絵里さんが、わざとため息みたいな声で言った。

「ですね。ほんと、いろいろです」

私も、不出来な今日の自分を憶《おも》って、似たような声色を出していた。

なんとなく元気のない絵里さんの身にも、きっと何かしらの「いろいろ」が起きたのだろうな——。

そう思うと、私が今夜、伝えようと決意していた私の人生の「いろいろ」についてを語るべきか、あるいは日を改めるべきか、迷いはじめてしまう。

「よし。お待たせしました。後片付け、終わりです」

絵里さんが、気を取り直すような明るめの声を出してくれた。

「お疲れさまです」

「あ、手島さん、ビールが空になってますけど、おかわり飲みます？」

「じゃあ、えっと、コロナ、あります？」

瓶のまま飲めるよう、つまり絵里さんの洗い物を増やさないよう、私はコロナビールを指定した。

「ありますよ」

コロナビールはライムと塩をひとつまみ入れると爽快感が増して美味しいのだと、以前、絵里さんが教えてくれたのだが、今夜の私は「何も入れないで、瓶のままでいいので」と言った。

「うふふ。お気遣い、ありがとうございます」

私の意図に気づいたらしい絵里さんは、厨房にある冷蔵庫からコロナビールを取り出すと、栓を抜いて、そのまま私の前に置いた。そして「ちょっと着替えてきますね」と言い残してバックヤードに消えた。

しばらくすると、コックコートから私服に変身した絵里さんが現れて、ふたたび厨房に入った。

「ふう。わたしも喉《のど》が渇いちゃった」

そう言って絵里さんもコロナビールの栓を抜き、カウンター越しに私と乾杯した。

ゴツ……。

瓶と瓶の当たる音は地味だ。でも、私の胸のなかでは鐘のように響く。

こく、こく、と美味しそうに動く絵里さんの白い喉。

私も、ごくり、と喉を潤《うるお》した。

「はあ、美味しい」

「仕事あがりのビールは最高ですね」

「はい、最高です。あ、そうだ、今日の残り物と、乾き物ですけど」

そう言いながら絵里さんが軽いつまみをのせた皿を二枚出してくれた。そして、厨房を出て、私の隣のカウンター席に腰を下ろした。

「今日は、歩《あゆむ》くんはお留守番ですか？」

ふいに絵里さんに訊かれて、私は言葉を詰まらせそうになった。

「あ、はい。ええと、同居している母――、歩の祖母《ばあ》ちゃんに預かってもらってます」

歩は、八歳になる私の息子だ。つい先日も、土曜のランチタイムにこの店に連れてきて、絵里さんに可愛がってもらっていた。そして、そのとき私は、自分には妻がいない、ということを暗に絵里さんに伝えた。しかし、子供がいるのにどうして独り者なのか、その理由まで伝えることはできなかった。なにしろ目の前には歩がいたし、周りのテーブルには他のお客さんがいたから。もちろんランチタイムの絵里さんは、とても忙しくて、それどころではなかったというのもある。

「同居していると助かりますね」

「いや、ほんと、祖母ちゃんナシでの子育ては考えられないです」

本音を口にした私は、コロナビールを喉に流し込んだ。そして、隣の絵里さんを振り向いたとき、心臓が一拍スキップした。大きな黒い瞳が、ストレートに私を捉《とら》えていたからだ。

「え……？」

と、声を失った私。

絵里さんは、まばたきをしなかった。それから数秒後、その目がぱちぱちと閉じられた。

すると、視線の引力がふっと緩んだ気がして、私の緊張も解けた。

「なんか、いつもの手島さんじゃない気がしますけど」

「え？　そ、そう、かなぁ」

「何か、隠してません？」

「いえ、何も。っていうか、いま、プロファイリングしたんですか？」

「あはは。そんなんじゃないです。なんとなく、そんな気がしただけです」

「そうですか。だったら、よかったです」

ホッとしたとき、ふたたび絵里さんの視線の引力が私を捉えそうになったので、齢《よわい》三八にもなって軽くドギマギさせられてしまった私は、慌てて話題を変えた。

「あ、それより、絵里さん」

「はい？」

「髪、切りました？」

「あ、そうなんです。ちょっと気分転換で」少し照れくさそうな顔で髪を耳にかけた絵里さんは、コロナビールをひと口飲んで、瓶をカウンターに置いた。「やっぱり、切りすぎたかなぁ……」

肩の近くの毛先を引っ張りながら、絵里さんがつぶやく。

「え？　いや、大丈夫ですよ。ちょうどいいと思います」

私が答えると、絵里さんがくすくす笑い出した。

「今朝、翔平くんにも、大丈夫ですよ、って言われました」

「あ……。すみません。大丈夫って言い方、失礼ですよね」

「いいえ。二人とも悪気がないのは分かってるので、大丈夫って言われたわたしも大丈夫です」

冗談を口にした絵里さんは、ちょっと目を細めるようにして微笑んだ。でも、その笑みもどこか今夜は淋しげに見える。

私は、よく周囲から「鳥の巣」などと揶揄《やゆ》される、もさもさした癖《くせ》っ毛の頭を掻きながら考えた。

アレを、言うべきか。

やめておくべきか。

店内を漂う波音が、さっきより少し遠くなった気がする。

「手島さん、いま考え事をしてますね？」

絵里さんが訝《いぶか》しげに首を傾げると、短くなったボブの髪が揺れた。それを見たとき、私は決意した。

「あの、絵里さん」

「え？」

いきなり居住まいを正した私に、ちょっと驚いた様子の絵里さんが、「はい……？」と言って固まった。

「じつは、ちょっと、いまさら感があるんですけど……」

「…………」

絵里さんは、告白でもされると思ったのか、手にしていたコロナの瓶を置いて、両手を腿《もも》の上に揃えると、ぱちぱちとまばたきを繰り返した。

「息子のことを……」

「え？」

「あ、ええと、うちの歩のことを、ちゃんとお話ししておきたくて」

「え……、歩くんの、こと？」

「はい」

告白ではないことを悟った絵里さんは、ホッとしたような表情を浮かべた。その表情に若干、落ち込みながらも、私は続けた。

「いや、正確に言うと、歩とぼくのこと、と言うべきかな」

「…………」

「ええと、じつは、ですね――」ここで私は、息を少し深く吸い込む必要があった。そして、一気にしゃべった。「歩は、ぼくの息子で、血の繋がりもあるんですけど、でも、戸籍上は……養子なんです」

「え……？」

薄く口を開けたまま、絵里さんは固まっていた。

「あ、あはは。すみません、急に。びっくり……しました？」

私は、自分の薄っぺらい笑いに小さな嫌悪感を覚えていた。

「ちょっとだけ……、はい、驚きました」

絵里さんらしい、正直な返答だ。

「ですよね。すみません」

「あ、いえ。手島さんが謝ることじゃないですよ」

首を振った絵里さんが、思い出したようにコロナビールを口に運ぶ。釣られて私もひと口飲んで、干からびそうな口のなかを潤した。

「ええと、歩は、本当は、ぼくの妹夫婦の間に生まれた子供なんです」

「妹さんの？」

「はい。でも、あいつがまだ二歳だったときに、妹と旦那の乗った車が交通事故に巻き込まれて……、それで……」

そこまで言ったとき、ふいに私の喉の奥がきゅっとすぼまり、言葉を吐き出せなくなってしまった。

私の脳裏には、妹と、その夫の死に顔がちらついていた。

さらに、小雨降る葬儀場の玄関で、泣き疲れた顔で私に抱かれていた二歳の歩の「小さな命の重さ」が、まるで昨日のことのように甦ってくるのだった。

「えっと……」

まだ、続きの言葉が出てこない。

自分はいまだに、彼らの死をちゃんと受け入れていないのだな——と、私はあらためて思い知らされた気がした。

「手島……さん？」

察しのいい絵里さんが、慰めるような声で私の名前を口にしてくれた。

「あ、なんか、すみません……」

「いえ……」

波音が、いっそう遠ざかっていく。

「歩は……」

「はい」

「あいつ、目がくりっとしてるし……」

「はい」

「いつも、こう、困ったみたいなハの字の眉毛をしてて――、なんか可愛いでしょ？」

私は、できる限り明るめの声で訊いた。

「はい。とっても」

絵里さんは、目を細めながら頷いてくれる。

「だからってわけじゃないんですけどね、ぼくは、あの子を孤児にしたくはないなって思って……、で、そのまま、なんか、こう、勢いで」

「はい」

「自分が父親になってやれ、なんて、うっかり思っちゃって――。それで……」

「はい」

頷いた絵里さんは、もう、すべてを理解していた。

だから私は、少しホッとして、

「こうして、めでたく、未婚の父をやってます」

せめて最後くらいは冗談めかして笑ってみせようと思ったのに、喉の奥がひくついただけで、ちっとも笑えなかった。

「そうだったんですね」

「あは……。じつは、そうだったんです」やっと、少しだけ笑えた。「というか、ようするに、ぼくの未婚アピールでした」

絵里さんはくすっと笑うと、なぜか、そのまま小さなため息をこぼした。そして、「やっぱり、人生いろいろ、ですね」と、淋しげに微笑んだ。

「いろいろ……です、ほんと。まさか自分が、未婚の父になるとは」

言って、私もため息をついた。

絵里さんに伝えたかったことを伝えられた安堵《あんど》もあってか、じわじわと万感の思いが込み上げてきたのだ。

思えば、幼い歩を引き取ってからの六年間――。

ひたすら日々の雑事に溺《おぼ》れるような毎日だった。まさに、あっぷあっぷ、というやつだ。

まさか子育てがここまで大変だなんて、思いもよらなかった。

正直いえば、やっぱり自分にはシングルファーザーなんて土台無理だったのだ――と、あきらめそうになったことも一度や二度ではない。それでも、無垢《むく》な笑顔で「パパ！」と私の太腿にしがみついてくる歩を見下ろすと、私はほとんど反射的に、その小さなぬくもりを抱き上げてしまうのだった。そして、歩の腕がキュッと私の首に巻きつくと、そのか弱い力がスイッチになって、うっかり涙腺が緩んでしまうことすら幾度かあった。

「手島さん、やっぱり、やさしいんだなぁ」

ふいに絵里さんが、感慨深そうな声を出した。

「あ、いえ。なんか、すみません。自分のことだけぺらぺらと」

私は面映《おもは》ゆくなって、もさもさでヴォリューミーな頭を掻いた。

「歩くんが二歳のときってことは……」

「はい」

「歩くん、戸籍上のことは――」

「はい。もちろん知ってます」

私が本当の父親ではないということは、歩も最初から理解していた。二歳にもなれば、それくらいは分かる。

「そっかぁ……」

心なしか、絵里さんの背中が丸まったように見えた。

私は黙ってコロナビールを飲む。

「ちっとも気づかなかったなぁ、わたし」

絵里さんが淋しそうな声で言うので、私は逆に明るく返すことにした。

「おっ、やった。天才プロファイラーにもバレないほど、ぼくらは本物の親子になれてるってことですね」

「なれてると思います。でも、わたしは素人ですけどね」

「じゃあ、天才素人プロファイラーです」

「あはは。それ、すごいんだか、すごくないんだか、微妙な感じですね」

「たしかに」

二人でくすくす笑ったら、波音がまた少し近づいてきた。

それからしばらくのあいだ、私たちはビールとつまみをゆっくり味わいながら、歩の学校で起きた笑い話や、授業参観での私の失敗談などで盛り上がった。

「すごいなあ、手島さん」

「え？」

「だって、ちゃんとパパをしてるんだもん」

「いやいや、ちゃんとできていないから、こんな笑い話が出てくるんですよ」

「できていても、できていなくても、パパ業をやってることだけで、すでにすごいです」

「いや、そんな、たいした――」

あまりにもストレートに褒められた私は、さすがに恥ずかしくなって後頭部を掻いた。

「あの、ひとつ、手島さんに訊いてみたいんですけど」

「え、なんです？」

絵里さんは、ふいに真面目な顔になった。

「決め手は、何だったんですか？」

「決め手？」

「はい。歩くんを、自分の養子に迎えようって決心できた理由みたいなものっていうか……」

「あ……」

そういう質問、か――。

思いがけない展開に、一瞬、私は答えを探した。

「ぼくの決め手は――」

「…………」

「うん、あるっちゃ、ありますね」

このとき、私の脳裏には、同居している母の顔が思い浮かんでいた。それは、私が「歩を、俺の養子にしようと思う」と打ち明けたときの、苦笑した母の顔だった。あのとき母は「まったく、洋一らしいねぇ」と眉尻を下げていたものだ。そして母は「子育てってのはね、並大抵の仕事じゃないんだよ」と、懇々と私に説いて聞かせたあと、最後にこう言ってくれたのだ。「それでもいいなら、好きにしなさい。洋一の人生は、洋一が創るものなんだから」

私は、そのひと言にポンと背中を押されて、歩を自分の息子として育てる決意をしたのだった。

「ぼくの人生は、ぼくが創る――」

「え？」

「人生って、そういうものだって、母に言われたのが決め手だった気がするんです」

絵里さんが「わあ……」と目を見開いた。そして「格好いいなぁ。それ、名言ですね」と言った。

「あ、いや、ぼくの言葉じゃなくて、母の言葉なんで……」

「じゃあ、お母様が格好いいってことで」

「あ、やっぱ、ぼくが言ったことにして下さい」

絵里さんがくすっと笑ってくれる。

「自分の人生は、自分が創る……。それ、わたしも大事だと思います」

「そうですか？」

「そうですかって、手島さん、自分で言ったのに」

「ですよね」

私たちは、また笑い合った。

「あ、それと、もちろん、ぼくは母と同居していますから、子育てのいろはを教えてもらえたり、いろいろと協力してもらえたりもするだろうなっていう、甘い考えもありましたけどね。そっちの方が、むしろ決め手だったかも」

「あはは。手島さん、正直ですね」

「でしょ。それがぼくの長所なんです」

私は冗談めかして言った。

「すごくいい長所だと思いますよ」

「でもね、お前は正直どころか馬鹿正直だから商品を売れないんだって、つい先週も営業部の上司に説教されましたけどね」

絵里さんが笑う。ほっぺたにえくぼが浮かんだ。これは本当に楽しいときに絵里さんが見せてくれる笑みだ。

波音が、じわりと近づいてくる。

私たちの距離感も、少しずつ近づいている気がした。

やっぱり今日、絵里さんに話せてよかった——。

私はしみじみそう思って、ビールを飲んだ。

と、そのとき——。

絵里さんの口から、思いがけない台詞が飛び出したのだった。

「手島さんが大事なことを告白してくれたから、わたしも話しちゃおうかな」

「え……、何です？」

「じつは」と言って、絵里さんは少し困ったように笑った。えくぼはすでに跡形もなく消えていた。「うちの母のことなんですけど……」

「え、祐子さんの、こと？」

「はい」

頷いた絵里さんは、一度、確かめるように呼吸をした。

そして、自分の言葉をゆっくり噛みしめるように話しはじめたのだった。

◇　◇　◇

店を出ると、しっとりとした夜風がまとわりついてきた。

夜空には、いくつかの小さな星がまたたいている。

絵里さんは店の施錠をして、私と肩を並べて歩き出した。

店から街路樹のある坂道に出るまでの細い路地は、極端に街灯の数が少なくて、いつも夜気が重たく感じられる。しかも、なんとなくゼリーのなかにでもいるような静けさに包まれていて、二人の靴音だけがやけに大きく聞こえていた。

歩き出してすぐ、私たちの前を黒猫が横切った。

うわっ——、と声をあげそうになったのは私の方で、この路地を歩き慣れている絵里さんは、まるで黒猫に気づかなかったかのように平然と歩き続けていた。

「この道、ときどき猫がいますよね？」

「そうですね。ほんと、いつもたくさんいます」

たくさん？　私は、ときどきと言ったのに。

この噛み合わない会話が少しばかり気になったけれど、いま、あえてそこを突っ込むほどでもないだろうと思った私は、元気のない絵里さんが饒舌になれるように料理の話を振った。

「そういえば、さっきの鶏の豆乳スープ、はじめて食べましたけど、すごく美味しかったなぁ」

「あ、ほんとですか？」

「ええ。おかわりが欲しかったくらいです」

「よかった。あれ、じつは今週から出してる新メニューなんです」

「そうなんだ。どうりで見たことがないと思った」

「見た目よりさっぱりしてて、後を引きますよね」

「ですね。生姜を効かせているのがポイントかな？」

「そうですね。あとはピンクペッパーをちょこっと使って、全体の風味を引き締めながら、スープの甘みを引き出しているんです」

「ピンクペッパーなんて聞いたことがないな」

「家庭では、あまり使われないですもんね」

「たしかに」

「あと、今夜の手島さん、なんだか、ちょっとお疲れに見えたから」

「え？」

「仕上げに片栗粉を入れてトロみを出して、身体があったまるようにしてみました」

「そうだったんですか？」

「はい」

「ぼくだけに？」

絵里さんは軽く頷いた。

「ってことは、絵里さん、いつの間にか、ぼくのこともプロファイリングしてたってことですよね？」

私は隣を振り向いたけれど、絵里さんはイエスともノーとも言わず、ただ口元に小さな笑みを溜めてこちらを見ていた。その表情で、答はイエスだと分かる。

路地の暗闇のなか、ゆったりとしたリズムでふたつの足音が生まれては霧散していく。

高さの違う肩と肩。

そのあいだに横たわる微妙な距離。

私はいつか、この距離を埋めることができるのだろうか――。

考えていたら、ふいに絵里さんの視線が照れ臭く思えて、すっと前を向き直した。

「絵里さんは、翔平くんにも料理を教えてるんですか？」

「そうですね。少しずつですけど、覚えてもらってます」

「彼はまじめそうだから、いい弟子になる気がするなぁ」

「わたしは先生ってほどじゃないですけど、でも、翔平くん、すぐにコツをつかむタイプだから、上達も早いと思います」

裏路地を抜け、明るい坂道に出た。

私たちは左に折れて、その坂を上りはじめる。

「彼、漫画を描いてるんでしたっけ？」

「はい」

「絵が描けるってことは、手先も器用なのかな」

「器用ですよ。だから包丁も上手に使います」

「へえ。包丁さばきのいい青年って、格好いいよなぁ」

「手島さんは？」

「ぼくは不器用なんで、りんごの皮むきで手こずります」

言って、鳥の巣頭をわしゃわしゃと掻いた。

「包丁は、慣れですよ」

絵里さんが、くすっと笑ってくれる。

「歩のご飯を作るのに、けっこう使ってるんですけどね」

「それでも、上達しませんか？」

「はい……」

「じゃあ、本当に――」

「だから言ってるでしょ、不器用だって」

「あはは。ごめんなさい」

絵里さんのほっぺたに、えくぼが浮かんだ。

「翔平くん、ずるいよなぁ。イケメンな上に器用で、料理の才能まであるなんて」

「うふふ。漫画の才能は、もっとあると思いますよ」

「絵里さん、彼の描いた漫画、読んだことあるんですか？」

「完成品を読んだのは一度だけですけど。でも、あれ、すごく感動したなぁ」

絵里さんは、少し遠い目をした。

「へえ」

「アマチュアでいるのは、もったいないくらいです」

「ちなみに、漫画家デビューの予定は、あるんですか？」

すると絵里さんは心なしか口ごもって、「うーん、具体的な予定は――、まだ、聞いてないですけど」と答えた。

その違和感たっぷりの口調が気にはなったが、私はあえて流すことにした。

「彼の漫画、いつか、ぼくも読んでみたいな」

「手島さんって、たしか涙腺がゆるいんですよね？」

「自慢じゃないですけど、ゆるゆるです」

「あはは。じゃあ、きっと泣いちゃいますよ」

「え、そんなに?」

「わたし、感動して、うるっときちゃいました」

「だったら、なおさら読んでみたいです」

私たちは坂を上り切り、信号のない交差点で足を止めた。

いつも、ここで私だけが右に折れる。

あらためて絵里さんに向き直った。

「えっと、今日も、閉店した後まで付き合ってもらえて、嬉しかったです。ありがとうございました」

「あ、いえ、こちらこそ、いつもご来店ありがとうございます」

半分まじめ、半分冗談、といった顔で絵里さんが言う。

「はじめて食べたあのカレーも、すごく美味しかったです」

「ほんとですか。あのカレーは、たまたま作り置きがあるときに、よほどの常連さんにしか出さない裏メニューなんですよ」

「それは光栄です」

「もともとは初代のオーナーシェフが作っていたカレーなんですけど、いまはメニューから外して、家庭の味というか、まかないというか、そういう類です」

「へえ、でも、お店のメニューと遜色ないくらい美味しかったですよ。なんか、懐かしいような風味がしたなぁ」

「我が家の味を気に入っていただけて、よかったです」

絵里さんが微笑み、私も少し目を細めた。

私たちの頭上では、大正時代のガス灯を模した街灯が、ふわっとした夢のような白い明かりを放っている。その明かりのなかで微笑んでいる小柄な絵里さんは、洋服が白っぽいせいか、全身がぼんやりと発光して見えた。

背中に羽をつけたら、妖精みたいだよなぁ――。

と、私は年甲斐《としがい》もないことを考えてしまう。

「ん、手島さん？」

「え？　あ、はい？」

「ぼうっとしてますけど、何か――」

「いえ。な、何も」

うっかり見とれていた私は、慌てて我に返った。と同時に、言うべきことを思いついた。

「あ、えっと、そうだ」

「はい？」

「今日は、ぼくと歩の話、聞いてもらえて――、何ていうか……、よかったです」

「いえ、それを言うなら、うちの母のことも、いろいろと……」

そこで、会話が途切れた。

絵里さんの顔から、笑みがはらりと剝《は》がれ落ちていた。

坂の下から数台の乗用車が上がってきて、小さな絵里さんの後ろを通り過ぎていく。

ふいに、「じゃあ」と、絵里さんが姿勢を正した。

「あ、はい、じゃあ」と、私も応える。

「また」

「はい。また」

湿っぽくなった空気を多少なりとも振り払おうと、私たちは少しぎこちない笑みをつくり、互いに小さく手を振り合って別々の道を歩きはじめた。

私は右へ。

絵里さんは、まっすぐ。

右折してすぐに、私は後ろを振り返ったけれど、小さな交差点にはもう絵里さんの姿はなかった。

静かな夜の住宅地を、ゆっくりと歩く。

どこか遠くから犬の吠え声が聞こえてきた。

しっとりまとわりついてくる夜気のなか、私はいっそう湿っぽいため息を吐き出していた。

私の脳裏には、祐子さんの人懐っこい笑顔と、祐子さんのことを切々と私に話してくれた絵里さんの顔がちらついていたのだ。

治療を放棄するだなんて——。

思えば、そもそも私と絵里さんを引き合わせてくれたのは、祐子さんだった。

あれは、たしか去年の梅雨の晴れ間だったか——、祐子さんは自宅近くの畑で農作業中に体調を崩し、隣接する道端でうずくまっていた。そこを、たまたま営業車を運転していた私が通りかかったのだ。

「あの……、大丈夫ですか？」

車を路側帯に停め、丸まった背中に駆け寄って声をかけると、祐子さんは、ふうふうと荒い呼吸をしつつこちらを見上げた。

「見てのとおり……あんまり……大丈夫じゃ……ないみたいなんです」

とても苦しそうな声なのに、口から出たのは冗談めかしたような台詞だった。祐子さんは、そういう人なのだ。

私は少し慌てて症状を聞いた。すると、ほぼ熱中症に間違いなかった。「いま、救急車を」と言いかけて、やめた。

「よかったら、ぼくの車に乗って下さい。近くに知ってる病院があるんで、お連れしますから」

ふらつく祐子さんに肩を貸して助手席に乗せると、私は営業車をUターンさせた。そして、いま来た道をトレースするように戻った。そのまま行けば、中規模ながら救急患者も受け付けている病院に着くのだ。

私の勤めている会社は、入院患者のための病院食の製造販売をしている中小企業で、私は入社以来ずっと営業部に配属されていた。だから、このあたりの病院はほとんどがクライアントで、私にとっては「庭」ともいえる。所在地はもちろん、近道も熟知しているし、知り合いの医師も多い。

病院の入り口前に車を着けると、助手席に祐子さんを残したまま、私は受付に飛び込んだ。

「すみません。急患お願いします。道端で倒れていた方をお連れしました」

すでに顔見知りになっている受付嬢に事情を話すと、手際よくストレッチャーの手配をしてくれて、祐子さんが院内に運ばれた。

「手島さん、また来たの？　今日はずいぶん熱心じゃない？」

ついさっきまで会って話していた知り合いの医師が、冗談を言いながら私の肩をポンと叩くと、そのまま祐子さんを追うように廊下の奥へと消えた。

よし、これで、ひと安心だな――。

ホッとした私は、仕事に支障をきたさぬよう、各所に電話やメールで連絡を取りながら、待合室の隅っこで待った。

やがて、先ほどの医師が戻ってきて「お連れした患者さん、熱中症からの脱水症だったよ。いま、点滴中。患者さんに会う？」と言った。

「あ、いいえ。知り合いというワケでもないので。私は帰ります」

「だよね。いま手島さん、仕事中だしね」

「そうなんですよ。じつは、わりとバタバタしてまして」

「それなのに、知らない人を拾ってくるなんて、手島さんらしいなぁ」

「いやぁ、まあ、つい……」

「じゃ、また。そのうち一杯飲《や》ろうよ」

「はい。ありがとうございます」

私はクライアントでもある医師に丁寧にお礼を言って、そのまま辞去した。

すると後日、その病院を通じて祐子さんから会社に連絡があったのだ。助けてもらったお礼に、娘と一緒に経営している「キッチン風見鶏」というレストランでご飯をご馳走したい、という内容の連絡だった。私はお礼をされるつもりなど毛頭なかったので、即座に「息子がいるので、ちょっと難しいです」と遠慮したのだが、しかし、結局は、「じゃあ、息子さんもご一緒に、ぜひ」という祐子さんの再度の申し出にのせられてしまったのだった。

それから数日が経った、土曜日の午後——。

歩の手を引いて、ちょっとどぎまぎしながら「キッチン風見鶏」のなかに入ると、元気になった祐子さんがからっとした笑顔で出迎えてくれた。そして、その祐子さんの隣でにっこり笑っていたのが絵里さんだったのだ。

「先日は、母を助けて頂いたそうで、本当にありがとうございました」

言いながら、絵里さんはまばたきをしないまっすぐな視線をこちらに向けた。

「あ、いや、そんな。ぼくは、ただ、たまたま通りかかっただけでして」照れた私は、もさもさした頭を掻きながら目をそらし、歩を見た。「なあ、歩？」

「え？　ぼくは、知らないけど……」

急に振られた歩が、ただでさえハの字の眉を、いっそう縦にしたのを見て、祐子さんと絵里さんがくすくす笑った。

ご馳走になった料理は、目を見張るような美味しさだった。

とりわけ、この店の名物だという熟成肉のステーキは格別で、歩もひと切れ口に運ぶやいなや「んーっ！」と声にならない声を上げたほどだった。

絵里さんは、ときどき厨房から出てきては、歩に「ねえねえ、何かジュース飲む？」とか「アイスは何味が好き？」と相手をしてくれた。しかも、そのたびごとに、絵里さんはしっかりとしゃがんで視線の高さを歩と合わせてくれていたのだ。

長年の営業経験から「人の本性は、必ず言葉と所作《しょさ》に顕《あらわ》れる」と確信している私は、歩としゃべっている絵里さんの横顔をぼうっと眺めながら、思わずため息をついてしまったのだった。

はじめて私から絵里さんに話しかけた台詞は、いまでもよく覚えている。

「あの……、どうして、この店は『キッチン風見鶏』という名前なんですか？」

それが最初のひとことだった。

もちろん私は、店名の由来になどたいして興味はなかった。それなのに絵里さんは、とても愛想よく天井を指差してこう答えてくれたのだ。

「ちょうどこのあたり、とんがり屋根の上に風見鶏があるんですけどね、でも、店名の由来は、じつは、誰も分からないんです」

「え、分からないんですか？」

思いがけない返事に、私は鸚鵡《おうむ》返しをしていた。

「はい」

「屋根の上の風見鶏が由来ってことは」

「そうかも知れませんし、違うかも知れないんです」

「店名が先か、風見鶏の設置が先か……」

「そうです。そのあたりが不明で」

私は、適当に振った会話が、思いがけず弾んでいることに気をよくして、さらに質問を続けた。

「ちなみに、お店の名前を付けた方は、どなたなんです？」

「初代のオーナーシェフで、わたしの祖父にあたる人です」

「じゃあ、もう三代目まで続いてると――」

「そうなんです。二代目だった父はもう亡くなっているんですけど、生前、初代に店名の由来を訊ねてみたことがあるらしいんです。でも、なぜか初代は、その理由についてだけは口にしなかったそうなんです」

と、そこで、それまで黙っていた歩が口を挟んだ。

「なんで内緒にしたのかな？　ねえ、これって、謎だよね？」

その言い方が、なんだかおかしくて、私と絵里さんは思わず顔を見合わせて笑ってしまった。

その日以来――、私はときどき「キッチン風見鶏」に顔を出すようになった。絵里さんと祐子さんとはいっそう親しくなり、物静かな翔平くんとも軽口を交わせるようになった。そして、小さなカウンター席にも遠慮なく座れるようになったのだった。

正直いえば、見晴らしはテーブル席の方が格段にいい。テラスの付いた洋風のハーブガーデンと、その先に広がる海原を眺められるからだ。夜は夜で、港町の夜景を見下ろせる。しかし、私はそんな美しい風景よりもむしろ、厨房のなかを眺めていたいのだった。

いつしか、店のうんちくにも詳しくなっていた。たとえば、厨房の入り口の柱に残された古い傷は、絵里さんが子供の頃、二代目の真一《しんいち》さんにつけてもらった背丈のしるしであるとか、あるいは左側のカウンター席の内側側面にある真鍮《しんちゅう》のフックが、二代目が取り付けてくれた「ランドセル掛け」であることなども知った。絵里さんは両親にとても可愛がられていたそうだ。小学生だった頃は、学校帰りに店に立ち寄ると、真鍮のフックにランドセルを掛けて、この小さなカウンターで宿題をしていたという。その様子を想像するだけで、こちらまでほっこりしてしまう。

小学生の頃の絵里さんは、きっと、くったくがなくて可愛らしい子だったんだろうなぁ……。

なんて、私がひとり妄想していたら――、

ブーーン。

ふいに、スーツの内ポケットで携帯が振動した。

ハッとして、私は我に返った。

夜の住宅地をゆっくり歩きながら携帯を取り出す。画面を見ると、絵里さんの名前が表示されていた。

《今日は、どうもありがとうございました。それと、重たい話を長々としてしまって、ごめんなさい》

シンプルなメッセージに、私は返信した。

《いえいえ。重たい話を先に振ったのは、ぼくの方ですし。あ、そうそう、絵里さん、つらいときは鼻歌がいいそうですよ（笑）》

以前、厨房で絵里さんが童謡の『鳩』を鼻歌で唄っていたのを思い出して、ちょっとからかってみたのだ。

すると予想どおり、絵里さんからもすぐにレスがきた。

《あはは。鼻歌♪　そろそろ、わたしも大人の女性になりたいので、ポッポッポ、からは卒業しようと思います》

絵里さんの軽妙な切り返しに、私は暗い夜道を歩きながらニヤニヤしていた。巡回中の警察官にでも見られたら職務質問をされそうだ。

《童謡から卒業したあかつきには、お祝いをしましょう》

《ありがとうございます。なるべく早く卒業できるよう、がんばります。そろそろ家に着きます。今日は本当にありがとうございました》

《ぼくもまもなく到着です。こちらこそ、ありがとうございました。おやすみなさい》

メッセージを終えた私は、ほくほくした気分で玄関の鍵を開けた。

年季の入った木造の我が家だが、母がいてくれるおかげで掃除は行き届いている。玄関をあがり、居間を覗くと、風呂上がりらしい母が椅子に腰掛けてテレビを観ていた。

「ただいま」

「おかえりなさい。ん？　なんだかご機嫌そうだね」

「そう？　少し飲んだからかな」

母は、女の勘でも働かせたのか「ふーん」と鼻で言ったあと「さっきまで、歩とトランプをやってたんだよ。七並べを教えてあげたんだけど、ずいぶん上手になったよ」と微笑んだ。

「へえ、七並べか。懐かしいね。もう寝てるでしょ？」

「うん。ぐっすり」

「じゃ、俺、ちょっと見てくるわ」

私はそう言って、寝室へと向かった。

薄暗い八畳間――、その引き戸をそっと開けて、忍び足でなかへと入る。畳の上には布団がふたつ敷かれていて、手前が私、奥が歩の布団だ。

歩の枕元で膝をついた。

静かな寝息と、穏やかな寝顔。

眺めているだけで、自然と頬が緩む。

歩は、賢く、そして、とても優しい子だ。なにしろ私が父親になってからというもの、ひたすら聞き分けのいい「いい子」でいてくれているのだ。いや、「いい子」を演じてくれている、と言うべきだろう。正直、歩があまりにもいい子すぎると、私の胸は変にざわざわしてしまい、思わず「あんまり我慢しなくていいんだぞ」「パパに気を使わなくていいんだからな」「ちょっとぐらい悪い子でもいいんだぞ」「思ったことは、どんどん言うんだぞ」などと言ってしまう。すると、歩はいつも困ったような眉毛で私を見上げては、「えっ、ぼくは大丈夫だよ?」と平然と返事をする。だから、目下《もっか》の私の目標は、歩を年相応の「悪い子」にすることだった。

七並べを覚えたのか。今度、パパともやろうな――。

胸裏で話しかけながら、歩の前髪をかき上げるようにそっと撫でてやる。しかし、あらわになったおでこの形を見て、ふと私は手を止めた。歩のおでこの形が、事故死した妹とそっくりなことに気づいたのだ。

パパ、か……。

言葉にならない想いが込み上げてきて、それを無意識に吐き出すように「はあ」とため息がこぼれた。と、同時に、絵里さんの顔が脳裏に浮かんだ。

ついさっき――、絵里さんに、私が未婚であることを伝えることができた。だからといって、ただでさえ魅力的な絵里さんが、わざわざ子持ちの男を受け入れてくれるとは限らない。

でも、ほんとうに万一、幸運にも、私の想いを受け入れてくれたとしたら……。

床に膝をつき、歩と目線を合わせて話してくれる絵里さんの姿を思い出した。

絵里さんなら、きっと、歩のことを可愛がってくれるに違いない。そこには、妙な自信があった。ずっとカウンター越しに彼女の一挙手一投足を見詰めてきたのだ。それくらいは分かる。

でも、その自信には「ただし」という言葉が付帯するのだ。

ただし――、絵里さんと自分とのあいだに「夫婦の本当の子」が誕生したら？　絵里さんは、それでもなお、歩のことを「平等に」愛してくれるだろうか？　自分も、ちゃんと「平等」に扱えるだろうか？　仮に、わずかでも不平等を感じたとき、歩の心はどのくらい傷つき血を滲ませるのだろう？

そこまで考えて、私はひとり暗がりのなかで「ふっ」と笑ってしまった。

まだ、絵里さんに告白すらしていないのに、取らぬ狸《たぬき》の皮算用も甚《はなは》だしい。

歩の寝息が少し乱れて、布団のなかでもぞもぞと動いた――、と思ったら、大きく寝返りを打ち、掛け布団をはいでしまった。

私は、そっと布団をかけ直してやりつつ、以前、会社の先輩から飲み屋で聞かされた話を思い出した。

その先輩は、去年、離婚を経験していた。

五年ほど前、先輩は子持ちの女性と結婚し、連れ子を我が子のように可愛がっていたのだが、やがて自分たちのあいだに赤ちゃんが生まれると、先輩も奥さんも、むしろ自分たちの子供以上に連れ子を可愛がらねば、と気遣うようになり、いつしかその繊細な気遣いに夫婦そろってくたびれてしまったのだそうだ。

子供と子供を比べてはいけない。

でも、比べなければ「完璧な平等」は実現できない。

そのジレンマにやられたらしい。

夫婦の心が疲弊《ひへい》すると、家庭の空気には目に見えない無数の棘《とげ》が漂い出す。すると、ほんのささいなことでも心がチクリと痛むようになり、いちいち口論をするようになってしまったのだそうだ。

「なあ手島……、俺な、自分で言うのも何だけど、子煩悩なパパだったわけよ。なのに、親権は元妻に持っていかれちまってさぁ」

会社の近くの居酒屋で、ため息まじりに遠い目をした先輩の顔が、胸にこびりついて離れない。そして、その顔が、そもそも恋愛が不得手だった私をいっそう臆病にさせている気がした。

歩がまた寝返りを打ち、仰向けに戻った。

私は、妹とそっくりなおでこをもうひと撫でして立ち上がった。

そのとき、ふと、私の布団の上に何かがあることに気づいた。丸めて輪ゴムで留めた画用紙だった。

私はそれを手にして寝室を出た。

母のいる居間に戻り、テーブルに着くと、画用紙をそっと開いてみた。

「よく寝てたでしょ？」

「うん」

「その絵、あんたに見せたいって言ってたよ」

「うん……」

図工の時間に描いてくれたその絵は、先日、市営の動物園に連れていったときのものだった。ライオンやキリンの形をした遊具のある広場で、ソフトクリームを手にした歩を私が肩車している。

「ほら、銀賞だよ」

母が、絵に貼られた銀色の小さな短冊を指差した。

「うん。上手に描けてるな」

「だね」

「さすが、我が息子。明日、たっぷり褒めてやらないと」

私が言うと、母はやさしげに目を細めてくれた。

「あんた、父親らしくなったねぇ」

「そうかな？」

母は何も言わず、微笑んだまま小さく頷いた。

そのやさしい雰囲気に、つい甘えたくなったのか、私の口からぽろりと言葉がこぼれ落ちていた。

「俺の選んだ道、正解だよね？」

うん、正解だね――、そう言ってくれると思っていた母が、なぜか、いきなりクスッと笑った。そして、こう続けたのだ。

「人生に『正解』なんてないんだよ。自分で選んだ道を自分の努力で『正解』にするだけ」

「え……」

「と……、言ってたなぁ、と思って」

「え、誰が？」

「就職活動をしているときにね、葵《あおい》が言ってたんだよ」

葵というのは、私の妹――、つまり、歩の亡き実母だ。

母は、私の斜め後ろを見ていた。そこには仏壇があって、葵の遺影が飾られている。位《い》牌《はい》は嫁ぎ先の仏壇にあるのだけれど、せめて写真くらいは、歩が暮らしている我が家にも飾っておこうということになったのだ。

「なんだ、あいつ、一丁前なこと言ってたんだな」

沈みそうな空気を元に引き戻そうと、私は冗談めかして言った。

「でしょ。そのまんま、お父さんの受け売りだけどね」

母の視線がこちらに戻ってきて、微笑んだ。

「なんだ。親父の受け売りか」

笑いながら、私はふたたび歩が描いてくれた絵を見下ろした。

線に元気があるし、色もたくさん使っていて、本当に上手に描けている。私が先生だったら、間違いなく金賞を与えただろう。

「この絵――ほら、歩さ、俺の肩の上でソフトクリームを持ってるでしょ?」

「うん」

「この後、うっかり落として、俺の頭、ベッタベタになったんだよね」

「あははは。もじゃもじゃが、ベッタベタだね」

母が吹き出した。

私も釣られて思い出し笑いをした。

「落としたときの絵じゃなくて、よかったねぇ」

「ホントだよ」

母と二人、絵を見下ろしながら笑う。

銀賞を獲るほど上手な絵を。

私は昔から手先が不器用だったから、絵画での賞なんてものには無縁だった。でも、なぜか葵はとても器用な奴で、絵を描けばいつもクラスの代表に選ばれていたものだ。

「うん、まあ、とにかく——、ソフトクリームは落とすけど、さすが俺の息子。きっと次は金賞を獲ってくるな」

母は「やれやれ」と笑いながら椅子から立ち上がると「お茶淹《い》れるけど、飲む？」と訊いた。

「ああ、ありがと」

答えて、私は何となく仏壇を見た。

地味な木枠の額のなかから、葵が私を見て小さく笑っていた。


【宮久保寿々】


広々とした港の公園に、やわらかな海風が吹いた。

頭上からは、さらら、さらら、と若葉の葉擦れの音が降ってくる。

わたしは、お気に入りにしている木陰のベンチに腰掛けて、ひとりでお弁当を食べ終えた。膝に乗せたお弁当箱の蓋を閉め、傍のカバンにしまいながらそっとつぶやく。

「ごちそうさまでした」

我ながら、今日もなかなか美味しく作れたと思う。

とくに豚肉と蓮根とシメジの柚子胡椒《ゆずこしょう》炒めは、かなり満足な出来だった。隣町の小さな食堂のランチタイムに、わざわざ行列に並んでまで食べた味を、かなりのレベルで再現できた気がする。

んー、と空に向かって両手を上げて、思い切り伸びをする。

初夏の青空がまぶしくて、少し目を細めた。

さて、と――。

午後の仕事、やったるか。

胸のなかで自分を鼓舞《こぶ》し、立ち上がった。そして、公園から歩いてすぐの繁華街へと向かった。

このあたりは歴史ある港町で、散歩をしているだけでも気分がいい。大正時代のガス灯を模した街灯も雰囲気があるし、古い洋館やレンガ造りの建物が立ち並ぶ通りも異国情緒があって素敵だ。

繁華街も上品で洒落ているのだけれど、でも、メインの通りから一本入ると、とたんに繁雑な路地になる。わたしの職場は、その路地の奥の方、中華料理店とキャバクラに挟まれた古い雑居ビルの地下にある。ちなみに、その中華料理店は、食材にも調理にも手を抜いているのがバレバレで、わたしが家で味を再現したくなるようなメニューはひとつもないのが残念だ。

通い慣れた雑居ビルの裏口から、わたしは地下へと続く薄暗い階段を下りた。そして、ドアに直接「関係者以外立入禁止！」と赤いペンキで書かれた鉄の扉を押し開けて、ビルのなかへと入る。

細くて薄暗い廊下は、所々で床のリノリウムがめくれあがっている。しかも、左側の壁に沿って埃《ほこり》の浮いたダンボール箱がいくつも置かれていて、これが邪魔で仕方がない。いったいこの箱のなかに何が入っているのか、といつも思うけれど、分厚い埃で覆《おお》われているから確かめてみる気にもならない。

廊下の突き当たりの扉には「倉庫」と書かれた小さなプレートが貼られている。わたしは、その扉を開けて、なるべく愛想のいい声を出した。

「お疲れさまでーす」

倉庫と書かれた部屋のなかは、化粧品の匂いが充満していて、普通ではあり得ないレベルのどぎついメイクをした四人のおばちゃんたちが、「はーい」とか「おつかれ～」などと返事をしてくれるけれど、なかにはこちらを見向きもしない人もいる。これはいつものことだから、とくに気にしない。

わたしは入り口のドアにいちばん近い、新人用の席に腰掛けた。目の前には、安っぽいテーブルと、飾り気のないシンプルな鏡がひとつ。百円ショップで買った籠のなかには、わたしが「変身」するための道具類が詰め込まれている。

ここは、もともと雑居ビルの地下倉庫だったそうだが、いまは鏡とテーブルを適当に置くことで、プロの占い師たち専用の「楽屋」ということになっている。プロといっても、正直、みんな口八丁手八丁なだけのエセ占い師だ。わたしもエセといえばエセだけど、まだマシな方だと思う。なぜなら、わたしの占いは圧倒的に「当たる」から。

わたしは周囲のオバちゃんたちよりは薄めの化粧をほどこし（それでもかなり濃いけれど）、クレオパトラみたいに前髪がパッツンと切られた黒髪のウイッグをかぶった。これだけですでにエキゾチックな、というか、ちょっとヤバそうな女になる。そこからさらに、黒い蝶々の柄が入ったレースの布で、鼻から下を覆い隠すのだ。

もちろん、服も着替えなくてはいけない。いま着ているチェックのネルシャツとジーンズを脱いで、代わりに、演歌歌手がディナーショーか何かで着そうな黒いワンピースをまとう。首と腕の部分だけ透け透けのレースになったこの妖しい衣装は、ここ「港の占い館」のオーナーのおばちゃん、というか、もうすぐ「おばあちゃん」の勝子《かつこ》さんが、どこかから見繕ってきてくれたものだ。

これで、わたしの「変身」は完了。

妖しくなった鏡のなかの自分を見て、わたしは今日もこっそりため息をこぼす。

世間一般では、けっこうちやほやされたりする花の二四歳のはずなのに、わたしはこんな格好をしていていいのかね？

と、ついつい自問してしまうのだ。

同年代の娘たちは皆おしゃれな服を着て、やりがいのある仕事をしたり、素敵なスーツ姿の男子たちと合コンをしたりして、人生を謳歌しているのではないか？　いくつも恋をして、そのたびに胸をキュンキュンさせながらデートをして、告白したりされたりして、そういう恋愛話を親友に長電話して……、きっと、そんな感じで、まぶしい未来を見詰めているに違いない。

それなのに、わたしときたら……。

鏡を見ながらの二度目のため息は、我慢することにしている。

生活のための仕事――、と割り切るための我慢だ。

ちらりと、部屋の奥の壁を見上げた。

学校の教室にありそうな壁掛け時計は、ほどなく十三時を指そうとしていた。

まもなく午後の仕事がはじまる。

「あー、かったるいわぁ」

「なんかさ、陽気のせいか、最近、めんどうな客が多くなったと思わない？」

「えー、あたしの客なんて、一年中、めんどうなのばっかだよ」

「そりゃそうさ。わざわざ金を払ってまで占いに来る連中なんて、そもそもめんどうな人間ばかりに決まってるじゃん」

「あはは。それ、言えてるかも」

そんな愚痴《ぐち》をこぼしながら、どぎつい衣装とメイクで「いかにも占い師」っぽく変身した六人の中年女たちが、ぞろぞろと「倉庫」から出ていく。わたしは先輩である彼女たちの背中に従い、いつものように「倉庫」の鍵をかけて最後に出た。

ふたたび埃っぽい廊下に出たわたしは、先輩たちの背中に付いていく。下りてきた階段の方に戻るのではなく、ビルの奥へと続く左手へ進むのだ。やがてわたしたちは、もうひとつの鉄の扉を開けて、そのなかへと入る。そこは、空気の淀んだ地下の部屋で、甘ったるいお香の匂いが充満している。

わたしたちの職場「港の占い館」のフロアだ。

当初は、このきついお香の匂いにやられて、午後になると決まって気分が悪くなっていたけれど、人間の順応性というのはたいしたもので、いまは少しも気にならなくなっていた。むしろ、この匂いに包まれると、さあ、仕事をするかな、という気分にすらなる。

ここは地下空間のせいか、やけに天井が低く、その低い天井からぶら下がる安っぽいシャンデリアが貧相な光を放っている。ぐるりと周囲を見渡すと、屋台を思わせる占いブースが七つ。タロット占い、水晶占い、四柱推命、手相占い、占星術、風水占いが、おばちゃんたちのブースで、わたしのブースの前には「神がかった的中率！　雑誌やネットでも話題沸騰《ふっとう》！　すずさんのビスケット占い」と書かれた立て札が立てられている。

ビスケット占い――。

我ながら、嘘くさいな、と思うのだけれど、それでもここ「港の占い館」のなかでは、わたしがいちばんの売れっ子なのだ。土日ともなると、お客さんが行列を作ることだってある。おばちゃんたちと比べれば年齢が半分程度と若いし、可愛い「ビジュアル系占い師」なんていう評判も流布《るふ》しているらしく、どちらかといえばアイドル的な売り出し方をされている感もある。そのせいか、お客さんの半分は男性だ。

わたしのブースは、おばちゃんたちよりはシンプルだけど、それでもきちんとそれっぽく（怪しく）作られている。全体がペルシャ絨毯《じゅうたん》みたいな柄の布で覆われていて、わたしが座る椅子の背後の壁には、窓もないのに紫色のレースのカーテンがかけられているのが妙だ。テーブルクロスも紫で、床に置かれた丸い照明器具が、ピンク色の光を放っている。

この悪趣味なブースのデザインも、もちろんオーナーの勝子さんによるものだった。

わたしは自分の椅子に座って、傍の棚からビスケットを十枚ほど取り出すと、木製の皿の上に並べておいた。お菓子の袋のままだと見栄えが悪いからだ。さらに、お客さんとわたしのあいだを隔てるテーブルの上には、バリなどで売られていそうなハイビスカスの彫刻がほどこされた木の板を置く。

これで準備完了。

おばちゃんたちも、それぞれのブースに散って準備を整えている。そして午後一時ちょうどに、オーナーの勝子さんがふらりと現れて、誰にともなく宣言する。

「じゃあ、開けるよぉ」

ブースのなかからの返事はないけれど、勝子さんはいつものように「港の占い館」の入り口のドアをオープンさせた。

「おまたせしました。いらっしゃいませ」

愛想のいい声を出す勝子さんの横をすり抜けるように、開店を待っていたお客さんたちが入ってくる。

さあ、仕事だ。

そっと目を閉じ、ひとつ深呼吸をして、意識を集中させた。

スイッチ、オン。

そして、ゆっくりと目を開いたとき、わたしは不思議なオーラをまとった妖しい占い師「すず」になりきっていた。

◇　◇　◇

わたしのブースに入ってきた一人目のお客さんは、銀縁メガネにひっつめ髪をした、いまいちパッとしない女子高生だった。

「どうぞ、お座り下さい」

「あ、はい……」

「鑑定と相談料は前金となっております」

　わたしはテーブルの傍にある料金表を指し示した。

　三〇分・三〇〇〇円――。

　ときどき、おばちゃん占い師たちのブースでは「占いの内容が気に入らない」といって、お金を払わずに出て行こうとする人がいるらしく、その対策として勝子さんは数年前から料金を前払い制にしたのだそうだ。もちろん、わたしのブースでは、まだそういうことは一度も起きていないし、今後も起きないと思うけど。

　なぜなら、わたしは「外さない占い師」だから。

　ひっつめ髪の女子高生は、カバンのなかから使い古された財布を取り出すと、千円札が二枚と、五百円玉が一枚、さらに百円玉五枚をわたしに差し出した。

　学生からお金を取るのは、正直、気がひける。でも、こちらも商売だし、切実に生活がかかっているから、タダというわけにもいかない。

　わたしは料金を無言で受け取り、椅子の脇にある料金箱にそっとしまうと、まっすぐ女子高生の目を見詰めながら言った。

「本日は、どのようなご相談ですか？」

「えっと……、あ、その前に、すずさん」

「はい」

「わたしのこと、覚えてますか？」

女子高生は、やや不安げな顔で小首を傾げた。

わたしは、のっけからイレギュラーなお客さんだな、と思いながらも、とりあえず、「もちろん、覚えていますよ」と答えておいた。でも、内心では、あなたのことじゃなくて、あなたの後ろにいる人をね、と付け足していたけれど。

じつは、この娘《こ》の守護霊さんにインパクトがあるのだ。ツルツルのスキンヘッドにブルドッグみたいな顔。生きていたら悪役専門の俳優になれそうな風貌をしているから、忘れたくとも忘れられない。しかも、わたしと波長が合いやすいようで、かなり鮮明に姿が見えるうえに、会話もしやすいタイプの霊だった。

「すずさんが覚えててくれたなんて、嬉しいです」

「あなたのことは、その後どうなったか心配していたんですよ」

女子高生と話を合わせながら、わたしは後ろの人と心でしゃべる。

その守護霊のおかげで、ほとんどすべてを思い出した。

この娘は、クラスのいじめられっ子なのだが、家が貧乏なのにお金を払ってまで修学旅行に行きたくなくなり、どうしたものかと相談に来たのだった。あのとき、わたしは、ストレスばかりの修学旅行には行かなくていいし、いじめる娘たちとはなるべく距離をとった方がいいですよ、という感じのアドバイスをしていたはずだった。

「え……、心配？」

女子高生は、目を丸くしていた。他人であるわたしに心配してもらえたことが、望外に嬉しかったようだ。そして、どこか落ち着かない様子でこう続けた。

「わたし、あの後、すずさんの占いのおかげで状況が少しずつ良くなってきて、修学旅行にも行けたんです」

「行ったんですか？」

「はい」

「そうですか。それならよかったです」

女子高生はかすかに頷くと、わたしから視線を外した。

「それより、今日は平日ですけど、学校は？」

「え……」

「午前中で終わりとか？」

「えっと、今日は、創立記念日なんで」

上手に嘘をついたつもりだろうが、わたしはすべてお見通しだ。なにしろ、困ったように苦笑いをした悪役顔の守護霊が、後ろで「そりゃ嘘だよ」と首を横に振っているのだ。

とりあえず、わたしは騙されたフリをして、会話を先に進めることにした。

「そうでしたか。じゃあ、相談に入りましょうか」

「はい。えっと……」

女子高生は、カバンのなかから旧型のスマートフォンを取り出して、わたしに写真を見せた。

「この娘たちについて、なんですけど」

スマートフォンの画面には、なかなか意地の悪そうな女の子たちが四人、ピースサインをして写真に写っている。わたしの目の前にいるおとなしそうな娘には、どう考えても不似合いだ。つまり、この四人の娘たちが、いじめっ子なのだろう。

「あなた、じゃなくて、この娘たち？」

「はい。四人それぞれ、好きな男子がいるらしいんですけど」

「…………」

「告白したら、上手くいくかどうかを占って欲しくて」

わたしは、思わずため息をつきそうになったけれど、喉元でこらえた。

「この四人は、あなたのお友達ですか？」

わたしは「お友達」という部分を少し強調して訊いた。

すると、女子高生は「え？」と一瞬、間を置いてから、少しためらいがちに頷いた。

「はい、そう、ですけど……」

わたしは突っ込みたいのを我慢して、女子高生の前に丸いビスケットを一枚置いた。

「では、前回と同じように、このビスケットの中心に人差し指を置いて下さい」

「はい」

「そのまま下を向いて、そっと目を閉じて」

「…………」

「四人のお友達のことを、心に強く思い浮かべて下さい」

毎回、こうやってお客さんに下を向かせておくのは、面と向かって顔を合わせなくて済む時間を作るためだ。つまり、この隙に、わたしは堂々と守護霊と向き合い、あれこれ心で会話をする。

そして、今回の結果は、ほぼ完璧にわたしの想像どおりだった。

「それでは、ビスケットに力を加えて、割って下さい」

女子高生は、言われるがままにビスケットを割った。

「はい。ありがとうございます。顔を上げて下さい」

わたしは、さも割れたビスケットの形状に意味があるかのように、じっとそれを見詰めた。

十秒ほどしてから「なるほど」と、思わせぶりにつぶやき、さらに二十秒後にも「そうか、そういうことね……」と再度つぶやいてみせた。そして、すべてが分かったかのように、ひとつ頷いてみせてから、ゆっくりと顔を上げた。

「見えました」

「はい……」

「でも、鑑定結果を言う前に、念のため伺っておきたいことがあります」

「え？　あ、はい」

「この四人の鑑定をするとなると、当然、四人分の鑑定料をお支払い頂くことになりますけど、そちらは大丈夫ですか？」

「え……、それは、ちょっと」

だよね、と思いつつ、わたしは続ける。

「あなたは、以前のわたしの占いを完全には信じきれなかったみたいですね」

「え……」

「だから、この四人のいじめっ子たちに、うっかりすり寄ろうとしてしまった。で、その結果、同じ班になって、修学旅行に行くハメになったんですよね？」

女子高生は、口を半開きにして固まってしまった。

あまりにも図星すぎて、声が出せないのだ。

わたしは、さらに続ける。

「すり寄って、おべっかを使っているうちに、なんとなく四人の仲間に入れたような感じにはなってきたけれど、実際は、使いっ走りとしてこき使われていますね？　今日も、本当は創立記念日なんかじゃなくて、学校はちゃんとある。でも、この娘たちに、すぐに占ってもらってこいって命令されて、しぶしぶここに来たんですよね？」

「…………」

固まっていた女子高生の白くて細い喉が動いた。ごくり、と唾を飲み込んだのだ。

「わ、わたし……」

「大丈夫ですよ。わたしの占いどおりにするのも、自分の判断を優先して生きるのも、どちらにも意味があると思いますから」

「え……」

「ただ、この四人の娘たちは、ちょっと悪質みたいだから、わたしとしては、ちょっと心配なんです」

「………」

テーブルの上のスマートフォンの画面は、すでにスリープモードとなり暗転していた。

わたしは真っ黒なその画面を見下ろしながら言った。

「じつは、わたしもね、昔、クラスでハブかれてたの」わたしは、あえて親しみを込めて敬語を控え、できるだけ恵み深い声色で言う。「小学校でも、中学校でも、高校でも、もうずっと」

「え……」

「だから、あなたの気持ち、自分のことみたいに、よく分かるの」

「すずさん……」

「人間にとって最悪の地獄は、やっぱり孤独だもんね。だから、自分の居場所がないクラスほど悲しい場所はないよね？」

「どうして、わたしに、そんなことまで……」

「うーん、なんとなく、かな」

実際は、悪役顔の守護霊が、この娘は「共感者」を求めていると言うから、わたしは、自分の過去をそのまま話すことにしたのだった。そして、いじめの苦しみを味わった者同士、心と心でつながってあげることにしたのだ。

「ねえ」

「はい」

「この四人の娘たちは、あなたの大切なお金で、自分たちのことを占ってもらおうとしてるでしょう。そういう人たちを、友達って呼ばないよね？」

メガネの奥の女子高生の瞳が、ゆらりと揺れた――と思ったら、まばたきと同時に、しずくが頬を伝った。

「すずさんも……」

「うん。あの頃は、本当に辛かったなぁ」

わたしは、あえて過去形で言って、微笑んでみせた。

辛い現在も、いつかは過去になるということを知らせるために。

正直、いじめられていた頃のことは、いま思い出しても胸がぎゅっと苦しくなるし、生きた心地がしなくなる。

いじめの原因は、もちろん、この特異な霊能力だった。

ふつうの人には見えないもの――、両親や心療内科の先生いわく「見えてはいけないもの」が、わたしには見えてしまうという稀有な力のせいで、ひたすら不幸から不幸へと渡り歩くような日々を過ごしていたのだ。しかも、ラジオの周波数を合わせるように「精神のチャンネル」を合わせるだけで、その「見えてはいけないもの」と会話すらできてしまう。

こんなに簡単なことが、どうしてみんなにはできないの？

みんな、本当に見えてないの？

幼い頃は、逆に、みんなの方が不思議だった。

やがて自分が完全なマイノリティーだと認識しはじめた頃には、もはや手遅れだった。「あいつはヤバい」「怖い」と噂が噂を呼び、気づけばわたしの居場所はどこにもなくなっていたのだ。右を向けば、冷淡な視線。左を向けば、ひそひそ話。人々はいつも一定の距離を置いて、わたしをこっそり監視しているのだった。

たまに、わたしが心から「良かれ」と思って、人にアドバイスをすることもあったけれど、でも、そのアドバイスで救われれば救われるほど、むしろ彼らはわたしを怖れ、気味悪がり、そしていっそう離れていった。

そんなにわたしと距離を取りたいのなら、むしろ、わたしの方から思いっきり離れてしまえばいい――。

そう考えたわたしは、地元の大学を卒業するのをきっかけに田舎を離れ、都会に出る決心をした。当初、両親は渋い顔をしたけれど、珍しくわがままを言って押し切らせてもらった。

そして、わたしは、生まれてはじめての「自由」を手に入れた。

周りの誰もが、わたしのことを知らない——。

そのことが、どれほどわたしを安堵させてくれただろう。

もともと孤独には慣れていたから、一人暮らしに順応するのも早かったし、人にアドバイスをすることで気味悪がられるどころか、逆にお金をもらえる「占い師」という仕事とも出会えた。もちろん、街の新人占い師なんて、多少の人気があるとはいえ薄給だから、生活はかつかつだし、正直いえば、たまに、ふと淋しくなることだってある。

それでも、白い目で見られる田舎から逃れ、人生を一からやり直すチャンスを得られたわたしはラッキーだったと思う。

人生に行き詰まったら、まずは環境を変えてみるべき——。

そのことを、わたしは身をもって知ることができたのだ。

「もし、よかったら」

わたしは、目を真っ赤にしている女子高生に訊ねた。

「この四人の恋愛占いなんてやめちゃって、あなた自身を占ってみない？　ついでに、いじめられっ子の先輩からのアドバイス、聞いてみるっていうのは、どう？」

「え……」

「ようするに、わたしからの個人的なアドバイスだけど」

「…………」

「自分で言うのもアレだけど、効果的なアドバイスだと思うよ？」

女子高生は、カバンのなかからハンドタオルを取り出して、メガネの下から両目に当てた。そして、洟《はな》をすすりながら「はい。お願いします」と小声で頷いた。

「じゃあ、まずは、この四人の娘たちへの対応から言うね。今回の占いの結果、四人ともチャンスはあるけど、恋をモノにするには条件があるって伝えて欲しいの」

「条件？」

「そう。四人とも、周囲の人に喜ばれる行動をし続けること。それができていると自然と運気がアップして、恋愛成就のチャンスも近づいてくるらしいよって」

ようするに、そろそろ、いじめをやめろということだ。

そして、ここから先は、悪役顔の守護霊から教えてもらったことを翻訳してあげることにした。

「あとはね、あなたが修学旅行で同じ班だった女子がいるでしょ？」

「え？」

「この意地悪な四人組じゃなくて、もうひとりのおとなしい女子」

「あ……、はい」

「ええと……、かすみ、ちゃんっていう娘かな？」

「え……」

わたしが、具体的な名前まで当てたものだから、女子高生は泣くのも忘れて固まってしまった。これは、まあ、よくある光景だ。

「その、かすみちゃんって娘はね、あなたのことをとても良く思っているから、積極的に話しかければ、きっといい友達になれると思うよ」

「…………」

「あとね、クラスであなたの斜め右後ろの席の女の子。ええと——、ショートカットで、日焼けしてて、わりと正義感が強くて……、ソフトボール部のキャプテンかな？」

ここまでくると、女子高生は呼吸すら忘れて、もはやオバケでも見るような目でこっちを見ていた。これも、まあ、よくある光景だし、いまは占い師だから、この目はむしろ賞賛の目だと思えばいい。

「そのソフト部の娘はね、あなたのことをよく家でお母さんに話しているみたい。いじめられてて可哀想だから、何とかしてあげたいって。だから、さりげなく相談してみるといいかも。きっとキャプテンシーを発揮して力になってくれるはずだから。あと、クラスの担任の先生も、いじめに薄々感づいているみたいだから、相談してみるのもアリだと思うよ。そのときは、かすみちゃんと、ソフト部の娘と三人で相談に行くといいかも。三人で相談に行けば、事なかれ主義の先生も、見て見ぬフリができなくなるから」

「はい……」

久しぶりに女子高生が言葉を発した。

「ねえ」

「…………」

「今度こそ、わたしの占いを信じて、ちゃんと行動してみてね」

女子高生が、こくりと小さく頷く。

「きっと解決すると思うから。そうしたら、もう、わたしの占いなんて必要のない生活がはじまるから」

「はい……」

「じゃあ、これで今回の鑑定は終わりです。頑張ってね」

「すずさん……」

「ん？」

「本当に――、ありがとう……ございました」

「いいえ。こちらこそ、ありがとうございました」

わたしのお礼の気持ちの半分以上は、悪役顔の守護霊に向けられていた。

感謝の波動が伝わった守護霊が、にっこりと笑ってくれた。

その笑顔には、思いがけないほど愛嬌があったので、ついついわたしもにっこり微笑んでしまうのだった。

もう一度「ありがとうございました」と頭を下げて、ブースを出ていく女子高生の痩せた背中を見詰めた。

もしも、また、ここに来ることがあったなら、そのときは恋愛占いでもしてあげたいな。

そんなことを思いながら、わたしは四つに割れたビスケットをゴミ箱にそっと捨てた。

「次の方、どうぞ」

本日、二人目のお客さんは、五十代と思われる白髪まじりの男性だった。この人は中堅企業のオーナー社長さんで、背も高く、見た目はわりとダンディーだけれど、高慢なところが鼻につくから、あまり好きにはなれないタイプだった。

占いに来たのは、五回か、六回目くらいだろう。

社長は、わたしの向かいの椅子にドッカと座るなり、「すずちゃん、今日もかわいいねぇ」と言って、日焼けした精悍《せいかん》な顔に自信ありげな笑みを浮かべた。目尻に寄った笑い皺。このおじさん、ちょいワルでモテるんだろうな、と思う。

「本日のご相談内容は――」

わたしが事務的な口調でしゃべりはじめると、社長はさっそく言葉をかぶせてきた。

「ねえ、すずちゃんさ」

「……はい」

「今日はね、占いの前に、お礼を言いたいんだよね」

「お礼？」

「そう。すずちゃんの占いのおかげで仕事が上手くいってさ、過去最高益を出したんだよ」

「それは、よかったですね」

「本当に、すずちゃんのおかげだよ。ありがとう」

社長がテーブル越しに手を差し出してきた。仕方なく、わたしはその手を握り返す。ぎゅっと握力が加えられて、少し痛かったので、わたしは手を引いた。

「すずちゃんの手、ひんやりしてるね」

言いながら、社長は手を放してくれた。

駄目だ。やっぱり、わたし、この人は苦手だ。

「では、本日の相談内容をお話し下さい」

出来る限り、わたしは冷淡な感じで言った。

すると社長は長い脚を組んで、身体をはすに構えると、テーブルの上に左肘を乗せた。

「俺がいま、いちばん欲しいと思ってるものが手に入るかどうかを占ってくれ」

「いちばん欲しいもの、ですか？」

「そう」

社長は、意味ありげな目でこちらをストレートに見詰めてきた。わたしは少し視線を外して、冷静に「後ろの人」を見た。どこか気の弱そうな雰囲気をまとった、江戸時代の商人らしき守護霊だ。映像はややぼやけ気味で、表情は読み取りにくいけれど、会話はしっかりと成り立つ。わたしは、その商人に心の言葉で訊ねてみた。すると、いま社長が欲しがっているものがあっさり判明して、わたしはため息をついてしまった。

社長がいちばん欲しいもの。

それは、わたしだったのだ。

ようするに、あまりにも占いが当たるから、会社の「お抱え占い師」として秘書室に置いておき、あわよくば愛人として囲ってしまおう――、とまあ、そういう魂胆だった。

「どうしたの、すずちゃん。ため息なんてついて」

「いえ、大丈夫です。それでは、いつものように、これを人差し指で割って下さい」

わたしは、一応、テーブルの上にビスケットを置いた。

社長はもはや慣れたもので、何も言わなくても目を閉じ、下を向いて、心のなかで思いを込めつつビスケットを割った。

「ありがとうございます。お顔を上げて下さい」

「おっ、いい感じに割れてるんじゃないの？」

社長は、きれいに三つに割れたビスケットを見詰めながら言った。

でも、わたしは、社長の言葉を無視しながら、しばらくは鑑定をしているフリをした。

そして、「残念ながら」と小さく首を振ってみせた。

「えっ？」

「その欲しいものは、手に入らないと出ています」

「何だ、それ。理由を教えてくれよ」

テーブルに付いていた肘を戻すと、社長は腕を組んでニヤリと笑う。

この尊大な態度が、いっそう苦手だ。

だから、わたしはこう言ってやった。

「女性をモノのように扱っていたら、いつか逆に、社会からモノのように扱われてしまいますよ」

「え……。俺が欲しがってるの、女性だって分かったんだ」

「分かります。しかも、その女性は、いわゆる悪魔と契約を結んでいるので、あまり近づきすぎると、せっかくの成功がすべて水の泡になりますね。社長が求めている女性は、それくらい特殊な方ですよね？」

「え、ちょ……、すずちゃん？」

「はい、何でしょう？」

「どこまで分かってるの？」

「いま言ったところまで、ですけど？」

わたしは、しれっと答えてやった。

「うーん……」

それでも諦め切れないのか、社長は腕を組んだまま唇を引き結び、短く唸った。きっと、欲しいものは、どんな手を使ってでも手に入れようとするタイプなのだろう。

「どうにか、手に入れる方法はないかな」

「ないですね。下手をすると、社長だけじゃなくて、ご家族にまで魔の手が伸びるかも知れませんよ」

「あはは。魔の手？」

社長は笑ったけれど、わたしはむしろ真顔を貫いた。

「はい。なにしろ、相手はいわゆる悪魔ですから」

「嘘だろ。悪魔なんて」

わたしは後ろにいる商人から訊いた名前を口にした。

「ゆりあ……さん」

「え？」

「社長の娘さん、ですかね？」

わたしの口から実名が出たことで、社長の目が点になった。

「え……？　えっと、うん。そうだけど」

「悪魔から、いちばん被害を受けそうなのが、ゆりあさんですね。それと、奥様の……、ええと」姿のぼやけた商人が、こそっと教えてくれる。「しのぶ、さん、かな。その方に憑依《ひょうい》して、魔の手は娘さんに伸びますね」

「ちょっ……、えっ、わ、分かった。あきらめるわ、その女のことは」

言いながら、社長は悪魔を見るような目でわたしを見たので、わたしは少しうつむきながら、ニタリと社長を見上げてやった。足元にあるピンク色のライトが、下からわたしの顔を照らしている。きっと、おどろおどろしい顔になっているはずだ。

「オ、オッケー。分かった。その女には、近づきすぎないことが大事なんだな。分かったよ。そうすることにした。じゃあ、俺は、これで」

社長は、そそくさと立ち上がった。

「また、いらして下さい」

「あ、うん。じゃあ、またね……」

二度と来ないであろう社長が、くるりとこちらに背を向けて大股で歩き出す。

「ありがとうございました！」

わたしは、とても気の利く商人に向かって、小さく手を振りながらお礼を言った。

◇　◇　◇

港に面した広い公園は、夜になっても人が途切れることはない。

ほとんどは、夜景を眺めに来たカップルだけれど、なかには夜のジョギングに励む人や、会社帰りのサラリーマンらしき人の姿もちらほら見られる。

公園の隅っこではアイスクリームの移動販売車が営業を続けている。でも、もうすぐ閉店時間となるはずだ。

夜の海を静かに渡ってきた海風が、水銀灯にぼんやり照らされた公園をやさしく包む。

ライトアップされた噴水。

たぷん、たぷん、と岸壁に打ち付ける甘い波の音。

今宵の公園は、なんだかとても居心地がいい。

時刻は、午後七時すぎ――。

占いの仕事を終えたわたしは、霊能力のスイッチをオフにして、再びこの公園のお気に入りのベンチに腰を下ろしていた。

右手にはキャラメルチョコチップ味のアイス。

ついさっき、移動販売のお店で買ったものだ。

店主のおじさんは、いつもワイン色のベレー帽に黒縁メガネをかけていて、とても愛想がいい。しかも、味が本格的で美味しいから、わたしはときどきこうして仕事帰りに食べに来るのだ。

このおじさんの守護霊とは、まだ会話をしたことがない。でも、わりと古い時代の漫画家さんだということまでは分かっていた。おじさんが漫画家っぽい格好をしているのは、きっと無意識にその守護霊の影響を受けているからに違いない。

占い（という名の霊視）をするのに脳をフル稼働させているのかどうかは分からないけれど、仕事の後はやたらと甘いものが美味しく感じる。だから、わたしはキャラメルチョコチップ味のアイスを、あっという間に平らげてしまった。

ちょっと物足りなくて、ちらりとアイスクリーム屋さんを見た。

まだ開いてた。今度はバニラを――。

と思いかけて、さすがに自制した。一応、これでも年頃の女子なのだ。カロリーと糖質については多少なりとも関心がある。

我慢、我慢……。

胸裏でつぶやいたわたしは、カバンからスマートフォンを取り出した。そして、涼しい夜風におでこを撫でられながら、ベンチの背もたれに上半身をあずけ、ネットサーフィンをはじめた。お気に入りのグルメサイトをメインに「美味しそうな情報」の波に乗っていく。

都会に出てきてからのわたしは、いわゆる「食べ歩き」を趣味にしていた。別の言い方をすれば、お財布と相談しながらの美味しいもの探しだ。恋人はもちろん、友達すらいないから、いつも「お一人様」になってしまうけれど、それはそれで気楽でいい——ということにしている。

食べ歩きには「宝探し」とよく似たわくわく感があると思う。

廉価で美味しいメニューと巡り合えたときは、まさに宝物を見つけたように胸が躍るのだ。そして、そういうときは、お店の味を自宅で「より安く」再現すべく、わたしはスーパーに直行し、アパートの粗末なキッチンで、ひとり黙々と料理のコピー作りを楽しむのだった。

アイスクリーム屋さんの電気が消えて、ベレー帽のおじさんが後片付けをはじめたとき、スマートフォンの画面をスクロールしていたわたしの指が止まった。

キッチン風見鶏——。

そこは老舗の小さな洋風レストランで、この公園から歩いて行ける距離にあった。しかも、レビューを見る限り、味の評価がとても高い。それなのに、ランチタイムのメニューは値段がわりと庶民的で、わたしの財力でも問題のなさそうな店だった。

念のため、その店について、さらに検索をかけてみる。

海を見晴らす風景がいい。熟成肉が最高。シェフはお客さんによって味付けを変えているらしい。ホームページのない隠れ家的な店、等々、良い評価のコメントが多かった。

「ここに決まり」

スマートフォンに向かってボソッとつぶやくと、すぐにお店に電話をかけた。予約を取るのだ。

ワンコール、ツーコール……。

お店の人が出たのは、ファイブコール目だった。

「お待たせ致しました。キッチン風見鶏です」

とてもソフトな男性の声。

しかし、その声を聞いた刹那——。

わたしは息を呑んでいた。

「………」

「あの、もしもし?」

「あ、ええと……」

返事をしたときにはもう、わたしの心臓の温度は三度くらい跳ね上がっている気がした。

「ご予約、でしょうか？」

「あ、はい。すみません。明日のランチなんですけど、えっと……十二時から、ひとりで取れますでしょうか？」

何とか言えた。

すると今度は、電話の向こうの男性が、一瞬、黙り込んだ。

「もしもし？」と、わたし。

「え……、あ、明日は大丈夫です。それでは、おひとり様でお席をお取りしておきます。よろしければ、お客様のお名前と携帯番号をお伺いできますでしょうか？」

「え？」

わけも分からずドギマギしていたわたしは、質問の意味を理解しているのに、「え？」などと聞き返してしまった。

「万一のときのために、お客様のお名前と携帯番号を――」

「あ、ですよね。えっと、名前は、寿々《すず》といいます。あ、宮久保《みやくぼ》です」

「宮久保寿々さま、ですね」

「はい……」

「携帯の番号は」

わたしは０９０からはじまる番号を伝えた。

「ありがとうございます。それでは、明日の十二時に、お待ち致しております」

「はい。よろしくお願いします」

通話を切った。

わたしは、スマートフォンの画面を見下ろした。

待受画面にしている四つ葉のクローバーの写真が、なんだかいつもより青々として見える気がした。

なに――、この妙な胸騒ぎみたいな、はじめての感覚。

わたしは携帯の電源を落とし、ひとつ深呼吸をした。

清々しい夜風で肺を洗うと、気持ちがいくらか落ち着いてくる。

ま、いっか。そろそろ帰ろう。

声に出さずに言って、ベンチから腰を上げた。

そして、公園のなかを歩き出す。

周囲はカップルだらけで、わたしはひとりぼっち。それなのに、なぜだろう、わたしの歩幅は、いつもより心なしか広くなっている気がするのだった。

◇　◇　◇

翌日は、占いの仕事の定休日だった。

わたしは昨夜に予約した「キッチン風見鶏」に向かって、木漏れ日の美しい歩道を歩いていた。港の公園から丘の上へと続いていく、長くて急な坂道だ。

今日のランチは、ちょっと期待値が高かったので、あえて朝食を抜いてきた。砂漠で飲む水が美味しいように、お腹が空いているほどランチも美味しくなるからだ。

坂の上まであと少し、というところでスマートフォンのナビどおりに左折をした――と、同時に、わたしは足を止めた。ふいに、目に見えない「空気の壁」にぶつかったような気がしたのだ。

え、なに、この感じ……。

立ち止まったまま、ひとけのない裏路地をまっすぐに見通した。

目についたのは、数匹の猫の姿だった。

黒猫、白猫、トラ猫、黒とグレーのマーブルっぽい猫……、よく見ると、まだ他にもいる。

この異様な空気感は――。

もしかして、「呼ばれた」のかな、とわたしは思った。

つまり、スピリチュアル的な世界に働いている何らかの力が、わたしをここに引き寄せた……そんな気がしたのだ。

昨夜、電話に出た男性のソフトな声が耳の奥で甦る。

わたしは「ふう」とひとつ息を吐き、そして、むっちりとした濃密な空気のなかへと突入していった。

やはり、この路地は、あまりにも「変」だった。

霊能力のスイッチをオフにしてあるのに、塀の上に腰掛けた半透明の少女が、白いワンピースの裾をひらひらさせながら笑いかけてくるし、現実の猫を二匹従えた老人のような淡い影が、わたしに何かを訴えかけようとしてくる。ふと足元を横切った黒猫は、音もなくブロック塀をすり抜けていった。

それぞれの霊は、どれも波動の弱いものばかりだった。人に危害を及ぼすこともないし、むしろ、ふとしたことで消えてなくなるくらいに儚《はかな》いレベルの霊なのだ。でも、数が多すぎる。

なんなの、この路地……。

とにかく、わたしは霊も猫も無視して、さらに路地の奥へと歩を進めた。今日は仕事じゃない。だから、いちいち霊と関わるような面倒なことはしたくなかった。でも、歩けば歩くほど「変」な空気の濃度が高まっていくのが、肌感覚としてよく分かる。

おそらく――、この近くに、強い思念を抱いた地縛霊がいるのだろう。そして、その霊の存在が、ある種の引力となって他の弱い霊体やエネルギーを引き寄せてしまい、あっちの世界とこっちの世界をつなぐ時空をごっちゃにしているのだ。ちなみに、強い波動を持った霊同士は、互いの波動で弾き合うらしく、同時に近くに現れることはほとんどない。

わたしは、過去にも何度か、こういう異様な雰囲気の場所に身を置いたことがある。だから、分かるのだ。なんとなく、だけど。

路地の奥まで歩いていくと、左手にとんがり屋根の可愛らしいレストランがあった。小さな看板に「キッチン風見鶏」と書かれている。

ここか――。

わたしは建物を見上げた。

南ヨーロッパの古民家を彷彿とさせるオレンジ色の屋根と白い壁。その屋根のてっぺんには、ちょっと古めかしい風見鶏が乗っていて、丘のふもとに広がる港町と海原を眺め下ろしているように見えた。今日はわりと強い南西の風が吹いているのに、風見鶏はぴくりとも動かない。

レトロな木製のドアを押し開けて、わたしは店内へと入った。

カラン、コロン、と甘いドアベルの音が響く。

「いらっしゃいませ」

奥のフロアから店員の声が聞こえた刹那、わたしはハッとした。昨夜の、あの声だったからだ。

フロアから玄関に現れたウエイターは、わたしと同年代くらいの、ひょろりと背の高い男性だった。

「ご予約のお客様でしょうか？」

「はい」

と答えながら、心のなかでは「変！」と叫んでいた。

わたしは無意識にウエイターの頭のてっぺんからつま先まで、視線を走らせてしまった。

かなり「変」だけど、この人は霊じゃない。

まあ、当たり前か……。

「あの、何か？」

不躾なわたしの視線に気づいたウエイターが、自分のお腹や足元を見下ろし、チェックをしはじめた、と思ったら、いきなりハッとした顔でズボンのチャックを確認した。でも、チャックはもちろん閉まっていたので、ウエイターはやたらと恥ずかしそうな顔で「ぼく、なにか変ですか？」と改めてわたしに聞き直してきた。

「あ、いえ。なんでもないです。すみません」

わたしもなんだか恥ずかしくなって視線を落とした。耳が熱くなっているから、きっと赤面していることだろう。

「ええと、お客様のお名前は」

気を取り直したようにウエイターが言う。

「寿々です。あ、宮久保――」

昨夜と同じように苗字を付け足したとき、ウエイターも同時に「宮久保さま、ですね」と言っていた。

「はい」

「お待ちしておりました。お席にご案内いたします」

ウエイターは、踵《きびす》を返すとフロアの方へと歩き出した。わたしはほっそりしたその背中に従いながら霊能力のスイッチをオンにして、今度は遠慮なく観察させてもらったのだが、かなりの違和感は残るものの、この人はやっぱり人間だった。それより何より、わたしの感覚はフロアの奥の壁際に引っ張られた。しかも、とても強い力で。で、得心したのだ。

なるほど、ここに霊が来るのか――。

壁際に、かなりはっきりと地縛霊の残像のようなものが見えていた。霊の本体ではないから、ちょっと見えにくいけれど、おそらく白い服を着た、白髪のおじいさんだ。裏路地あたりから、この辺一帯を異空間にしている張本人は、間違いなくこの人だった。いまは、その地縛霊の姿はないけれど、かなりの頻度で、この場所に現れているはずだ。

わたしは霊能力のスイッチをオフにした。

「こちらのお席でよろしいでしょうか？」

ウエイターが、四人がけのテーブル席をあてがってくれた。

「あ、はい」

地縛霊が出そうな壁を見ながらランチをする気にはなれないから、掃き出し窓からの景色がよく見える椅子を選んで腰掛けた。

「ランチメニューはこちらになっております。お決まりになりましたら、お声がけ下さい」

そう言って「変」なウエイターが離れていった。

ランチメニューは五種類。わたしが気になったのは、Aランチの「手羽元とキャベツのスープセット」と、Cランチの「炙《あぶ》りサーモンとアボカドの丼セット」だった。どちらにするか迷いに迷った結果、後者に決めた。理由は、自宅で再現したくなったときに、より手軽に作れそうだったからだ。

ウエイターに向かって手を挙げると、なぜか厨房のなかにいた調理服の女性がこちらにやってきた。どうやら、このお店は若い女性がシェフを担っているらしい。

「お決まりでしょうか？」

と、女性シェフ。

「あ、はい。Cランチをお願いします」

「かしこまりました。ちなみに、お客さま、うちのお店は、はじめてですか？」

シェフはとても親しみやすい声色で言って、にっこり笑った。ちょっとそばかすが浮いているけれど、可愛らしい人だな、と思う。

「はい。はじめてです」

「誰かのご紹介で？」

「いいえ、ネットで調べて、予約をしたんです」

そんな感じで、とくに意味もないような会話を三十秒ほど交わすと、シェフはニコニコしたまま厨房へと戻っていった。穏やかで控えめなウエイターの雰囲気と、明るくのびのびとした女性シェフというコンビは、なかなか悪くないな、と思う。

この店のフロア内には、テーブル席が四つあった。わたしのテーブルを含めて満席だったけれど、カウンターは空いていた。

大きな掃き出し窓のガラスの向こうには、ハーブをたくさん植えた洋風の庭がある。その庭の手前側は、レンガ敷きのテラス席になっていて、木製の丸テーブルがふたつ並んでいる。いま、右側のテラス席では、熟年のカップルが初夏の日差しを浴びながら、優雅にランチを楽しんでいる。

わたしは、さらに庭の向こうへと視線を移した。

丘のふもとには、わたしが住んでいる港町が広がっていた。遠くでたゆたう海原は、昼間の陽光をギラギラと弾き返していて、まるで「銀色の海」だった。その海は湾になっているから、向こう岸のビルや山々をくっきりと見晴るかせる。

絶景じゃん――。

わたしは、海原のまぶしさに目を細めながら、ゆったりと深呼吸をした。

この店のランチは、ネットの評判どおりだった。

ヴォリュームはあるのに、ついついおかわりをしたくなるくらいに後を引く美味しさだったのだ。

わたしは、ぜひともレシピを聞きたくなって、店内に視線を走らせた。すぐに厨房の脇にいたウエイターと目が合った。

こちらが小さく会釈をすると、彼は焦りのない早足で近づいてきた。

「これ、美味しかったです」

わたしは、まず、相手のご機嫌をとるために賞賛から入った。

「それは良かったです。ありがとうございます」

「とくに、サーモンに味付けをしているタレが絶妙だなって思ったんですけど——、どんな材料で作ってるんですか？」

「タレのレシピ、ですか？」

「はい……」

わたしは、控えめに頷いた。

さすがにストレートに訊きすぎたかな、と思ったけれど、ウエイターは、少しも不快な顔をせずに「ちょっと聞いてきますね」と、むしろ微笑んで、厨房のなかに消えた。と思ったら、すぐに、さっきの女性シェフがウエイターと一緒に現れた。

「うちのお料理、気に入って頂けたようで嬉しいです。どうもありがとうございます」

「え？　あ、そんな。もう、本当に美味しくて。こちらこそ、ごちそうさまでした」

「いいえ。お粗末さまでした。で、タレのレシピを知りたいということですけど」

「あ、はい」

「お客様、料理がお好きなんですか？」

「好きというか、まあ、はい。趣味程度で……」

「だから、レシピを？」

「はい。でも、なんか、すみません。あ、あの……、無理でしたら、本当に結構ですので」

わたしが恐縮しながら言うと、女性シェフは「いえいえ」と明るく笑ってくれた。

「あのタレは、わりとシンプルなんですよ。オリーブオイルと、お酢と、薄口醬油《しょうゆ》と、砂糖と、白ゴマと、塩胡椒。最後にレモン汁を隠し味にしているんです。具体的な割合は――」

女性シェフは、まったく隠すことなく、とても丁寧にレシピを教えてくれた。わたしは頭のなかに、そのレシピを叩き込んでいく。そんなわたしのことを、存在感が明らかに「変」なウエイターがじっと見詰めてくるし、壁際の霊が出る場所に妙な波動を感じてしまう。

味はとても美味しいし、風景も最高で、シェフも明るくて親切だけど――。

でも、やっぱり、すごく「変」だ、この店は。

すごく「変」なのに、なぜか嫌いじゃない。

しかも、次に訪れたときは、ちょっと奮発してでも、この店でいちばん人気だという熟成肉のセットを食べてみたいとすら思っていた。

【鳥居祐子】


わたしの余命は、あと一年そこそこらしい。

この間、病院で検診をしたら、手術できれいさっぱり取り切ったはずの癌の転移がいくつか見つかったのだ。

これまでどおり、放射線と抗癌剤の治療を続ければ、まだいくらかは命を永らえることができるかも知れないけれど、転移した場所と癌の種類からすると、必ずしもそうではないかも知れない——、というのが医師の見解だった。

嘘のない言い方だな、と思う。

その医師は、まっすぐにわたしを見て言った。

「鳥居さん」

「はい」

「今後の治療方針について、ですが」

これから先はずいぶんと重たい話になるんだろうなぁ……、と頭の片隅で他人事みたいに思っていたのにもかかわらず、しかし、わたしの唇は少し拍子抜けするほどさらりと、医師の言葉にかぶせていたのだった。

「わたし、放射線と抗癌剤は、もうやめます」

病魔との戦いで負けを認めたわけではない。

ただ素直に、ああ、もういいかな——、という本音がこぼれただけだ。

全身の血管に砂が詰まったような副作用に耐えながらの、重苦しい余生を過ごすよりは、残された時間のなかで、一回でも多く娘の絵里に笑顔を見せたいし、わたしの笑顔に釣られて笑う絵里の可愛らしい顔をよく見ておきたい。でも、わたしが癌との戦いのなかにいれば、なかなかそれも叶わないだろう。

死については、もう充分すぎるほど考えた。

夜な夜な枕を濡らしたし、ご先祖様のお墓参りをしたり、あちこちの神社に参拝したりもして、その都度、必死に命乞いもした。副作用で床に伏しながら、インターネットで「奇跡」の情報をかき集めたりもしていたけれど、正直、怪しい情報がほとんどだった。それでも、なかにはちょっと信じてみたくなるような情報もあったから、自分なりに試してみたりもした。

そして、その結果が今回の「再発」だったのだ。

医者から余命を宣告された刹那は、わたしの内側にこびりついていた古いかさぶたが、ぽろっと音を立てて剝がれ落ちたような気がした。なぜだろう、むしろ少しだけ気持ちが自由になったような、妙な感覚だった。それは、もしかすると、生への執着を手放した瞬間だったのかも知れないし、最初に癌が見つかってからいままでのあいだ、生きることを楽しんでこなかった、というミスに気づいた瞬間だったのかも知れない。

生きるために戦い、疲れ果て、それでもあきらめずに自分を鼓舞し、奮闘してきた。なのに、勝利のきっかけさえつかめず、秒針とともに衰弱していく。そういうサイクルのなかに身を置くことは、もういいかな——と、わたしは無意識に思ったみたいだ。

それまでのわたしの心の視野は、とても狭くて、ほとんど癌との戦いにしか向いていなかった。だから、ときどき絵里に向けた笑顔の裏側には「無理」があったと思う。顔で笑い、心で泣いていたのだから。でも、いま、そういう自分を蔑《さげす》んだり、後悔したりしているかというと、じつは一ミリたりとも、そんなことはない。わたしは、ただ、ご先祖様から受け取った命のバトンを自分なりに大切にしようと思って頑張っただけだし、死にたいして恐怖し、あがくのは、人間なら誰しも同じだと思うのだ。心のかさぶたが剥がれたわたしは、自分の弱さを受け入れたわたしなのかも知れないし、あるいは肩の荷を下ろしたわたしなのかも知れない。

ただひとつだけ確実に言えることは、わたしは、わたしの心に素直になったということだった。

自分の心に素直に従いながら生きてさえいれば、きっとこの先は後悔もないだろう。

医師から余命宣告を受けたことは、まだ絵里には内緒にしてある。

しかも、しばらくは伝えないつもりだ。

それがわたしの我がままだということなど重々承知しているけれど、とにかく、いま、わたしがたくさん見たいのは、絵里の笑顔であって、わたしを心配する顔、悲しむ顔ではない。だから娘には申し訳ないけれど、わたしは自分の人生の最後に、我がままを通させてもらおうと思っている。

少し意外だったのは、もっともっと生きようとあがいているときのわたしには、ほとんど癌しか見えていなかったのに、来たるべき死を受け入れてみた瞬間――、つまり、かさぶたが剝がれ落ちた瞬間から、いきなり目の前の世界がきらきらしはじめて、やたらと愛おしく感じるようになったことだった。

たとえば今日のように畑仕事をしていても、土のやさしい温もりやふくよかな匂いを濃密に感じるようになったし、ふと見上げた空が灰色の曇り空だったとしても、その色合いのグラデーションにそこはかとない美しさを感じたりするようになったのだ。

それまで当たり前にそこにあったはずの命も、いきなりみずみずしさを感じさせてくれるようになった。雑草も、虫も、動物たちも、至極当然だけれど、みんなこの世界に生きている命であって、彼らはただそこに「在るだけ」で、きらきらしているということに気づいたのだ。

きらきらしている感じがする、のではなくて、本当に発光しているように見えるのが不思議だ。

道端ですれ違った見知らぬ他人を見ても「ああ、この人も生きているんだなぁ」と、その人のオリジナルな人生を憶うようになったし、潑剌《はつらつ》と駆け出す子供たちの姿を見た日には、もう、まぶしすぎて目を細めたくなるくらいだ。

いま、わたしは、しみじみ思っている。

心のかさぶたが剝がれた後の、この感受性を、病気になるずっと前から持ち合わせていたかったな――、と。

もしも、そうだったなら、もっと広く、もっと深く、わたしは、わたしの人生のきらめきに気づけていたはずだし、この世界に自分が「在るだけで幸せ」という本質的な喜びをしっかりと味わえたはずだから。

命がここに、在る。

それだけですでに尊い。

あなたがそこに、居る。

それだけで、わたしは幸せ。

わたしはそのことを絵里に伝えられたらと思う。

残された時間のなかで。

あるいは、その時間を使い切ることによって。

◇　◇　◇

昼間、畑仕事に精を出していたわたしは、夕方になるとお店に出て手伝いをした。今夜はディナーの予約がぎっしりで、絵里と翔平くんだけでは大変そうだったからだ。

テーブルから食器を下げたり、皿洗いをしたり、レジを打ったり、配膳をしたり、先代の頃からの常連さんと短い世間話を交わしたり、そして、娘の隣に立って一緒に料理を作ったり――。

こうして手伝いができるのも、いまのうちなのだと思うと、小さなお皿を一枚洗うことにまで、心を込めたくなる。

閉店後、二人がてきぱきと後片付けをしているときに、わたしは残りものの素材を使って「まかない飯」を作っていた。

この店のまかないは、代々、料理の名前に「なんでも」が付く。

初代の鳥居文太《ぶんた》じいちゃんが得意としたまかない飯は「なんでも鍋」だった。お店の料理に使った材料の残りを、とにかくなんでも鍋に放り込み、その素材の旨味を生かすべく、いい塩梅《あんばい》に味付けをしてくれたものだ。味付けは日によってまちまちで、ときに鶏ガラだったり、味噌《みそ》だったり、醤油だったり、カレーだったりした。そして、それらがいちいち美味しかったのだ。しかも、鍋のスープで作る雑炊はいつも絶品で、当時、まだ幼かった絵里は、目がなくなるほど嬉しそうな顔をして「おかわり！」と元気な声を出していた。そんな絵里をまぶしそうに眺めている文太おじいちゃんもまた嬉しそうで、食卓がなんとも微笑ましかったのを覚えている。

二代目――、つまり、亡くなったわたしの夫・真一さんのまかないは「なんでも炒め」

だった。鍋ではなくフライパンを使った「なんでも」シリーズだ。いちばん人気だったのはアンチョビで味付けをした炒め物で、それをおつまみにしながら仕事上がりのワインを夫婦で味わうのが、当時のわたしの楽しみのひとつだった。

夫が亡くなってから、わたしは「なんでも餃子《ぎょうざ》」を作るようになった。作り方は単純で、残った料理の素材を細かく刻み、味の相性のいいもの同士を組み合わせて餃子の皮で包んで、あとはパリッと焼くだけ。

餃子の皮で包むから、見た目はいつも一緒になってしまうけれど、素材の組み合わせ次第では、なかなかの料理に仕上がる。

たとえば、今日のようにクリームコロッケが残っていたなら、四つに切ったコロッケとチェダーチーズを餃子の皮で包み、フライパンで焼くだけでいい。ランチの残りのコーンとベーコンを合わせても美味しいし、生ハムとモッツァレラチーズとピザソースと筍《たけのこ》を合わせれば、味わい深く、お酒のつまみにもなり、そして、食感も楽しめる餃子の完成だ。

ポテトサラダとチーズを合わせて包んで、からっと揚げ餃子にしたものは、先週作って大好評だった。もちろんピラフやパエリア、ドリアなどの「ご飯もの」を包んで揚げてもいいし、素材によっては残ったスープに入れて水餃子にしてもいい。

とにかく素材の相性さえ良ければ、なんでもアリの便利な料理なので、お店の冷蔵庫にはいつも餃子の皮がストックされている。

後片付けを終えた絵里と翔平くんが、私服に着替えてきた。

「お母さん、お待たせ」

「うん。こっちも、ちょうどできたところだよ」

厨房に近いテーブルに、焼きたての「なんでも餃子」と、よく冷えたビールを並べて、わたしと絵里が隣同士、向かいの椅子に翔平くんが座った。

ビールをお酌し合い、いつものように店長の絵里が「本日も、お疲れさまでした」とグラスを掲げた。

「はい、お疲れさま」

「お疲れさまでした」

テーブルの中央で、三人のグラスが軽くぶつかり合った。

それから、わたしたちは「なんでも餃子」をつまみに、よく冷えたビールの喉越しと、くつろいだ会話を愉しんだ。

こういう小さな「まかない会」は、週に一〜二度くらいのペースでやっているけれど、これはある種の「経営企画会議」の役割を果たしてくれている。気楽にお酒を飲みながら、メニューの改善案や、店内の模様替えの提案、バックヤードの使い方など、それぞれ思うところをざっくばらんに伝え合って、よりよい店にしていくための話し合いの場としているのだ。

それと、もうひとつ。むしろ、こっちの方が大事なのだけれど——、あまり自分のことを語ろうとしない翔平くんの人となりを知るためのいい機会になっているのだった。

翔平くんは、いつだって誠実で、仕事をきっちりとやってくれる好青年だけど、どことなく陰があるように見えて、わたしも絵里もそこが気になっていた。彼の静かな立ち姿も、はにかむような笑みも、穏やかな話し方も……、それらの裏側には誰にも言えない深い孤独を隠し持っている——そんな気がするのだ。プロファイリングが得意な絵里が、毎日、顔を合わせていてそう言うのだから、ほぼ間違いないだろう。

翔平くんが漫画家を目指していることも、そして、最近、落選してしまったことも、わたしは絵里から聞いていた。

わたしが見る限り、今日の翔平くんは、いつもと変わらぬ様子だったけれど、むしろ、そうやって平静を装っていることを思うと、その健気さに胸が痛くなる。

絵里とわたしは、なるべく元気を出してもらいたくて、くだらない冗談を飛ばして翔平くんに振ってみたり、最近、話題になっているインド映画の話をしたりしていた。たまたまインドの話になったせいか、ふいに絵里が「そういえば、久しぶりにお母さんのカレー、食べたいな」と言った。すると翔平くんも「あのカレー、美味しいです」と嬉しいことを言ってくれる。二人が食べたがってくれるカレーは、そもそもは初代が作っていたカレーで、そのレシピをわたしが受け継ぎ「鳥居家のカレー」として残っているものだった。昔はお店でも出していたけれど、わたしと絵里だけになってからは、カレーまで手が回らなくなり、メニューから外していたのだ。たまに、思い出したように家で作って、差し入れのつもりでお店に持ってくると、いつも翔平くんが喜んでくれる。

「じゃあ、そのうち作ろうかね」

「うん。よろしく」

「お店にも持ってくるからね」

わたしが言うと、翔平くんが「ありがとうございます」と微笑んだ。

カレーの話題が終わって、それぞれビールを飲んだり、餃子を口に運んだりしていると、ふいに何かを思い出したらしい絵里が「あ、ねえねえ」と、翔平くんを見た。

「今日、ランチに来た女の子さ、なんか面白かったというか、ちょっと不思議な感じだったよね？」

「ああ、あの、レシピを聞いてきた」

翔平くんも、たしかに、という顔で頷いた。

「不思議な女の子？」

昼間は畑仕事をしていて、店にいなかったわたしが訊くと、絵里がその娘についてあれこれ話してくれた。いわく、年齢は翔平くんと同じくらいで、どことなく神秘的な目をしていて、プロファイリングによると、ちょっと淋しそうで、何か隠し事をしているタイプで、生活に余裕があるわけではないけれど、でも、生きる強さのようなものを持っていて、自立している女性らしい。

「存在に華がある、可愛い娘だったよね？」

絵里が言うので、わたしも「そうなの？」と翔平くんを見た。

「え……、そう、でしたっけ」

「でしたっけって、翔平くん、せっかくの美女を覚えてないの？」

絵里が、あえてからかうように言う。

「あ、いえ。そうじゃなくて。ただ、なんか、本当に不思議な感じの人だなっていう思いの方が強くて」

「ふうん」

絵里が意味ありげな笑みを浮かべた。

「な、なんですか？」

「翔平くん、彼女のこと、ちらちら見てたからさ」

「え——」

「気になってたのかな、と思ったけど？」

絵里がさらに突っ込んでいくと、翔平くんは、

「え、べつに、そんなことは」

と言って「なんでも餃子」を口に放り込んだ。

照れ隠しが下手な翔平くんを見ていたら、なんだかとても微笑ましくて、わたしはクスッと笑ってしまった。

「その娘、今度は、わたしがいるときに来てくれないかな」

「予約が入ったら、お母さんに教えてあげるからさ、見においでよ。ね、翔平くん？」

「そんな……、お客さんは見世物じゃないんですから」

翔平くんは、ため息みたいに言うと、「ビール持ってきます」と言って席を立った。

わたしと絵里は目を合わせて、微笑みを交わし合う。

いつまでも、こんな時間が続けばいいのに——。

わたしは「普通の幸せ」をじっくりと嚙みしめて、餃子をぱくりと口にした。

# 第三章　国産レモンのクリームパスタ

【坂田翔平】


新人賞に落選してから、ぼくは漫画から離れていた。

以前は、仕事の休憩時間にテラス席に座っては、一人しこしことネームを描いたり、キャラデザインをしたりしていたのだが、そういうこともなくなった。

描くことはもちろん、読むことからも逃げている。

夢に破れ、本格的に心が折れたのかと問われれば、そうなのかも知れないし、もしかすると、少し心身がくたびれたから休んでいたいだけなのかも知れない。

そんなぼくの変化を、プロファイリングの天才である絵里さんが見過ごすわけがない。

しかも、あれだけ仲のいい母娘なのだから、絵里さんが祐子さんにぼくのことをしゃべらないはずもなかった。

つまり、絵里さんと祐子さんは、ぼくの異変を知りつつ、あえていつもと変わらぬ笑顔で接してくれているのだった。

いい歳をした男が、日々、気を使わせながら生きている――、そのことを思うと、仕事中でも、うっかりため息をこぼしそうになる。

そんな、情けない日々を過ごしていたある日のこと。

久しぶりに店内に乾いた杖の音が響き渡った。

カツ、カツ、カツ……。

この音を聞けば、ぼくはすぐに勉《つとむ》さんが来店したのだと分かる。

勉さんは、ごつごつした天然木の杖を手に、一歩一歩ゆっくりと確かめるような足取りで店内を歩いていた。

眉間には深いシワ。固く引き結んだへの字口。白髪の割合からして、年齢は七〇歳くらいだと思う。強情そうなエラの張った顎と、まるで漁師を思わせるチョコレート色の肌、そして、流行遅れにもほどがある服装は、正直、あまり清潔そうには見えなかった。

もっとも目につくのは、彼の下半身だった。

勉さんは右脚の膝から下を欠損していて、そこに木製の松葉杖の先端のような、ひどく時代めいた義足を付けているのだ。

カツ、カツ、カツ……。

杖の音を響かせながら、勉さんはいつものように店の外のテラスに出ると、空いていた左側のテラス席に座った。

海がよく見えるこの席は、勉さんの定席なのだ。

今日は雨上がりの清々しい快晴で、見下ろす海原はブルートパーズのように青くきらめいていた。初夏の風がそよと吹き、海を眺めるには最高の昼下がりだ。

基本的に無口で、いつも不機嫌そうな顔をしている勉さんは、誰がどう見ても取っつきにくそうな老人なのだが、不思議とぼくは苦手ではなかった。しゃべるのがあまり得意ではない者同士ということで、いわゆる「波長」が合うのかも知れない。だからこの日も、ランチタイムが終わってしばらくしても席を立とうとしない勉さんに、ぼくからそっと話しかけたのだ。

「お冷や、お持ちしましょうか？」

すると、海を眺め下ろしていた勉さんが、とてもゆっくりとした動作でぼくを見上げた。

そして、少しまぶしそうに目を細めた。

「いや、いい」

それだけ言って、また海の方に向き直る。

「あの……」

「…………」

返事はなかったけれど、ぼくはかまわず問いかけた。

「海が、お好きなんですか？」

「…………」

勉さんは、ギロリとぼくを見たと思ったら、また海の方を向いてしまった。

こわもてなのに、不思議と怖くはない。

ぼくは勉さんの横に並んで立ち、なんとなく同じ海を眺めてみた。

ふわりと海の方から風が吹き上げてきて、ぼくの前髪を揺らす。

波音すら聞こえない、遠いブルーの広がり。

海を眺める勉さんの目は、水平線の遥か向こうの、さらにずっと先にある、どこか遠い別世界を眺めているような、そんな透明感をたたえている気がした。

勉さんは、空気が澄んで海がよく見える晴天の日にしか、この店に顔を出すことはない。誰かと連れ立って来ることもない。いつも、ひとりぼっちだ。しかも、来店したら必ずこの席に座って、青くたゆたう海原をじっと見詰めている。まるで、海を見るのを目的に、ここに来ているかのように。

「すみません。お邪魔しました。ごゆっくりどうぞ」

ランチタイムはとっくに終わっているけれど、ぼくはそう言い残して踵を返した。そして、ガラス張りのドアを開けて店内に戻り、絵里さんと一緒にランチタイムの後片付けに取り掛かった。

「今日は、テラス席で海を眺めるには最高だね」

絵里さんも、同じことを思っていたらしい。

「ですね」

ぼくが頷くと、ふと何かを思い出したように絵里さんが話題を変えた。

「あ、そういえばさ、港の公園の近くに、やたらと当たる占い師がいるって噂、翔平くん知ってた？」

「いや、知らないです」

「さっき、若いお客さんが話してたんだけどね――」

嬉々《きき》として噂話をする絵里さんに軽く相槌《あいづち》を打ちながら、ぼくは窓の外を気にしていた。

さっきから石のように動かない勉さんは、それからさらにしばらくの間、ひとり静かに海を眺め続けていた。

明るいテラス席と、無口で小柄な老人の背中は、不思議と絵になる気がした。

◇　◇　◇

お店の定休日となる土曜日、ぼくはひとり近所の大型スーパーまでぶらぶらと歩いていき、食材の買い物をしていた。時刻はお昼前だけれど、休日だけあって店内はわりと混み合っていた。

とりあえず安い米とインスタントラーメンをカートに入れて、さらに日持ちのする缶詰をまとめ買いしようとしていたら、ふいに腰のあたりを後ろからツンツンと突《つつ》かれた。

ん？　と振り返って見下ろすと、おかっぱ頭の少年がぼくを見上げてにっこり笑っていた。

「あれ？　歩くん」

お店の常連客、手島さんの一人息子だった。

「今日は、レストランは？」

「え？　あ、今日は休みなんだよね」

「なに買うの？」

子供らしく、矢継《やつ》ぎ早な質問だ。

「えっとね、これとか」ぼくは鯖《さば》缶をひとつ手にして歩くんに見せた。「他にもいくつか缶詰を買おうとしてたんだけどね――、歩くん、パパは？」

ぼくがそう言うのとほぼ同時に、カートを押した手島さんが商品棚の向こうから現れた。

手島さんは、歩くんとぼくを一度に見つけると、いつものカラッとした笑顔を浮かべて
「あれぇ、翔平くんじゃない。なにやってんの？」と言いながら近づいてきた。

「えっと、買い物です。こんにちは」

「あはは。そりゃ買い物だよね。ここはスーパーだし。俺、変な質問をしちゃったね」

手島さんは、もじゃもじゃ頭を掻きながら笑った。歩くんも陽気な笑顔で父親とぼくを見比べている。

「しかし、こんなところでバッタリ会うなんて、奇遇だねぇ」

「うち、ここから近いんで」

「そうなんだ。うちもわりと近いんだけど――、あ、そうだ。翔平くん、このあと暇？」

「え――」暇だった。とても。「あ、はい」

「じゃあさ、よかったら、うちにこない？　これから歩とお好み焼きを作るから」

「手島さんのご自宅で、ですか？」

「うん、そう。うちはね、『キッチン風見鶏』に行く途中の長い坂があるでしょ？」

「はい」

「その坂を上り切って、少し行ったところにあるの。車で来てるからさ、一緒に乗っていけばいいじゃん」

くったくのない父子の笑顔を見比べていたら、いつの間にかぼくのなかの人見知りが霧散していて、

「はい……、じゃあ、お邪魔します」

と答えていた。

それから、各自で買い物を済ませて手島さんの車に乗り込んだ。まずは、ぼくの自宅アパートに寄ってもらう。いま買ったばかりの米やら缶詰やらを部屋にポイと置いて、再び車に戻る。ぼくは後部座席。歩くんはジュニアシートのある助手席だ。

「翔平くんのアパートって、けっこう我が家からも近いんだね」

「はい」

「ようするに、ほぼ坂の上と下ってことだもんな」

言いながら手島さんは車を発進させた。

「歩いて行ける距離ですね」

「うん。ちょうど散歩にいい距離かも」

手島さんが言うと、歩くんが「パパ、お散歩好きだもんね」と合いの手を入れる。

「歩くんも散歩は好き？」

「うん、好き」

「よくパパと散歩に行くのかな？」

「夜にね、コンビニまで散歩して、いつもアイスを買ってもらう」

「あはは。たしかに、週に一回くらいは行ってるかもな」

「二回は行ってるよ。三回のときもあるじゃん」

「そんなに行ってるか？」

「行ってるよ。でね、パパとアイスを食べながら帰るんだよね」

夜道をぶらぶら散歩しながら一緒にアイスを食べている父子の後ろ姿を想像したら、ぼくの心はずいぶんと和《なご》んでしまって、久しぶりに絵を描きたくなっていた。

「仲良し親子ですね」

ぼくがストレートに言ったら、歩くんは一旦、手島さんの顔を見てから「うん」と元気に頷いてみせた。それを見た手島さんは、ちょっと照れ臭そうに腕を伸ばして、歩くんの頭をごしごしと撫でた。

いつも営業で車を運転している手島さんは、滑らかなステアリングさばきで港の公園の前を通り抜けると、信号のある交差点で右折した。そこから先は、毎朝ぼくが通勤で歩いて上る坂道だ。

歩けば骨が折れる坂道も、車だとあっという間にてっぺんにたどり着き、そこからぼくらは住宅地へと入り込んでいった。

手島さんの家は、閑静な路地の並びにあった。

敷地の角に作られた駐車場はかなり狭いけれど、手島さんは器用に車を停めて、楽しそうな声で「はい、到着ぅ」と言った。

「お疲れさまでした」

ぼくは運転をねぎらって車から降りる。

手島さんの家は、古びた木造家屋だった。玄関先には手作りの小さな花壇があり、そこに見慣れない花がぽつぽつと咲いている。大きめの植木鉢には腰までの高さの木が植えられていて、その枝には緑色の小さな実が生っていた。

「これ、ブルーベリーですか？」

手島さんに訊ねたら、歩くんが答えてくれた。

「そうだよ。この間、ホームセンターでパパと買ってきたの。夏には食べられるって」

「へえ。いいねえ」

ブルーベリージャムが大好きなぼくが素直に感心していると、後ろから手島さんの声が聞こえた。

「まだ木が小さいから、たくさんは採れないだろうけどね」

「地植えにしたら、大きくなりそうですね」

「うん。タイミングを見て地植えにするつもり。数年後には、『キッチン風見鶏』におすそ分けできるくらいにしたいね」

「それは嬉しいです。ありがとうございます」

ぼくがそう言った刹那――。

背後から、すうっと冷たい違和感をはらんだ風が吹いた。

ぼくは顔を上げ、さりげない動作で、風の吹いてきた建物の玄関の方に振り向いた。

意識を集中させる。

あ――。

玄関の前に、焦げ茶色の和服を着た禿頭の老人が立っていた。

あまり背は高くないけれど、がっしりと腕を組み、仁王立ちしていて、こちらを値踏みするかのように凝視している。

なるほど。

この人は、この家を守っているご先祖様だった。

「あまり綺麗な家じゃないけど、とりあえず入ってよ」

手島さんは、ご先祖様の横を素通りして、ガラガラと音の出る引き戸を開けた。

「ただいまぁ」

と言いながら歩くんが中に入り、続いて手島さんも入っていく。

ぼくは「お邪魔します」と、ご先祖様に軽く会釈をしてから二人に続いた。

「いつもはバーバがいるんだけどさ、今日は友達と遊びに行ってて、俺と歩だけなの」

「バーバって、手島さんのお母さんですか？」

「そう。歩のお祖母ちゃんね」

喋りながら靴を脱ぎ、家のなかへと上がらせてもらう。

飴色《あめいろ》の軋む廊下を歩くと、古い家ならではの懐かしい匂いがして、ふと長野の実家を思い出してしまった。

ぼくが通されたのは、畳敷きの居間だった。

歩くんが「ここに座って」と言いながら座布団を置いてくれた。

「ありがとう」

言われるままに卓袱《ちゃぶ》台《だい》の前に座る。

ぼくの正面には小さな仏壇があった。その仏壇の隣に、遺影らしき写真が飾られている。

穏やかに目を細めて笑う女性。

ああ、この人、歩くんのお母さんだな――。

ぼくは直感で分かった。試しに、軽く意識を集中してみたけれど、この女性の霊の気配は感じられなかった。

「すぐに準備しちゃうからさ、翔平くん、座って待っててね」

隣の台所から手島さんの声が聞こえた。

「あ、ぼく、何か手伝います」

言って立ち上がりかけたとき、すぐに返事が来た。

「大丈夫。キャベツを切って混ぜるだけだから」

「え、でも――」

「歩」

「なーに」

歩くんが、ぼくの隣で返事をした。

「その兄ちゃん、めっちゃ絵が上手いからな。何か描いてもらってごらん。その間に、パパ、お好み焼きの支度するから」

「うん、分かった！」

「え……」

想定外の展開に、ぼくがポカンとしていたら、立ち上がった歩くんはさっさと部屋から出て行き、すぐに落書き帳と鉛筆と消しゴムを手にして戻ってきた。

「はい。これで描いて」

「あ、うん……」

「どんな絵を描けるの？」

言いながら歩くんは、卓袱台の向かいに座った。

「えっと……」そんな、急に言われてもなぁ、と思いつつも、とりあえず訊き返してみた。

「歩くんは、何が好き?」

「えっと……」

「何でもいいよ」

「あ、サッカーが好きかな」

なるほど、悪くない。

「サッカーか。いいねぇ。チームには入ってるの?」

ぼくは落書き帳を開き、鉛筆を手にした。

絵を描くのは、久しぶりだ。

「まだ入れないんだよ。学校のチームは四年生からだから」

「そっか。じゃあ、いまから自主練習しておくといいかもね」

あらためて歩くんの顔を見て、特徴を頭のなかに叩き込む。そして、画用紙に鉛筆をさらさらと滑らせていく。

「ぼくね、クラスではサッカー上手い方なんだよ。この間もね、クラス対抗で試合をして勝ったとき、ゴール決めたし」

「そうなんだ。好きなポジションはどこ?」

鉛筆の先から伝わってくる、紙の表面のざらついた感触。

中指のペンだこにかかる圧力。

「シュートを打ちたいからフォワードをやるんだけど、みんなもやりたがるじゃん？　だから、ポジションはいつも順番っこ」

「サッカーでゴールを決めたら気持ちいいだろうなぁ」

「うん。すっごい気持ちいいよ」

頭のなかの映像を白い紙に投影する感覚。

その見えない線に沿って滑っていく鉛筆のリズム。

そして、少しずつ立ち上がってくる二次元の存在。

「ゴールを決めたら、すっごい気持ちいいの？」

「うん、最高」

最高に気持ちいいのは、ぼくだと思った。

「ねえ、それ、何を描いてんの？」

卓袱台の向こう側にいる歩くんが、身を乗り出してきた。

「さあ、何でしょう？」

「人間だよね」

「うん。人間だよ」

「人間が、何をやってるの？」

「ちょっと――、待っててね。もうすぐ分かるから」

ぼくはため息をつきたくなっていた。

歩くんがうるさいからではない。

心から愉しかったのだ。久しぶりに。

こんな、どうでもいい「お絵描き」ですら、手を抜かずにちゃんと描きたくなる自分。

鉛筆と紙があるだけで単純にわくわくしている自分に、あらためて気づいた気がする。

「あ、分かった！」

「分かった？」

「うん。それ、ぼくでしょ？」

自分の鼻を自分で指差す歩くん。

「正解」

「うわ、すげぇ！　めっちゃ似てる」

「でしょ？」

「ねえねえ、なんでそんなに上手く描けるの？」

「うーん、たくさん練習したからかな」

なかばうわの空で会話をしているうちに、サッカーボールでボレーシュートを打っている歩くんの絵が完成した。

「はーい、これで出来上がり」

「うわぁ……」

「どう？」

「マジですげえ。ねえ、これ、もらっていいの？」

「もちろんだよ」

「おお、やったぁ」

歩くんはパッと目を輝かせて立ち上がると、落書き帳を手にして台所へと駆け込んだ。

「ねえパパ、ちょっと見て、これ」

「おお、こりゃすごいな。そっくりだ」

「でしょ。あの人、すごいよ、ほんと。絵のプロなんじゃないの？」

「そのうちプロになるんじゃないかな。つーか、歩、これからは『あの人』じゃなくて、ちゃんと師匠って呼びなさい」

「え？　シショー？」

「そう。先生っていう意味の言葉だよ」

「分かった！」

台所から、微笑ましい父子の会話と包丁の音が聞こえてくる。きっと手島さんは、歩くんのために日々きちんと料理を作っているのだろう。ついさっきのスーパーでの買い物でも、調理を必要とする肉やら野菜やら「料理素材」をたくさん買っていたのだ。缶詰やらインスタント食品ばかり買っていたぼくとは大違いだった。

ふと、ぼくは顔を上げて、仏壇の横の遺影を見た。

やさしい目をして微笑む女性は、やや童顔な美人だった。

考えすぎかも知れないけれど、その人は、どことなく絵里さんと似ている気がした。

◇　◇　◇

お好み焼きは、思ったよりも本格的で、ベーコンや、餅、明太子、チーズなど、好みのトッピングを楽しみながら、卓上ホットプレートで焼いて食べた。

ぼくと手島さんはビールを飲みつつ、ゆっくりとつまんでいたけれど、歩くんは勢いよく食べたので、すぐにお腹がいっぱいになってしまった。

「もう食べられない。ごちそうさまでした」

そう言って席を立った歩くんは、近所の友達と公園でサッカーをすると言って飛び出していった。

大人ふたりだけになると、お好み焼きを焼く音がさっきよりも大きく聞こえてくる。

「歩くん、元気ですね」

ぼくはクスッと笑いながら言った。

「でしょ。いつも、あんな感じなの。それにしても、すっかり翔平師匠を気に入っちゃってたなぁ」

「あはは。師匠は気恥ずかしいです」

「でも、奴はこれからずっと翔平くんのことを師匠って呼ぶよ」

「何の実績もないのに師匠と呼んでもらえる人なんて、そうそういませんね」

「あははは。確かに」

いつも陽気な手島さんが、いっそう明るく笑う。

昼間から飲むビールの力は偉大で、ぼくの心もやわらかくほぐしてくれる。

「ぼくの子供の頃と全然違って、歩くんは天真爛漫《てんしんらんまん》というか、自由というか……、なんか見ていて羨《うらや》ましいです」

「悩みのなさそうな子に見える？」

「はい。そんな感じがします」

手島さんは両手にヘラを持ち、「ほいっ！」と声を出して、上手にお好み焼きをひっくりかえした。きつね色の焦げ目が上になり、じゅうじゅうと美味しそうな音が居間のなかに響く。

「悩みがなさそうに見えるっていうのは、いいことかもなぁ」

「どういう意味ですか？」

「うん。じつは、ああ見えてさ、歩もけっこういろいろと考えてるし、気を使ってるんだよね」

「え……、歩くん、そういうタイプなんですか？」

無意識にぼくは仏壇の脇の写真に視線を走らせていた。

そして、手島さんが、その視線に気づいた。

「あ、そっか。まだ翔平くんには伝えてないもんね」

「え？」

「この仏壇の横の写真なんだけどさ」

「あ、はい……」

いまのぼくの視線が、手島さんに変な気を使わせてしまったのではないかと思い、少し身を固くした。

「じつは、歩の母親なんだよね」

「そう……、ですか」

それは、ぼくの予想どおりだったから、とくに驚きはしなかった。しかし、ここから先が、想定外の展開となったのだ。

「でもね、歩の母親は、俺の奥さんではないの」

「え……」

手島さんの言葉の意味が分からず、ぼくはビールの入ったグラスに手を伸ばしかけたまま固まってしまった。

「奥さんだと思ったでしょ」

「あ、はい……」

「じつは、実の妹なんだよね」

ということは――。

そこで、ようやく理解した。

つまり、手島さんにとっての歩くんは――。

「養子なの、歩は」

「あ、そう……」

だったんですか、と最後まで言えたらよかったのに、ぼくの唇は途中で言葉を放棄して閉じていた。

「ついこの間、絵里さんには話したんだけどね」

「この間って」

「ほら、翔平くんがさ、ちょっと気を利かせてくれて、先に帰ってくれたじゃん」

「あ――」

思い出した。

あの夜、手島さんはこのことを絵里さんに伝えたのか。

「妹はさ、歩がまだ二歳のときに夫と一緒に交通事故で逝《い》っちゃってね」

それから手島さんは、ビールとお好み焼きをぽつぽつ口に運びながら、手島さんと歩くんの過去について話してくれた。

ふつうなら、こういう話はどうしても哀愁を漂わせてしまうはずなのに、手島さんは違った。むしろ冗談を挟みながら、からっと明るめに語ってくれたのだ。たとえば、歩くんを実の息子だと思って育てているつもりだけど、実際、育児は死ぬほど大変だということ。じつは、一緒に暮らしている母親に、めちゃくちゃ助けられていること。自分が本当の父親ではないことを歩くんは知っているけれど「パパ《バーバ》」と呼んでくれるので、最初はそのことがずいぶんと照れ臭かったこと。さらには、歩くんのおでこの形が亡くなった妹さんとそっくりだということまで。

「歩ってさ、わざと天真爛漫にふるまって、自分と周囲の人たちの淋しさをまぎらわせようとしてたりするんだよね」

「え……」

「大人に気を使わせないように、自分が先に気を使うの。まだ八歳なのにさ。天才でしょ?」

手島さんは、悪戯《いたずら》っぽく笑いながら言ったけれど、ぼくは歩くんのくったくない笑顔を思い出しながら、嘆息しそうになった。多分、少年時代の自分と重ね合わせてしまったのだと思う。

「もしかして、いま、サッカーをしに出かけたのも、ぼくに気を使って」

「ああ、それは違うよ。今日は、本当に友達と約束してたからね。でも、そういうことをしがちなタイプではあるよね」

「歩くん、賢いんですね」

ぼくなりに精一杯ポジティブな言葉を口にしてみた。すると手島さんは、冗談めかして笑いながら返してくれた。

「でしょ。あいつ、俺と違って賢いの。じつはね、妹も、その旦那さんもかなり賢い人だったのよ。だから、歩が賢いのは遺伝なんだよね」

「育ての親の影響もあると思いますけど」

「あはは。翔平くん、相変わらずナイスフォローしてくれるなぁ」

相変わらず？

「そんなに、ぼく、手島さんのことをフォローしてますっけ？」

「してくれてるじゃん。いつも助かってます。あざっす」

おどけた手島さんは、缶ビールをごくごく飲んで、焼きあがったお好み焼きを取り分けてくれた。そして、続けた。

「ナイスフォローついでに、ズバリ、翔平くんに訊きたいことがあるんだけど」

「え、何ですか？」

「絵里さんのことなんだけど」

「はい」

「彼氏とか、いないよね？」

「え──」

「えって。いるの？」

「あ、いや」

「嘘でもいいから、いないって言ってくれぇ」

手島さんのハの字の眉を見て、ぼくは吹き出した。

「いないと思います」

「それ、マジで？」

「はい。マジです」

「確率は？」

「一〇〇パーセントの確率で、いないと思ってます」

「うっはー、マジかー！」

手島さんは万歳をしたまま、ごろんと畳に倒れ込んだ。と思ったら、だるまのようにすぐに起き上がった。そして、またビールを喉に流し込む。顔が赤いから、わりと酔っているのかも知れない。

「俺ってさ、養子とはいえ、いわゆる子持ちじゃん？」

「はい……」

「やっぱり、そこは、ハンデかなって思っちゃうのね」

「絵里さんにたいして、ですか？」

「うん。そう。って、あ、いや、でもね、そもそも絵里さんは見た目も素敵だし、性格もいいでしょ？」

「はあ……」

「だからさ、昔からモテない俺にとっては高嶺《たかね》の花なわけ。そこへきて、こっちは子持ちだからさ」

たしかに、手島さんは、いわゆる一緒にいて愉しい「いい人」だけど、恋人としては見られにくいタイプかも知れない。

「翔平くん、分かるでしょ？」

ここで、はい、と頷くのも失礼かなと思って、口のなかでもごもご言っていたら、手島さんがくすっと笑った。

「翔平くんも、気ぃ使いだよね」

「え、そうですか？」

「そうだよ。前から思ってたけど。今日は飲んでるし、無礼講でいこうぜ」

手島さんがビールの入ったグラスを掲げたので、ぼくはそれに合わせて乾杯をした。

それからぼくらは、お好み焼きと、別に焼いたウインナーをつまみに、たっぷりのビールを胃に流し込んだ。やがてビールがなくなると、スコッチウイスキーをちびちび舐めはじめた。

手島さんは、どういうわけか、ぼくに関することをあれこれ質問してきた。霊能力のこと以外は、とくに隠す必要もないので、ぼくはなるべく正直に答えた。ひねった答えを口にするには、少々アルコールが回りすぎていたというのもあるけれど。

「翔平くんはさ、将来、どんな漫画家になりたいの？」

「え？」

ぼくは、手島さんに自分の夢を話した覚えがなかった。

「ええと、それ、絵里さんから聞いたんですか？」

「あれれ、これ、内緒だったっけ？」

赤ら顔の手島さんが、「絵里さん、ごめーん」と言いながら笑っている。ちっともごめんと思っていなそうなところが、逆に憎めない。

「内緒じゃないですけど、どこまで知ってるんですか？」

「どこまでって？」

「ええと――」一瞬、口ごもりかけたけれど、手島さんの悪気のないニコニコ顔を前にすると、自分の挫折《ざせつ》がわりと小さなことに思えて、そのまま口が動いてくれた。「ぼくが応募した漫画賞で落選したこととか」

「いやあ、それは知らなかったな」

「ほんとですか？」

「ほんと、ほんと」

手島さんは、すっかり冷めたチーズ味のお好み焼きを箸で小さく切って、口に放り込んだ。

ま、いっか――。

すっかり気分がくつろいでいたぼくは、手島さんの質問に簡潔に答えた。

「ぼくが目指していたのは、傷ついた誰かの癒しになるような、そういう作品を描ける漫画家です」

無意識にぼくは、過去形で夢を語っていた。そのことに気づいたら、自分でも少し驚いてしまった。

「それはいいね。で、どうしてそう思うようになったわけ？」

手島さんの質問が続く。

「それは——」どうしてだっけ？　ほろ酔いの頭が過去の記憶を辿っていく。すると、ふいに少年時代の景色が浮かび上がった。「多分、ですけど……、子供の頃のぼくは、けっこう孤独な少年だったんですね」

手島さんは黙って頷くと、「で？」と先を促した。

「いつも学校からとぼとぼ帰って、誰も遊ぶ相手がいなくて、すごく淋しいなって思っていたときに……、うーん、何ていうんだろう、ぼくの気持ちに寄り添ってくれたのが、漫画のキャラクターたちだったというか」

「なるほど。ちなみに、どんなキャラクター？」

「いろいろですけど。たとえば——」しゃべるにつれてモノクロだった過去の記憶が鮮明なカラーになっていく。そして、鮮やかになればなるほど、ぼくの胸のあたりには鈍痛が生じてくるのだった。「人にはない特殊な能力を持った主人公が活躍して、みんなから愛されるような、そういうキャラのいる漫画が好きでした」

「特殊な能力？」

「はい……」

たとえば霊能力とか――、ぼくは胸裏でつぶやく。

「変身して強くなるヒーローとか？」

「そうですね。そういうのも、ありです。変身するなんて、本当なら異常な人だし、いじめられたりしそうなのに、それでも漫画のなかのキャラは周囲から尊敬されたり愛されたりするんですよね。そういうのって、いいなぁって思って」

「ようするに、変身して悪をやっつけるのがいいんじゃなくて、変身するような人でも受け入れられる世界観がいいってこと？」

「はい」

まさに、そこだった。

「あはは。なんか変わってるなぁ、翔平くん」

手島さんが苦笑する。

「そうですかね」

「めっちゃ変わってるよ。じゃあさ、翔平くんの描く漫画も、そういう感じなの？」

「あ、それが、ちょっと違う感じでして」

「え？」

「もう少し、現実的なヒューマンドラマを描いてたんですけど……」

「けど？」

「落選ばかり……です」

自分の口から落選という言葉を吐くのは、そこそこ胸に痛みをともなわせるものだった。

ぼくはスコッチを濃いめの水割りにしてゴクリと飲んだ。

「そうかぁ。でもさ、さっきの歩をモデルにしてくれた絵を見て思ったけど、すごい才能だと思うよ。はっきり言って、まだ自信はあるんでしょ？」

手島さんのストレートな質問に、ぼくはあえて変化球で返した。

「手島さんくらい、ですかね」

「へ？」

「手島さんが絵里さんにたいして持っている自信くらいってことです」

「あははは」手島さんは、もじゃもじゃ頭を掻きながら、「こいつは一本取られたなぁ」と笑った。そして、その笑顔をキープしたまま続けた。

「この際だから、はっきり言っちゃうとさ、子持ちっていうハンデで、フラれる確率は高くなるな、とは思ってるのね。でも、それ以上に怖いことがあるんだよね」

「え、怖いこと？」

「そう」

「それって――」

手島さんは空になったビールの缶を弄《もてあそ》びながら、笑みを小さくした。

「俺が何より怖いのはさ、絵里さんにフラれることよりも、むしろ、うまくいって——、というか、行き過ぎて、万一、結婚なんてことになったときのことなんだよ」

「え？」

「夫婦になったあと、俺と絵里さんは、ちゃんと歩のことを息子として愛し続けてあげられるのか——、そこを考えると怖くなるわけ」

「え、でも、それはきっと……」

「大丈夫だと思うでしょ？」

「はい……」

ぼくはとても素直に頷いていた。

「もちろん、俺も大丈夫だと思うよ。九九・九パーセントはね。でも、ほんの〇・一パーセントのミスが怖いんだよ。もっと言うとさ、俺と絵里さんの間に、本当の子供ができたら——」

「あ……」

手島さんの言いたいことが、ようやく理解できた。

「本当の子供とまったく同じように、歩のことを愛してあげられるのか。もしかして、比べちゃうんじゃないか。比べてしまったら、あえて歩の方をひいきしちゃうかも知れない。そうなったら、それはそれで、敏感な歩は傷つくと思うんだよね。あ、比べられて、無理にやさしくされてるなって——、あいつは、きっと気づくからさ」

　ぼくは、何も答えられず、ただじっと缶を弄ぶ手島さんを見詰めていた。

「どんなことがあっても、歩のことは完璧に自分の本当の息子なんだって、そう思い続けられるっていう自信がね――、絵里さんのことを考えた瞬間だけ、ほんの一ミリでも揺らいじゃってる自分がいる気がしてさ」

「手島さん……」

「まあ、そういう自分のことが、ちょっと嫌いなわけよ」

　手島さんが、ゆっくりと顔を上げて、こっちを見た。顔は笑っているのに、まなざしは淋しげで、どこか自虐的な感じすらたたえていた。

　この表情、どこかで見覚えがあるな――。

　と思った刹那、ハッとした。

　ぼくが毎朝、鏡のなかで見ている顔だと気づいたのだ。

　いつも明るくておしゃべりな手島さんも、天真爛漫に笑う歩くんも、心の裏側には人知れず憂愁《ゆうしゅう》を隠し持っていたのだ。

「えっと……」

「ん？」

「ぼくは、そういう手島さんが、むしろ好きです」

　本音をぽろっと口にして、なんとなく、そのまま意識を集中させた。

「あはは。ありがとね。やっぱ翔平くん、やさしいなぁ。俺と違ってモテるんだろうなぁ」

手島さんの声が、すうっと遠くなっていく。

それと同時に、手島さんの右肩のあたりの風景がぼやけだした。

ぼくは、ぼやけたその辺りに意識を集中させていく。

あ、つながりそう――。

そう思うのと同時に、手島さんの右肩の後ろの風景がもやもやと煙のように白っぽくなり、やがてそれが輪郭を結びはじめた。

玄関先にいた老人ほど、はっきりとは見えないけれど、手島さんの守護霊は、どうやら明治時代あたりに生きた男性らしかった。若くして亡くなったようで、霊なのに存在が若々しい。

「ん？　翔平くん、どうしたの？」

「あ……、ちょっと、考え事をしてて」

うわの空で答えながら、守護霊との会話を試みた。そんなぼくにはかまわず、手島さんがしゃべり続ける。

「やっぱりさ、人生には自信がないときってあるじゃん。でも、それでもあえて前に進みたいってこともあってさ」

「そうですね」

守護霊さん、いまの手島さんに必要な言葉って、何でしょう？

暗中模索のような感じで、会話の波動をつかもうとする。

あと、少しでつかめそうな感触があるのに、つかめない。

本当なら、声にして問いかけてしまえば伝わりやすいのだけれど、それをやると、おかしな奴だと思われてしまうので、テレパシーだけでの会話を試みているのだ。

霊視に集中して、うわの空になっているぼくに、手島さんがさらに問いかけてくる。

「翔平くんもさ、いまが、まさにそうなんじゃない？」

「え、あ、はい……」

「だよねぇ。俺もこれまで、好きな人にフラれたり、第一志望の大学に落ちたり、入りたかった会社に入れなかったりもしたけどさ」

「はい……」

あ、とらえた――。

ぼくの波動とつながった手島さんの守護霊は、手島さん本人とよく似たやさしい熱をぼくに伝えてきた。そして、その熱に乗せるように、手島さんへのメッセージを送り込んでくれたのだ。

「それでもやっぱり、俺は、俺の心に嘘をつかずに人生を創っていきたいんだよね」

「えっ！」

ぼくは、思わず声に出してしまった。

というのも、守護霊は、いま、まさに、ぼくにこう伝えたのだ。

自分の心に嘘をつかずに人生を創っていけばいいよ――。

そして、まさにそれと同じタイミングで、手島さんは同じことを口にしたのだ。

人と守護霊との完璧なシンクロ――。

手島さんは、大丈夫だ。

ぼくは、それを確信した。ぼくが媒介するまでもなく、ちゃんと守護霊とつながっているから、きっといい方向へと流されていくに違いない。

「なに？　翔平くん、急に、え、って」

手島さんが首を傾げていた。

ぼくは守護霊に合わせていたチャンネルを切って、意識の集中も解いた。

「あ、ええと、その考え方、すごくいいなと思って、つい驚いちゃって」

「あはは。なにそれ。声を出して驚くほどかね？」

手島さんの笑みに、守護霊の温度が乗っていた。表情にも明るさが戻りつつあった。

「自分の心に嘘をつかずに人生を創っていく……」

「ちょっと、翔平くん、復唱しないでよ。なんか、ナルシストみたいで恥ずかしいじゃん」

「すみません。でも、すごく腑《ふ》に落ちたんで」

「マジで？」

「はい」

「なら、まあ、よかったけどさ」

手島さんが、スコッチをちびりと飲んだ。そして、人のよさそうな目をすっと細めて、少し照れながらこう言った。

「なんか、あらためて言うのもアレだけどさ、今日、翔平くんといろいろ話せてよかったわ」

「え……」

「急な誘いに乗ってくれて、ありがとね」

「あ、いえ、こちらこそ――」

「また、遊びに来てよ。歩も、師匠が来てくれたら喜ぶからさ」

手島さんが、スコッチのグラスを掲げた。

ぼくも、掲げて、カツン、と乾杯をした。

なぜだろう、この瞬間のぼくは、自分でも不思議なくらいに、自分という存在を肯定できていた気がするのだった。その証拠に、ぼくの唇はほとんど迷いなく動いていた。

「はい。また、お邪魔します」

【宮久保寿々】


祝日の「港の占い館」はとても賑《にぎ》わう。

近隣の県から、たくさんの観光客たちが集まってくるからだ。

この日も、朝からお客さんはひっきりなしで、さすがのわたしも夕方になると守護霊たちとの会話に疲れを覚えていた。意識を集中させて霊とつながり続けることは、慣れたわたしでも、そこそこくたびれるものなのだ。

とりわけ「わたしの前世は、中世のお姫様だったはずよ」としつこく言い張るド派手なおばちゃんを相手にするのには、ほとほと難儀した。やっとの思いで、そのおばちゃんの占いを終えたわたしは、無意識に「ふう」と嘆息して机の下のスマートフォンをチェックした。本日の営業終了まで、あと三十分足らず。

よし。今日は、あと一人で終わりだ――。

そう思いながら、わたしは「次の方、どうぞ」と外に向かって呼びかけた。

「はい……」

返ってきたのは、若い男性の声だった。

この声、どこかで聞き覚えが――、そう思った刹那、わたしの内側がいきなりざわついて、心臓に鳥肌が立った気がした。

え、なに、この感じ——。

わたしは、ごくりと唾を飲み込み、身構えた。

「よろしく……お願いします」

ひかえめな声とともに背中を丸めた青年が入ってきたとき、わたしは胸のなかで、あっ！　と声を上げていた。

青年は、不思議そうにきょろきょろと室内を見回してから、「ええと、ここ、座っても？」と、目の前の椅子を指さした。

「はい。どうぞお掛け下さい」

青年が、わたしの目の前に座った。

全身から醸し出す不思議な、というか「変」なオーラ。

そして、どこか陰のある表情とソフトな声色。

やっぱり間違いない。

この青年は、丘の上のレストラン「キッチン風見鶏」のウエイターだった。

「ビスケット占いの部屋へ、ようこそ」

言って、わたしは軽く深呼吸をした。とにかく、普段どおりに仕事をしなくてはならない。しかし、至近距離で目が合うと、今度はウエイターの方がハッとしたような顔をしたのだった。でも、それも一瞬のことで、彼はすぐに視線を落とし、すっと表情を消した。

えっ、嘘。もしかして、バレた？

わたしは自問しかけた。でも、すぐに思い直す。

いや、バレるはずはない。なにしろ、わたしは変装しているのだ。エキゾチックなウイッグをかぶっているし、鼻から下は黒いレースの布で覆い隠している。しかも、このセンスの悪いドレス。普段着のわたしとは、まったくの別人に見えるはずだ。そもそも、一度しか食べに行っていない客の顔など覚えているはずもない。

そう結論づけて、前払いの料金を頂いた。そして、ちょっと気になったことから聞いてみたのだ。

「ええと、お客さま」

「はい」

「ここへは、どなたかのご紹介で？」

「あ、いえ。ええと」ウエイターは、わたしの視線をすれすれのところでかわしながら、「ぼくの職場のオーナーが話しているのを聞いて、なんとなく——、です」

オーナー？　ということは、あの、気持ちよくレシピを教えてくれた女性シェフだろうか。たしかネットのグルメ情報のページに、彼女がオーナーシェフだと書いてあった気がする。

「そうでしたか。ありがとうございます。では、本日のご相談内容をお話し下さい」

「ええと、じつは」ウエイターは面映ゆそうに首をすくめて、「自分の将来について、ちょっと悩んでいて」と言った。

「ちなみに、どのようなお悩みですか？」

わたしは合いの手を入れつつ、いつものようにお客さんの背後に意識を集中させて、そこにいる守護霊とつながろうとした。

「子供の頃からずっと、ある仕事に就きたくて、自分なりに頑張ってきたつもりなんですけど」

「はい」

嘘、どういうこと——？

わたしは胸裏でつぶやいていた。

守護霊が見つからないのだ。

少し慌てたわたしは、意識の集中度をぐっと高めた。

「でも、なかなか結果につながらなくて」

「はい」

やっぱり見つからない。

こんなこと、はじめてだ。

「で、どうしたらいいかなって悩んでいたら、ここを知ったので、今日、ふと思い立って……」

「なるほど、そうでしたか」

うわの空で返事をしながら、すうっと息を吸い、ゆっくりと吐いた。そして、胸のなかでキリキリと音がするほど意識を集中させてみた。

「やっぱり、ぼくは夢をあきらめた方がいいですかね？」

「あ、ちょっと」

「え？」

「ちょっと、黙っててもらえます？」

「え？　す、すみません……」

嘘だ。こんなことって——。

わたしがここまで意識を集中させて守護霊の波動を探っているのに、当たりもかすりもしないなんて。

これじゃ、まるで——、と考えたところで、わたしはハッとした。

わたしと、同じだ！

ぎりぎりまで高めていた集中をスパッと解いた。わたしは無意識にウエイターの顔を見詰めていた。彼の視線が小さく動いて、わたしの視線と絡まり合った。

うわ。やっぱり、変！

思わず、こちらから視線を外してしまう。

どうしよう。このままじゃ占いができない。狼狽《ろうばい》したわたしは、自分でも思いがけない台詞を口走ってしまった。

「ええと、お客様の星座は？」

「え？」

「星座ですけど」

「え、星占いの、星座ですか？」

「そうです」

勝手に追い込まれていたわたしは、今朝、テレビのニュース番組で星占いを観ていたのを思い出して、それに頼ろうとしていたらしい。

「乙女座、ですけど……」

幸運にも、わたしと一緒だった。だから占い結果は覚えていた。テレビでは『乙女座のあなた、今日は思いがけない運命の出会いがあるでしょう』だったはずだ。と、そこまで脳内で考えて、自分の馬鹿さ加減に愕然とした。今日の星占いは、今日だけの結果が出る占いではないか。このウエイターの質問にはまったく答えられない。

「星座も、関係してくるんですか？」

恐るおそる、といった感じでウエイターが質問してきた。そりゃそうだ、わたしの専科は「ビスケット占い」なのだ。

「まあ、そうですね。誕生日まで分かると、さらにいいんですけどね」

口から出まかせを言った。すると、ウエイターは会話の流れどおりに、自らの誕生日をつぶやいた。

「九月九日です」

「えっ？　九月九日？」

「え？　あの、なにか――」

ウエイターは、伏し目がちな目に不安の色を浮かべた。占い師がいきなり驚いた顔をしたのだから、不安にもなるだろう。

「あ、いえ。誕生日、わたしと一緒だな、と思いまして」

「え……」

「たまたま、ですね」

「ええ……」

ウエイターの目が、不安の色から、じわりと不信の色へと変わりつつある気がした。まずい。さっさと占いを――、というか、占いっぽいことをして、なんとなく適当なことを言って、帰ってもらおう。

わたしが思い切って口を開こうとしたとき、

「寿々、さん……？」

なんと、ウエイターが、わたしの名前を口にした。

「え、あ、はい？」

わたしは、反射的に返事をしていた。

一瞬、バレたか！　と思ったけれど、でも、すぐに、やっぱり大丈夫だと思い直した。

なにしろ、この占いは『すずさんのビスケット占い』というのだ。つまり、お客さんが、わたしの名前を「すずさん」だと思うのは当然ではないか。

ところが、このウエイターは、続けてわたしの苗字まで口にしたのだった。

「宮久保……さん？」

「え……」

「ですよね？」

「あ……、はい……」

バレてた。やっぱり。でも、どうして？

「そうかなって、思ってました。最初から」

「え、最初から──」

「はい」

わたしは、いよいよ深くため息をついてしまった。

「こんな格好をしてるのに？」

「あ、はい」

「ふつう、気づきませんよね？」

わたしは、ド派手で悪趣味な自分の服装を見下ろした。

「格好というより、なんていうか、雰囲気というか……。あと、ランチのレシピを訊ねられたりしたんで、覚えていたんだと思います」

「なるほど」

「あの、ぼくのこと――」

「分かってました。最初から。ウエイターさんですよね?」

「あ、はい」

それから五秒ほど、わたしと彼のあいだに間の抜けたような沈黙が降りてきた。

最初にクスッと笑ったのは、わたしだった。

釣られたように、ウエイターの表情もゆるむ。

「まさかの同じ誕生日ですね」

わたしが言うと、ウエイターは「奇遇です」と後頭部を掻いた。とくに照れるところじゃないと思うんだけど。

「じゃあ、あらためて占いをしますか?」

まさか、あなたは守護霊が見えないので占えません、なんて言って追い返すわけにもいかない。

「あ、はい」

それからわたしは、彼の悩みをひとつひとつ掘り下げるようにして聞いていった。見かけによらず、このウエイターは漫画家志望で、しかも、これまで何度も賞に応募をしては落選し続けてきたという。正直に「どこにも、当たりもかすりもしませんでした」と肩を落とす様子を見ていたら、さすがに少し同情してしまった。

「分かりました。では、このビスケットの中央に指を置いて、目を閉じて下さい」

「はい」

そっとビスケットに置かれたウエイターの指は、細くて、長くて、男性らしくごつごつとしていた。中指にはペンだこがあった。その痛々しいほどの大きさは、この人の夢への想いを雄弁に物語っていた。

わたしの指示どおりにウエイターがビスケットを割った。

「目を開けてもいいですよ」

「はい」

わたしは割れたビスケットをじっくり鑑定する素振りをしてみせた。

「どう、ですか？」

「うーん。簡単に言うと、ありのままの心で、ありのままに生きていくのがいいみたいです」

「ありのまま――」

わたしは、このウエイターだけにある変なオーラと、守護霊がいないという希少さをもとに、言葉を選んで投げかけることにした。

「あなたには、他人にはない、独特のものがあります」

すると、

「え？」

ふいに、ウエイターの表情がこわばった気がした。

「ん？　なにか？」

「あ、いえ。大丈夫です。すみません」

ウエイターは、小さく首を振って視線を落とした。続きを聞こう、ということらしい。

「独特のものがあるので、それを自分の素晴らしい個性ととらえて、これまでどおり努力を続けていくといいと思いますよ」

「………」

「いままでも、かなり努力されてますよね？」

わたしの脳裏に、さっき見たペンだこが浮かぶ。

「自分なりには。でも、デビューできた人たちは、もっと努力をしてたのかなって……」

「それは、人それぞれです。努力を努力と思わないで楽しむ人もいれば、歯を食いしばって努力する人もいますから」

「はい」

「ただ、成功する人たちには、ある共通点があるんです」

「共通点？」

「そうです」わたしは、いかにも占い師っぽく、ゆっくり、深く、頷いてみせた。「それは、成功した自分の姿を、あらかじめ完璧にイメージできていたということです」

「イメージ……」

「この努力の先には必ず成功があると確信していたという人がほとんどなんですよ。自信じゃなくて、確信です」

とまあ、そんな感じで、わたしは、これまでの占いで得た知識と経験をもとに、できるかぎり「良かれ」と思う言葉をかけ続けた。

これじゃ、占いじゃなくてカウンセリングじゃん――。

とも思うけれど、何もしないよりはマシなはずだ。

一応、鑑定料はもらったわけだし。

助かったのは、このウエイターがとても素直な性格をしていてくれたことだった。正直、守護霊が見えなくて、占いどころではないのに、わたしの言葉をいちいちしっかり受け止めては、自分なりに熟考してくれるのだ。だから、仕事で鑑定をしているというよりも、むしろ友達の相談に乗って、励ましているような気分になってくる。

あんた、きっと大丈夫だよ。頑張りなよ！

と、背中を叩いてあげたくなっている自分がいるレベルだ。

しかし、いつの間にかのタイムアップ。鑑定終了となった。

そして、わたしは占い師として、彼はお客として、お互いに「ありがとうございました」と言い合った。

「じゃあ、ぼくは、これで」

ウエイターは席を立ちそうになって――、ほんの一瞬、ためらったように見えた。

正直に言えば、わたしも、もう少しだけ、この人としゃべってみたいという好奇心に駆られていた。なにしろ、生まれてはじめて守護霊のいない人間と出会ったのだ。しかも、どうにも変なオーラを醸し出し、奇遇にもわたしと同じ誕生日とくれば、好奇心が湧かない方が不自然だ。

でも、ここで引き止めるのは、もっと不自然に違いない。

一秒。二秒。三秒。

二人の間に、やたらと居心地のわるい「間」が生まれかけたとき、ウエイターはゆっくりと立ち上がった。そして、こちらに向かって軽く会釈をした。

「あ、あの」

声をかけたのは、わたしだった。

「はい？」

「今日は、これからレストランでお仕事ですか？」

「いえ。今日はお休みなんで」

「あ、じゃあ……、このまま、おうちに、まっすぐ？」

「え？」

「………」

わたしは、いったい、何を訊いてるんだ？

自分で、自分の不自然な会話に笑いそうになってしまった。

「まあ。はい。ここから、わりとすぐなんで」

「わたしの家も、近いです」

「は——？　あ、そうですか」

「わたしの家、港の公園から、ちょっと行ったところで」

「あ、じゃあ、うちとも近いですね」

「近いってことは、あの公園には、よく行きます？」

「たまに、散歩とかで」

「あそこ、美味しいアイスクリームの移動販売がよく来るんですけど」

「あ、それは知ってます。ぼくもときどきですけど、食べてますから」

「え、ほんとですか？」

「はい」

「今日も、この時間なら、きっと来てますよね？」

「いや、いつ来るのか、までは、ぼくは知らないんですけど——」

彼が、わたしを見た。少し困ったみたいに、眉をハの字にしている。

でも、今日、いちばん長い時間、視線が合い続けていた。

といっても、三秒くらいだけれど。

「あの——」とウエイターが自分の首に手を当てた。「そのアイスクリーム」

「はい」

「これから、食べに行きます？」

わたしは鼻から下を隠していた黒いレースの布を下ろして頷いた。と、次の瞬間、思わずこうつぶやいてしまった。

「あ、当たってる……」

「え？」

わたしの妙なつぶやきに、ウエイターが小首を傾げた。

「あ、いや、ごめんなさい。なんでもないです」

わたしは、ふと思い出していたのだ。今朝のテレビの乙女座の占い結果を。

乙女座のあなた、今日は思いがけない運命の出会いがあるでしょう――。

そういえば、このウエイターも乙女座ってことは、つまり、どちらにとっても「思いがけない運命の出会い」なわけで、占いはバッチリ当たっているということになる。

テレビの占いって、案外、馬鹿にできないかも知れないな。

わたしが一人ニヤニヤしていると、ウエイターが困ったような顔をした。

「あの――」

「はい」

「アイスは……」

そういえば、まだ返事をしていなかった。

「はい。ぜひとも」

わたしはハッキリと答えて、前髪ぱっつんのウイッグを脱ぎ捨てた。

【坂田翔平】

夕暮れ時になると、港の公園はカップルが多くなる。

ぼくは噴水の前にあるベンチに腰掛け、一人ぼんやりと噴き上がる水を眺めていた。霊はなぜか水辺によく集まってくるから、いまも人間でないモノの姿がいくつかうっすらと見えている。もちろん、うっかり彼らとつながらないよう、注意はしているけれど。

寿々さんはいま、楽屋で着替えと化粧落としをしているはずだった。で、準備が整ったら、直接ここに来ることになっている。

ぼくの目の前を、幸せそうに手をつないだカップルが通り過ぎていく。

ぼくはこれから寿々さんとデートをするのだろうか？

あるいは、ただ、アイスクリームを食べるだけなのか？

そもそも、どこからどこまでをデートというのだろう？

いい歳をして「デート」の定義などを考えはじめたとき、ぼくの本能が違和感を覚えた。

ハッとして右手を振り向くと、公園の入り口のあたりに、あまり良くないタイプの霊がいた。ぼくには、薄ぼんやりとしか見えないけれど、人に危害を与えそうな黒いオーラを出している。そして、まさにその霊がいる場所に、遠くから寿々さんが近づいてきたのだった。細身のジーンズに水色系のネルシャツとニット帽。占い師のときとは別人のようにカジュアルな格好になっていた。

あ、近づいたら危ないかも――。

思わずベンチから立ち上がり、声をあげようとした刹那、黒い霊が寿々さんを避けるかのようにすうっと横に移動したと思ったら、そのまま霧散してしまった。違和感も一緒に消えた。

え？　ぼくは、喉元まで出しかけていた声を飲み込んだ。

寿々さんはというと、何事もなかったかのように小走りでこちらに近づいてくる。

目が合った。

寿々さんが顔の横で小さく手を振る。

呆気にとられていたぼくも軽く手を上げて応えた。

先日、「キッチン風見鶏」の予約の電話で初めて彼女の声を聞いたときから感じている、この妙な感じ。ぼくは、それがいったい何なのか、やけに気になっていた。いわゆる霊の放つゾッとするような違和感とは明らかに異質なのだ。矛盾した表現になってしまうけれど「親しみのある違和感」とでも言うべきか。これまで出会った誰にも似ていない、肌になじむような存在感。

もしかすると、ぼくは、あまりにも違和感がないことを、むしろ違和感として感じているのかも知れない。

「ごめんなさい。お待たせしちゃって」

寿々さんは、少し息を切らせてそう言うと、乱れていた前髪を指で軽く直した。

「あ、いえ、全然です」

どちらからともなく公園の奥に向かって歩き出した。目指すはもちろん、アイスクリームの移動販売店だ。

「なんか、陽が延びましたね」

寿々さんが海の上に広がる夕焼け空を見上げながら言った。

「ああ、たしかに」

「パイナップルジュースみたい」

「え?」

「いま、世界の色が」

この人、おもしろい表現をするな、と感心していたとき、並んで歩くぼくらのすぐ前を、白い服を着た半透明な少女がすうっと横切った。

おっと、と思って歩みを止めそうになったぼくの横で、なぜか寿々さんがつんのめりそうになっていた。

「えっ?　大丈夫ですか?」

ぼくが訊くと、寿々さんは照れ笑いをしながら、「大丈夫です。ちょっと地面につま先を引っ掛けちゃって」と首をすくめた。

「………」

「一日中、占いブースのなかで座ってると脚にくるんですよね」

寿々さんの表情に嘘はないように思えた。

なるほど。そういうこともあるのか。ぼくは、一瞬、抱きかけた疑念を消し去って、ふたたび歩き出す。

「あの、お名前を伺ってもいいですか？」

「えっ、ぼくの？」

「もちろんです」

寿々さんは、くすくす笑う。そういえば、ぼくは寿々さんの名前を知っているけれど、ぼくの名前は教えていなかった。

「えっと、坂田翔平です」

「漢字は？」

「坂道の坂、田んぼの田、空を飛翔するの翔、それに平らです」

「ふーん。いい名前ですね」

「そうですか？」

「なんか、こう、坂道を滑走路にして、ヒューンって空へと翔け上っていく感じがしません？」

寿々さんは、ヒューン、のところで、手のひらをパイナップルジュースの夕空に向かって斜めに突き出した。

「そんなこと言われたの、はじめてです」

「そうですか？　親御さん、きっとそういうイメージで名付けたんじゃないかなぁ」

寿々さんが、首をひねってみせた。

ころころと表情を変えるから、なんだか見ていて飽きない人だな、と思う。

「ちなみに、翔平さんは、おいくつですか？　わたしは二四歳ですけど」

「あ、同じです」

「えっ！　じゃあ、わたしたち」

「同じ年の」

「同じ日に生まれたんだ」

「すごいですね」

「すごい！　ほんと、すごい！」

ぼくの隣で、寿々さんが歩きながら右手を掲げた。

だから、ぼくも右手を挙げて――。

パチン。

心地いいハイタッチの音がパイナップル色の世界に響き渡った。

「ねえ、せっかく同い年だし、翔平くんって呼んでもいい？」

「あ、はい。もちろんです」

「敬語も止めない？」

ぼくは、「はい」と言いかけて、ちょっとためらいながら「うん」と言い直した。

「わたしのことは、どう呼びたい？」

「え、ふつうに、寿々さんでいいですけど」

ぼくは正直に言ったのに、寿々さんが笑い出した。

「え、そんなにおかしいですか？」

「だって、さっそく敬語を使ってるんだもん」

「あ……」

「ね？」

「ですね。じゃなくて、だよね」

ぼくがそう言って、今度は二人で笑った。

結局、ぼくは「寿々ちゃん」と呼ぶことになった。気恥ずかしいけれど、すぐに慣れるだろうと自分に言い聞かせる。

それからぼくらは目的のアイスクリームを買った。

お店の前で寿々ちゃんがどうしても「ここは、わたしにおごらせて」というので、ご馳走してもらったのだが、その理由がまた傑作だった。

「じつはね、さっきの翔平くんの占い、あんまり自信がなかったんだよね」

「えっ。そんな——」

「ごめん。だから、せめてアイスくらいはゴチしようかなって」

言って、寿々ちゃんは小さな舌を出した。

ぼくは苦笑しながら、

「その仕草、テヘペロってやつ？」

と、敬語を使わずに言ってみた。

「違うよ。わたし、テヘ、とは言ってないから、ただのペロです」

「あ、寿々ちゃんが敬語を使った」

「えええっ、いまのは、わざとじゃん」

と、ぼくらはどうでもいい会話をしながら、公園内の海沿いの道をぶらぶらと歩いていた。ぼくらが手にしているアイスは、寿々ちゃんおすすめのキャラメルチョコチップだった。じつは、ぼくも、この味は好きで、すすめられなくても買うつもりだった。

しばらく歩いて、公園の反対側まで達すると、ちょうどカップルがベンチから立ち上がって歩き出した。ぼくらはその空いたベンチに腰掛けた。

「翔平くんって、どんな漫画を描いてるの？」

「うーん、人間ドラマ系、かな」

「人情もの？」

「そういう感じ」

「じゃあ、感動して泣いちゃうやつだ」

「一応は、そのつもりなんだけど――」

でも、落選ばかりしているということは、読み手を感動させていないのかも知れない。

「今度、読んでみたいな」

「え？」

「翔平くんの描いた漫画」

このとき、ぼくが驚いていたのは、漫画を読みたいと言われたことよりも、むしろ、ぼくらの関係に「今度」がある、ということだった。

「じゃあ、まあ、そのうち……」

読まれるのは気恥ずかしいけれど、「今度」がなくなるのは淋しい気がして、ぼくは中途半端な台詞を返しておいた。

「そのうちかぁ、まあ、いいけど。じゃあ、影響を受けた漫画は？」

「それは……たくさんあるけど――、子供の頃に『週刊少年アスカ』をずっと読んでたから、そこで連載された漫画には影響を受けてるかな」

「えっ、わたしも子供の頃はアスカを読んでたんだよ！」

「少年漫画なのに？」

「うん。お兄ちゃんが毎週買ってきてたから」

寿々ちゃんは、かつて連載していた懐かしい人気漫画のタイトルを次から次へと列挙していった。それらはすべて、少年時代のぼくが夢中になって読んだ作品ばかりだったから、思いがけず漫画の話で盛り上がった。

「翔平くんは、一人暮らし？」

「うん。寿々ちゃんは？」

「一人だよ。わたしね、こう見えて、街に憧れて飛び出してきた田舎者なの」

こう見えて、の意味がよく分からなかったから、そこは流した。

「ぼくも同じ。田舎者」

「え、ほんと？」

「うん」

ぼくは山のなか育ちだけれど、寿々ちゃんは漁師町で生まれ育ったと言った。海と山の違いはあれど、ぼくらは、それぞれ田舎で「生きにくさ」を感じて、生まれ故郷を飛び出したのだった。

「なんか、わたしたち、そういう生い立ちまで似てるんだね」

「うん。さすがに、ちょっと不思議な感じがする」

ぼくは素直な言葉を口にした。すると寿々ちゃんが、少しまじめな目をしてこう言ったのだ。

「不思議な感じ、する？」

「え？」

「あ、ごめん。ええと……、なんか、翔平くんってさ、わたしがいままで出会ったことのないタイプというか——、すごく不思議な雰囲気の人だなって感じてて」

「え、それ、ぼくも同じことを思ってたよ」

「はっきり言って、わたし、変？」

「……うん。変かも」

寿々ちゃんが、ころころと笑った。

「ちょっと、ほぼ初対面の女子に向かって、直球すぎじゃない？」

「あはは。ごめん」

「嘘うそ。でもさ、お互いに、なんか変な感じだなって思ってたと思うと、笑えるよね」

「たしかに」

「何から何まで共通点だらけっていうのも、変だし、笑える」

「うん」

ぼくは、本当にそうだな、と思って二度も頷いていた。と同時に、誕生日とか田舎者とか読んでいた漫画とか、そんな小さな「共通点」があるだけで、人と人って、ここまで短時間に親密になれるものかと素直に驚いてもいた。

そして、このとき、ぼくは気づいたのだ。ついさっきまで寿々ちゃんに抱いていた「違和感」が、いまは「親近感」へと変わっていることに。

ぼくは、ふと空を見た。パイナップル色だった空は、いつしか葡萄《えび》色に変わっていた。

公園内の水銀灯も、やわらかなたんぽぽの綿毛みたいな丸くて白い光を放ちはじめていた。

　ふわりと風が吹いた。

　その風は、寿々ちゃんの髪の匂いを運んできた。

　そのときぼくは、なぜだろう「懐かしい──」と思ったのだ。

　近くにある樹の枝葉が風に揺れて、さやさや、とやさしい音色を降り注ぐ。その樹の幹の後ろから、少し強い波動を持った女性の霊が顔を覗かせた。ぼくがちらりとそれに目を向けたとき、寿々ちゃんに声をかけられた。

「ねえ」

「ん？」

　女性の霊から視線をはがし、寿々ちゃんを見る。

「わたし、田舎でね、ちゃんと友達を作れなかったんだよね」

　唐突なカミングアウトに、ぼくは少したじろいだ。

「あ……、そうなんだ。でも、どうして？」

　ぼくが質問をしたのに、なぜか寿々ちゃんは質問をかぶせてきた。

「翔平くんは、友達、作れた？」

　どうして、いきなり、そんな質問をぶつけてくるのだろう。

「いや、あまり……」

　ぼくは小さく首を横に振った。

するとすると寿々ちゃんは、どこか腑に落ちたような顔でひとつ頷くと、さらに続けた。

「じゃあ、いま、こっちに友達は、いる？」

さすがに「ほとんどいない」と答えるのはためらわれた。かといって「いる」と嘘をつくのも気が進まない。「作らないようにしている」なんて答えたら、それこそ墓穴を掘ってしまうだろう。

「親友って呼べるような人は、いないかな」

ちょうどいいさじ加減の台詞でかわした。

「そっか。それも、わたしと同じだなぁ。じゃあ、いま付き合ってる人は？」

寿々ちゃんは初夏の夜風みたいにサラリと訊いたのに、ぼくの心臓は確実に一拍スキップをしていた。

東の空には、すでにいくつかの星が瞬きはじめていた。

港のどこかで、ぼーーーーう、と外国船の汽笛が鳴った。

「いないけど……」

ぼくの返事は、汽笛の音にかき消されてしまったようにも思えた。しかし、寿々ちゃんは構わず少し大きな声を出した。

「ねえ、この汽笛、どこの国の船かな？」

えっ、さっきの質問は、もう無かったことになってるの？

なんだかぼくは笑いそうになってしまった。

「きっと天国の船だよ」

つまらない冗談を返したら、

「えー、なにそれ」

寿々ちゃんは、ころころと笑ってくれた。

◇　◇　◇

その日を境に、寿々ちゃんとぼくは「友達」になった。

意味のないメールをやりとりしたり、意味のない電話で笑い合ったりできる相手を、ぼくは生まれてはじめて得ることができた気がしていた。

寿々ちゃんは仕事のお昼休みに「キッチン風見鶏」にランチを食べにきてくれることもあったし、夜はカウンターで軽く飲んでいくこともあった。

寿々ちゃんが来店すると、決まって絵里さんに「ほら、彼女が来たよ」と、からかわれるようになった。ひたすら照れているぼくの横で、寿々ちゃんは「はーい、彼女でーす」と冗談めかして笑ったりするから、いっそうからかわれてしまう。しかも、寿々ちゃんはたいてい語尾に「なーんてね」と付けるから、ぼくはホッとしたような切ないような妙な気分に苛まれる。

社交的な寿々ちゃんと絵里さんは、すぐに打ち解けて気の合う姉妹のようにしゃべるようになった。カウンターで隣り合わせた手島さんとも打ち解け、もちろん祐子さんとも親しくなった。

つい先日などは、祐子さんがまかないで作ってくれた「鳥居家のカレー」の残り物を、絵里さんはランチタイムに来た寿々ちゃんにただで食べさせていた。他のお客さんには見えないよう、カウンターで、こっそりと。そして、そのカレーの味にハマった寿々ちゃんは、真剣な顔で厨房の絵里さんにレシピを詳しく訊いていた。絵里さんは、トマトの水煮とプレーンヨーグルトをたっぷり使うことや、ウスターソースで味を調える方法、赤唐辛子を使って鳥の手羽元の皮にピリッとした風味づけをする方法などを教えていたけれど、あまりに細かく取材をしてメモをとる寿々ちゃんがおかしかったようで、最後はくすくす笑い出した。

「分かった。じゃあ、寿々ちゃん、今度、一緒に作ろうよ」

「ええっ、いいんですか？　嬉しい！」

とまあ、そんな感じで、寿々ちゃんはこの店にすっかり馴染んでいったのだった。

寿々ちゃんといると、ぼくはなんだか子供の頃からよく知っている幼馴染みと会っているような、そんな不思議な気分になることがあった。それは、どうやら寿々ちゃんも同じようで、「翔平くんといるときは、すごくリラックスできちゃう」と言う。

リラックスされることは、男として喜んでいいのか、悲しんでいいのかは微妙なところだけれど、とにかく、ぼくらは「すんなり」という言葉がぴたりとくるような感覚で、肩を並べていることができるのだった。

ある小雨の日――。

約束どおりランチを食べに来た寿々ちゃんが、客席に入るやいなや、きょろきょろとフロアを見回しはじめた。

「ん、どうしたの？」

ぼくが小声で訊ねると、なんとなく注意深げにカウンター席に腰掛けながら、寿々ちゃんは首を横に振った。

「あ、ううん。別に」

その受け答えに、ぼくは小さな違和感を覚えた。プロファイリングの達人である絵里さんをチラリと見ると、やっぱり何かを見抜いたような目で寿々ちゃんを見ていた。でも、絵里さんは何も言わず、いつもどおり親しげに「いらっしゃい」と言い、そのまま寿々ちゃんと世間話をしはじめた。

仕事中のぼくは、客席を見渡した。

窓の外は無数の細い銀糸で霞《かす》んで見える。

雨の日の幽霊も、朝からずっと壁際に立っていた。しかも、いつにも増して、はっきりと姿が見えている。

気のせいかも知れないけれど、寿々ちゃんがこの店に来るようになってから、雨の日の幽霊は少しずつ霊体のエネルギーを強めているように思えてならなかった。寿々ちゃんの何かと反応しているのか、あるいはたまたまなのか――、そこはぼくにも分からない。とにかく、雨の日の幽霊は、これまで以上に、ぼくにメッセージを伝えてくるようになっていたのだった。

今日の寿々ちゃんは「国産レモンのクリームパスタ」を注文した。レモン果汁をクリームソースに混ぜ込んだこのパスタは、こってりと濃厚でありながらも、レモンの酸味で口中をさっぱりさせるという、じつに癖になる逸品だった。仕上げにすり下ろした果皮を散らし、さらにピンクペッパーで風味を引き締めているのが美味しさのポイントなのだと絵里さんは言っていた。

ランチタイムは忙しく、ウエイターのぼくは寿々ちゃんとしゃべる時間があまりとれない。でも、寿々ちゃんは、隙を見てパスタを食べながらぼくを呼び止めた。

「ウエイターさん、すみません！」

「なんでしょう？」

ぼくは苦笑しながらカウンターに近づいた。

「あのさ、今日は雨で霞んで見えないけど、いつもはこの店から海が見えるでしょ？」

「え、うん」

「その海の向こう岸に行けるフェリーが出てるんだって」

「あ、聞いたことはあるよ。乗ったことはないけど」

ここから少し離れたところにある大きな港から、そのフェリーは出ているらしい。

「わたし、乗ってみたいんだけど」

「え、なんで？」

「なんでって。対岸に行ってみたいから」

「向こう岸に、何かあるの？」

「それは、分からないよ。けど、ありそうな気がする」

なにそれ——、と思っていたら、厨房の絵里さんに名前を呼ばれた。

「翔平くん」

「はい？」

「あのね、女の子っていうのは、どこに行きたいか、じゃないの」

「え？」

「誰と行きたいか、なのよ」

ぼくは寿々ちゃんを見た。絵里さんに向かって、ぺろりと小さな舌を出して、おどけている。

「あ、え、ええと」

ぼくがしどろもどろになっていたら、テーブル席のお客さんが「すみませーん」と手を挙げた。ぼくはピンと背筋を伸ばして返事をすると、お客さんの方へと踵を返した。

「行こうね」

ぼくの背中に、寿々ちゃんの声がかかる。

「あ、うん」

軽く振り返って返事をした。

もちろん、行くことは最初から決めていた。ただ、なんとなく、ぼくは、寿々ちゃんが向こう岸に行きたくなった理由を知りたかっただけだ。

コツコツと革靴の踵を鳴らしながら、ぼくはお客さんの方へと歩いている。その足取りがやたらと軽くなっていることは、きっと絵里さんには見透かされているのだろう。

パスタを食べ終えた寿々ちゃんは、ランチタイムが終わるまでカウンターでのんびりとお茶を飲んでいた。

やがてテーブル席のお客さんたちがすべてはけて手が空くと、ぼくはバックヤードからクリアファイルを持って来て、少し緊張しながら、それを寿々ちゃんに手渡した。

「これだけど……」

「わぁ、ありがとう。やっと読める」

「落選した漫画だから。あんまり期待しないでね」

「うふふ。期待するなっていう方が無理でしょ？」

カウンターでいたずらっぽく笑いながら、寿々ちゃんはぼくの落選した原稿をクリアファイルから抜き出した。

正直、絵里さんに見せたときは応募前で自信があったけれど、いまは落選後だから、どうにも自信を抱けない。でも、まあ、読ませると約束をしていたのだから、仕方がない。

寿々ちゃんが原稿を読みはじめた。

ぼくは絵里さんと一緒にランチの後の片付けに取り掛かった。

しかし、いつもどおり働きながらも、どうにも寿々ちゃんの反応が気になって仕方がない。ぼくは何度もちらちらと振り向いては、彼女の横顔をチェックしてしまった。

寿々ちゃんは、前半でくすっと何度か笑った。中盤にさしかかると何もしゃべらなくなり、そして最後のシーンを読みながら瞳をうるうるとさせた。つまり、絵里さんのときと、そっくり同じ反応だったのだ。

「え、なんで？　これで、落選するの？」

読了した寿々ちゃんが、潤んだ目をこっちに向けた。

ぼくは、何も答えられなかったけれど、代わりに絵里さんが返事をしてくれた。

「でしょ。すごく面白いし、最後はめっちゃ感動するのに」

「本当ですよ。これがこのまま『アスカ』に連載されてても、何の不思議もないレベルだと思う」

「だよねえ」

「選者に見る目がないのかな」

「うん、わたしもそう思った」

「そんなんだから、漫画雑誌の部数が落ちていくんだよ」

寿々ちゃんと絵里さんが、やいのやいのと持ち上げてくれた。でも、正直、ぼくとしては、嬉しいのが半分、情けないのが半分だった。だから、二人の会話を聞いているうちに、なんだかたまらなくなって、思わず会話に割り込んだ。

「あの、寿々ちゃん」

二人の視線が、こちらに向いた。二人は黙って、ぼくの次の言葉を待っている。

「あ、ええと、とりあえず……」

ぼくが口を開いたとき、首筋にチリチリと鳥肌が立った。ハッとした次の瞬間、声が聞こえてきた。心のなかに直接届く、あの声だった。

《君が、思う……人生……ものは、短いよ。良かれと思う……好きなこと……以外の……している暇などない》

思わず壁際を振り向きそうになったけれど、ぼくは堪えた。そして、なに食わぬ顔で女性二人に向かってしゃべりはじめた。

「褒めてもらえるのは嬉しいけど、でも、現実は——」

と、そこまで言ったところで、寿々ちゃんがかぶせてきた。

「現実なんてさ、あやふやなものじゃない？」

「え？」

「そんなことより、いま翔平くんが好きだと思うことをした方がいい気がする」そして、そこから先は、寿々ちゃん自身が噛みしめるように、ゆっくりと言葉を並べていったのだ。

「だってさ、一度きりの人生だし、人生はあっという間じゃない？　自分の好きなことか、良かれと思うこと以外のことなんて、多分、やってる暇はないんじゃないかなぁ」

「え……」

衝撃で、ぼくは返す言葉を失ってしまった。

寿々ちゃんは、いま、雨の日の幽霊と、ほとんど同じ言葉を口にしたのだ。

まさか、寿々ちゃん……。

ぼくは、ぎゅっと意識を集中させた。

いま店内にいる霊で、ぼくが感じられるのは――二体だった。

ひとつはエネルギーの強い雨の日の幽霊。もうひとつは、今朝から店の出入り口と「ゲート」のあたりを行き来している初老の女性らしき霊だった。この霊はエネルギーが弱すぎて、輪郭《りんかく》すらぼやけている。寿々ちゃんと絵里さんの守護霊も、いまいち感じとれなかった。きっとエネルギーが弱いか、ぼくと相性が悪いか、あるいは、強い霊ゆえに、雨の日の幽霊とぶつかってしまっているのかも知れない。

そもそも、エネルギーの強い二つの霊は、それぞれが近くに出現することはできないのだ。たとえば二つの磁石の同じ極を近づけると反発し合うように、強いエネルギーを有した霊同士も反発し合うらしい。つまり、どちらか強い方だけが現れて、弱い方はどこかへ弾き出される。これは、ぼくの長年の経験で知ったことだけれど、ほぼ間違いないと思っている。

「さすが寿々ちゃん、いいこと言うなぁ」

カウンターのなかの絵里さんが、感心したような声を出した。

「えへへ。さっきのレモン風味のパスタが美味しすぎて、頭が冴《さ》えちゃったかな」

「あら、それは嬉しいわ」絵里さんが笑いながら言って、続けた。「じつはね、いま寿々ちゃんが言ってたのと同じようなことをね、よくおじいちゃんが言ってたんだよね」

「絵里さんのおじいちゃんってことは――」

「このお店の初代オーナーだよ」

「なるほど」

寿々ちゃんはいま、なるほど、と言った。

それを、ぼくは聞き逃さなかった。

絵里さんとの会話の流れからすると、どうにも違和感を覚えざるを得ない返答だ。

「寿々ちゃん、『なるほど』って？」

ぼくは訊いてみた。

「え？　初代のおじいさんの言葉が、ちゃんと絵里さんに伝わっていて、だからこそ絵里さんは、こういう素敵なお姉さんになれたんだなぁって思って、それで『なるほど』って言ったんだけど……」

寿々ちゃんは、だからなに？　という顔でぼくを見ている。

「そっか……。たしかに、そうかもね」

ぼくは取り繕うように答えた。でも、寿々ちゃんも絵里さんも、どこか訝《いぶか》しげな目でこちらを見ている。占い師とプロファイラーにじっと見られると、さすがに少し萎縮《いしゅく》してしまう。

寿々ちゃんが、あらためて言った。

「とにかくさ、現実なんて努力で変えればいいだけじゃん。わたし、翔平くんの才能、このまま潰しちゃうのはもったいないと思う」

寿々ちゃんは、クリアファイルに戻した原稿の束をそっとカウンターの上に置いた。

「わたしも、寿々ちゃんとまったく同じことを思ってたよ」

絵里さんが、実感のこもった言い方をした。

さらに、ぼくの背後で、雨の日の幽霊が頷いている気配がした。

まさか幽霊にまで応援されるとは――。

そう思ったら、なんだかちょっとおかしくなってきて、ふっと肩の力が抜けた気がした。

「翔平くん、あきらめるのはまだ早いよ。ファイト！」

寿々ちゃんがボクサーみたいに両手の拳を握ってみせて、にっこりと笑いかけてきた。

「……うん」

ぼくは小さく頷いた。

そして、そのとき、ふと思ったのだ。

最初から、こうなることが分かっていたのではないか、と。

◇　◇　◇

古びた雑居ビルの三階のフロアは、想像以上に乱雑だった。

天井を見ると、『月刊コミッククレインボー編集部』と書かれたプレートが吊り下げられている。

いわゆる「島」になっている編集部の七つのデスクの上には、書籍やら資料やらが無秩序に積み上げられていて、いまにも雪崩《なだれ》を起こしそうに見えた。床のあちこちからも、まるで伸びすぎた筍みたいに資料が積み上げられている。わずかに空いたスペースには、よくビーチで見かける折りたたみ式のサマーベッドが置かれていた。ぼくが、そのサマーベッドを見ていたら、ちょっと面倒臭そうな声がした。

「あれはね、徹夜が続いたときに仮眠する奴が使うの」

声の主は、ぼくの持ち込み依頼に応じてくれた編集者、竜崎《りゅうざき》さんだった。ぼさぼさした頭には白髪がけっこう交じっているけれど、年齢はまだ四十代くらいに見える。

「あそこで寝るんですか？」

「椅子に座ったまま寝るよりは、横になれるだけマシでしょ？」

「たしかに、そうですね……」

とりあえず話を合わせたぼくに、竜崎さんが手招きをした。

「んじゃ、こっち来て。ここで見るからさ」

「あ、はい」

ぼくはパーテーションで仕切られた打ち合わせスペースに通された。四人がけのテーブルと椅子があるだけの小さな空間だ。

「そこ、座って」

「はい」

ぼくは竜崎さんと向かい合うように座ると、「お忙しいところ、ありがとうございます。よろしくお願いします」と頭を下げた。

「はいはい。こちらこそ」ぞんざいな感じで受け答えをする竜崎さんは、ちらりと腕時計を見て、「で、さっそくだけど、原稿は？」と言った。

ぼくはプラスチック製のポートフォリオバッグのなかから原稿の束を取り出し、そっと竜崎さんの前に置いた。

「これです」

いちばん上の原稿をチラリと見下ろして、竜崎さんはちょっぴり眉を上げた。

「へえ。絵は上手そうだね」

「ありがとうございます」

竜崎さんは、さっそく原稿を読みはじめた。

一ページ、二ページ、三ページ……、そこで竜崎さんはかすかにニヤリとしたけれど、その後は無表情になった。そして、十二ページ目にさしかかったとき、ふと顔をあげてぼくを見た。

「この原稿さ、ペン入れまで済んでるけど」

「はい」

「もしかして、すでにどこかに出してる?」

一瞬、ぼくの脳裏に、いいえ、という単語がよぎった。でも、嘘をつくのは気分が悪いから、正直に答えることにした。もしかすると、この人がぼくの担当者になってくれるかも知れないし——。

「はい。以前、新人賞に応募したんですけど……」

「落選した、と」

「はい……」

竜崎さんは「ふうん」と言いながら鼻の頭を搔くと、「ちなみに、どこの新人賞?」と言って、椅子の背もたれに背中をあずけた。

「週刊アスカです」

「アスカ?」

「はい」

竜崎さんは、やれやれ、といった感じで眉をハの字にした。

「あのさぁ」

「はい……」

「ライバル誌で落選した作品を、うちで使えっていうの？」

「あ、いえ、そういうわけでは――」

「ないとは言わせないよ」

竜崎さんが、苦笑する。

「でも、応募したときよりも、だいぶ加筆修正をしたんです。あのときよりは、かなり良くなっていると思うので」

自己弁護をしながら、ぼくは考えていた。正直、『週刊少年アスカ』と『月刊コミックレインボー』とでは、雑誌の部数も規模も違いすぎる。とてもじゃないけれど、ライバルとは思えない。

「アスカじゃ落ちても、うちなら通る。そういう感覚は、好きじゃないんだよね」

「いえ、本当に、そういうつもりじゃ……」

竜崎さんは、黙ったままぼくを見ていた。

「す、すみません。でも、本当に、たくさん加筆修正をしているんです」

「ふうん。ま、いいや。続き、読むわ」

「ありがとうございます」

機嫌を直してくれたようには見えないけれど、とにかく最後まで読んでもらえるだけで

ままも救われた気分だった。ぼくは太ももの上に手を置いて、無意識に背筋をピンと伸ばした
ままも、一枚、また一枚と、めくられていく原稿を見詰めていた。

すべて読み終えたとき、竜崎さんは「なるほどね」とつぶやいた。

ぼくは、黙ったまま次の言葉を待った。

「面白かったよ」

「え？」

「だから、面白かったって」

竜崎さんは、不機嫌そうに眉間にシワを寄せているのに、口元だけは笑っていた。

「あ、ありがとうございます」

面白かった――、ということは。

ぼくが淡い期待を抱きかけたとき、竜崎さんがテーブルの上の原稿の束をこちらにスッと滑らせた。

「面白かったけどさ、これは中堅の漫画家がふつうに描いてるレベルだね」

「え……？　ええと、それは、すでに連載されている漫画家さんのレベル、ということでしょうか？」

「まあ、そういうこと」

「じゃあ、えっと、この原稿は」

もしかして、合格レベルということか。

ぼくは、竜崎さんの次の言葉が出るまで、緊張で呼吸を忘れていた。

「ボツだよね。悪いけど」

「え……」

「どうして？　って顔してるなぁ」

「あ、いや、ええと……」

「あのね、中堅の漫画家さんにはさ、すでに固定ファンがいるわけ。だから、同じクオリティーだったら、本を買ってくれるファンがまったくいない新人を使う意味なんてないでしょ？」

「………」

ぼくは背筋を伸ばしたまま黙っていた。口は閉じていたけれど、内心では、この編集部には新人を育てるという気持ちはないのか？　という鬱屈したような思いが渦巻きはじめていた。

「無名作家にいきなり連載させるってのはさ、単なるリスクでしかないわけ。出版ってのは、商売だからさ。はっきり言って、売れるか売れないかで判断するのね。しかも、このところの出版業界の右肩下がり――、それくらいは知ってるよね？」

「はい……」

「うちみたいな中小の出版社は、体力がないからけっこう厳しいわけよ。だから、失敗しないのが大事っつーかさ。まあ、大ヒットは狙えなくても、とにかく赤字は出さないっていう経営をするしかないの。もちろん新人だって欲しいよ。もしも、そいつに飛び抜けた才能があったら、即連載してもらうのは当然じゃん？」

「………」

「まあ、そんなに悲しい顔をしなさんなって。どうせアスカで落とされた原稿なんだし」

竜崎さんが、また腕時計を見た。

ぼくは、テーブルの上の原稿用紙をポートフォリオバッグのなかにしまいはじめた。

「せっかく来てくれたのに悪いね。でも、きみ、ええと……、坂田くんだっけ？」

「はい」

「まあ、箸にも棒にもかからないってワケじゃないからさ、今度は、ネームができた段階で持ってきなよ」

「はい……」

「ほどほどの作品じゃなくて、ピカイチなやつね。あと、どこにも持って行ってないやつを頼むよ」

「はい」

「んじゃ、俺、この後ちょっと打ち合わせがあるから」

ぼくらは立ち上がった。

「ありがとうございました」

ぼくが頭を下げている間に、竜崎さんは「おつかれさん」と言いながら、ポンとぼくの左肩を叩いて、編集部の「島」へと戻ってしまった。

パーテーションのなかにポツンと取り残されたぼくは、「はあ」と空っぽなため息をもらしていた。

竜崎さんのぼくにたいするぞんざいな扱いには、ちっぽけなプライドを完全にへし折られたし、中堅作家のレベルまで描けていてもボツにされるという現実は、ぼくにとって新たな高い壁となった気がした。しかも、ここは、ぼくが目指す『週刊少年アスカ』ではない。発行部数でいえばゼロがひとつ足りないくらいの格下なのだ。

とにかく、もう、帰ろう――。

ぼくはのろのろと歩き出した。足がやたらと重く感じて、歩幅が狭くなっていた。でも、せめて、この会社から出るまでは、背中を丸めずに行こうと、くだらない抵抗を試みていた。

◇　◇　◇

帰宅したときは、すでに夜になっていた。

駅から小雨に降られて少し濡れてしまったけれど、ぼくは原稿の束が入ったポートフォリオバッグをタオルで拭いて部屋の端っこに置き、床の上にごろんと大の字に寝転がった。

そして、ぼんやり天井を眺めながら、寿々ちゃんと絵里さんにふたたび漫画を描くと約束してからの日々を追想した。

ぼくとしては、かつてのように、自分なりに必死に描き続けてきたつもりだった。すでにネームは三本描いていて、それぞれ違う雑誌の編集部に持ち込んでもいた。でも、結果はどこも同じくボツだった。正直、この三本は、箸にも棒にもかからなかった、と言うべきだろう。

新たなネームが駄目なら、いままででいちばんクオリティーの高かったあの落選した原稿に、もう一度だけ賭けてみよう——。

そう考えたぼくは、すでに完成していた原稿に、さらに修正を加えることで、いっそう精度を上げたつもりだった。そして、その原稿の持ち込みに応じてくれた編集部が、先ほどの『月刊コミックレインボー』だったというわけだ。

つまり、ぼくは、さっきの持ち込みで、ネームと合わせて四回連続のダメ出しをくらったことになる。

「心、折れるよなぁ……」

仰向けに寝転んだまま、ため息と一緒につぶやいた。

見慣れたはずの天井が、なぜだろう、今日はやけに高く見える。自分のことをちっぽけに感じているからだろうか。

そう思ったら、ふと寿々ちゃんの声を聞きたくなった。

ぼくは寝転んだまま手を伸ばし、鞄を引き寄せた。なかからスマートフォンを取り出し、寿々ちゃんに電話をかけた。しかし、スリーコール待ったところで留守電になってしまった。

「なんなんだよ、今日は……」

思わず、天井に向かって吐き捨てるように言って、ぎゅっと目を閉じた瞬間、手にしていたスマートフォンが振動しはじめた。

液晶画面を見た。

胸の奥に、甘い痛みが走るのを自覚した。

「もしもし」

ぼくは、すぐに出た。

「ごめんね、いま料理中で火を使ってて、ギリギリ手が離せなかったの」

「あ、そうだったんだ。いまはもう大丈夫？」

「うん、火は止めたから大丈夫だよ」

寿々ちゃんの声を聞いたら、なんだかぼくの心は急にくたっとしてしまった。ずっと張り詰めていたマリオネットの糸がプツンと切れたような感覚だ。

「なにを作ってたの？」

「うふふ。この間、キッチン風見鶏で食べたカルボナーラ」

「へえ」

「といっても、まだベーコンを炒めはじめたばかりだけど」

「そっか」

「うん」

「美味しくできるといいね」

「大丈夫。絵里さんにレシピをバッチリ教えてもらったし」

「なら、心配ないね」

「うん」

ぼくは、もう、自分から何かをしゃべらず、ただ、ぼうっと寿々ちゃんの声を聞いていたいような、ひどく受け身な気持ちになっていた。

「ん？　翔平くん、なんで黙ってるの？」

「いや、寿々ちゃんの声の向こう側に流れてる音楽、なんだろうなって聴いてたから」

ぼくは適当な嘘をついた。

「あ、これね、スピッツだよ。『空も飛べるはず』っていう曲」

「なんか、聴いたことがあるような気がする」

「有名な曲だもん。きっと今は自由に空も飛べるはず〜っていう歌。知らないかな」

「うーん」

「ちょっぴり元気が出る曲で、わたし、好きなんだよね」

「そういう歌、いいよね」

「でしょ。今度、聴かせてあげるよ」

「うん」

そして、また、ぼくは黙り込んでしまった。

「翔平……くん？」

寿々ちゃんが、少し怪訝そうにぼくの名を口にした。

「ん？」

「何か、あった？」

ぼくは天井を見上げたまま、ひとつ大きく呼吸をして、くたくたな心のネジを巻いた。

「まあ、ちょっと……ね」

「え、なに？　どうしたの？」

それからぼくは、さらにひと呼吸おいてから、今日の散々な持ち込みのことを寿々ちゃんにぼそぼそと吐露した。すでに描いていたネームが三本続けてボツになったことは、情けなくて言えなかったけれど。

「そっかぁ、でも、その編集者、ずいぶんと高飛車だね」

「まあね」

「出版社って、どこもそういう感じなの？」

「うーん、多分、人によるんだと思う」

「そっか……」

「………」

「まあ、でもさ、捉え方ひとつじゃない?」

「え?」

「だって、中堅作家がふつうに描いているレベルって言われたんでしょ?」

「うん」

「それってさ、すでに翔平くんはプロレベルってことじゃん」

「………」

「逆に、すごいことだと思うけど」

「まあ、でも、結果は、駄目出しだったわけだし……」

せっかく寿々ちゃんが励ましてくれているのに、ぼくはネガティブな反応をしてしまった。

すると、珍しく寿々ちゃんが会話のリズムを崩した。

ほんの数秒間、黙ったのだ。

そして、ふいに、「ふうん」とひとりごとみたいな声を出した。

ぼくは黙っていた。その「ふうん」に、どんな反応を返したらいいのかが分からなかったから。

「じゃあさ」寿々ちゃんが、あまり抑揚のない声を出した。「あらためて、翔平くんに訊きます」

「え?」

「あなたは、自分が心から描きたい雑誌ではない編集部の人に、横柄な態度で駄目出しをされました」

「………」

「だよね？」

「うん……」

「その結果、いま、翔平くんはどうしたいですか？」

「え……」

「答えてみて。一ミリの嘘もない答えを」

寿々ちゃんの声から、いつもの陽気さが消えていた。

本当に、真剣に訊いているのだ。

おそらく、ぼくは、いま、男としての器を試されているのではないか——、そんな気がした。

「正直、ぼくとしては……」

胸のなかにある本物の答えを探しながら小さな声を出したとき、ふと手島さんの顔が思い浮かんだ。いつもは冗談ばかり言っていて、一見、頼りなさそうなあの人も、じつは、歩くんを養子として引き取るような、やさしく漢気《おとこぎ》のある人だった。

自分の心に嘘をつかずに、人生を創っていく——。

手島さんと、その守護霊が言っていた言葉が、天からぼくの脳に降ってきた気がした。

「まだ、あきらめたく、ないかな」

小さく開いたぼくの口からポロリとそんな言葉がこぼれ落ちた。

「そっか」

「うん」

「それが翔平くんの正直な気持ち？」

「そうだと思う。自分の心に嘘をつかずに、人生を創っていきたいから」

「え？」

「って、言ってた人がいるんだよね」

ぼくが言ったら、寿々ちゃんが電話の向こうでくすっと笑った。

「誰が言ったの？」

「内緒」

また、寿々ちゃんが笑う。

「格好いいと思うよ、それ」

「だよね。ぼくも、そう思う」

また、短い沈黙が生まれた。でも、この沈黙はさっきとは違って、どこかやさしい温度をはらんでいた。

「わたしは――」寿々ちゃんが、あらたまったような口調で言った。「また、翔平くんの描いた漫画で泣きたいです」

「え？」

一瞬、呆気にとられていたぼくに、寿々ちゃんが訊いた。

「翔平くんは？」

「ぼくは――」

いますぐ、君に会いたいです――。

込み上げてきたまっすぐな想いは、ぐっと飲み込んだ。

代わりに、大きく息を吸って、変化球を投げた。

「ぼくの漫画で、寿々ちゃんを虜《とりこ》にしたいです」

最高に照れながら言ったのに、寿々ちゃんは春風みたいな声色で「えー、なにそれ？」と言って笑うのだった。

# 第四章　約束のカレー

## 【坂田翔平】

梅雨入りして一週間ほど経ったある日、絵里さんが珍しく風邪をひいた。朝から三八度の熱が出て寝込んでいるという。

お客さんに風邪をうつすわけにはいかないので、この日は久しぶりに朝から祐子さんが厨房に立って、お店を回してくれた。

祐子さんのてきぱきした仕事ぶりは、さすがの前オーナーシェフだったけれど、ぼくはというと、むしろ足を引っ張った感があった。理由はいくつかある（と思う）。まずは、祐子さんとの連携に慣れていないこと。慣れていないから、少し緊張していたこと。そして、最近とみに存在感を増してきた雨の日の幽霊が妙に気になっていたからだった。

もちろん、今日も朝からしとしとと雨が降っている。

その夜、なんとか無事に閉店時間までお店を回し、すべての片付けを終えたとき、祐子さんがぼくの背中をツンとつついた。

「お疲れさまです」

「翔平くん、ご苦労さま」

「いまね、絵里に電話したんだけど、もうだいぶよくなったって」

「あ、それはよかったです」

ぼくが言うと、祐子さんが「ほんと」と微笑む。「熱も下がって、さっき、ご飯もたっぷり食べたみたい」

「そんなに……。すごい回復力ですね」

「本当よね。あっけらかんとしたあの子らしいわ」

祐子さんとぼくは、顔を見合わせてくすっと笑った。

「翔平くん、今夜、この後、なんか用事はある？」

「いえ……、とくには、ないですけど」

あるとすれば、漫画を描くことくらいだ。

「だったら、わたしと少し飲まない？」

「え……」

思いもよらないお誘いに、ちょっとポカンとしていたら、祐子さんは小さく吹き出した。

「大丈夫よ。獲って食べるようなことはしないから」

「あはは、そういうわけじゃ」

ぼくも、笑ってしまった。そして、その笑いが自然とオーケーの雰囲気を作っていた。

「それに、今日ね、絵里から頼まれていた写真を持ってきたの」

「あ——」

もともとそれは、ぼくが絵里さんに見せて欲しいと頼んでおいた写真だった。

「あの子、写真の置き場所を知らなかったから、わたしが探しておいたのよ。で、今日、絵里はお休みしちゃったでしょ」

「はい」

「だから、代わりにわたしが持ってきたの」

ということは……、出勤した時点で、祐子さんは写真を持っていたことになる。それなのに、いままでずっとぼくに黙っていた。これはつまり、祐子さんは、あえてぼくと一緒にその写真を見ながら、何かを話したいと思っているのだろう。

でも、いったい、ぼくと何を——。

「ありがとうございます」

とりあえず、さらっとお礼を伝えて、ぼくはバックヤードに下がった。私服に着替えるのだ。

着替えを終えてフロアに戻ると、祐子さんが冷蔵庫の残り物をつまみ用に出しておいてくれた。

ぼくらは向かい合ってテーブル席に着く。

「じゃ、今日も一日、お疲れさまでした」

「お疲れさまです」

コロナビールで乾杯し、喉を潤す。

「はあ、美味しい」

「美味しいですね」

「じゃあ……、はい、これ」

さっそく祐子さんがバッグのなかから一枚の写真を取り出して、テーブルの上に置いた。

そして、それをぼくの前へと静かに滑らせる。

それは、セピアに色あせたモノクロ写真だった。

写真を見た瞬間、ぼくは思わず息を深く吸い、そして吐きながらつぶやいた。

「この人が……」

「うん、このお店の、初代オーナーシェフよ」

やはり、思ったとおりだった。

ぼくは壊れ物でも扱うかのように、その写真をそっとつまみ上げた。そして、あらためてまじまじと見詰める。

写真に写った人物は、フライパンを片手にお店のドアの前に立っていた。日焼けした彫りの深い顔。がっちりとした体軀。短い白髪。着慣れた感じの白いコックコート。

とても生真面目そうな顔で、写真のなかからぼくを見詰め返してくるのは「雨の日の幽霊」だった。

「お店の入り口、いまとほとんど変わってないでしょ」

「そうですね」

「懐かしいなぁ……。初代はね、わりと無口な人だったけど、やさしくてね。絵里のことをすごく可愛がってくれたの」

「そうですか。あの、ちなみに、この方のお名前は、何て──」

「名前はね、文太さんっていうの」

「文太、さん……」

ぼくは復唱した。

「そう。文章の文に太いって書いて、文太さん」

頷いてみせたぼくは、うっかり壁際を振り返りそうになったけれど、なんとか堪えた。自分の名を呼ばれた雨の日の幽霊が、かすかに反応したのだ。

「でも、翔平くん、どうして急に初代の写真を見たいだなんて？」

「ええと……、なんとなく、というか、単純に、ふと、このお店を立ち上げた人って、どんな人だったんだろうなって……」

ぼくは嘘をついた。

本当の理由は──、このあいだ、寿々ちゃんが、雨の日の幽霊と同じ言葉を口にしただけでなく、その言葉を初代がよく口にしていたと絵里さんが言ったからだった。

あのとき、ぼくのなかで、もしかすると雨の日の幽霊の正体は、初代オーナーなのではないか、という疑念が湧いたのだった。

もちろん、ぼくも直接、雨の日の幽霊に訊ねてはみた。しかし、それに関する返事の「声」が、なぜか小さくて、上手く聞きとれなかったのだ。どの霊もそうだけれど、霊が伝えたいと思っていることは「声」が大きく伝わり、そうでない場合はたいていは小さい。

「なんかさ、不思議なことに興味を持つ人だよね、翔平くんって」

「そう、ですかね」

「うん。さすが未来の漫画家。発想が凡人とは違う気がする」

「いや、そんな……」

まだ何の結果も出ていないことで褒められると、どう反応していいか分からない。だからぼくは、話題をすぐに変えた。

「文太さんは、どうしてこのお店を開こうと思ったんですか?」

すると祐子さんは、嬉しそうに頬を緩めた。

「他人に喜ばれることが、いちばん純粋な幸せだからだって――、初代は、そう言ってたよ」

「他人に、喜ばれる……」

「うん。ようするに、美味しい料理を食べてもらって、ごちそうさまって幸せそうに言ってもらえることが、何より嬉しかったみたい。そういうお店をイメージして、キッチン風見鶏をはじめたんだって」

ぼくは、テーブルの上の写真をあらためて見た。真面目で四角四面そうだった顔が、少しやわらかく見えてきた。

祐子さんは、問わず語りに続けてくれた。

「初代はね、第二次大戦のときに南洋の島で戦ったことがあるんだって。そこではずいぶんと辛い思いをしたみたい。亡くなったわたしの旦那にね、よく戦争は嘘まみれだったって言ってたらしいの。戦時中は、みんなが自分自身の心にフタをしていてね――」

本心とは裏腹に、家族と離れ、好きな人と離れ、国家というカタチのないもののためにカタチある多くの個人の幸せを放棄し、本来は戦う理由などないはずの見知らぬ人たちと銃を向け合い、そして、たくさんの血と涙を流すハメになった。『大義名分』という、お偉方が勝手に作った嘘を守り抜くために――。

「初代はね、戦争が終わってつくづく思ったんだって。自分の心に嘘をつきながら生きることほど不幸なことはない。だから、とにもかくにも、人は心のままに生きるべきだって。わたしの旦那に、耳が痛くなるほど言い続けたらしいのよ」

「そうでしたか……」

ぼくは、深く頷きながら答えた。

「だからね、本当は、うちの旦那、このお店を継がなくてもよかったんだって。初代からは、好きな仕事をしろって言われてたらしいの。でも、旦那にとっては慣れ親しんで愛着のあるお店だからね、むしろ心のままにお店を継いだのよね」

「で、祐子さんは、ここに――」

「うん。嫁いできたの。初代と、旦那と、わたしの三人で回していたときは、いろいろ大変なこともあったけど、いま思い返すと、どれもいい思い出だなぁ」

祐子さんが、少し遠い目をした。

雨の日の幽霊も、いつもより穏やかな波動を放ちはじめている。

「鳥居家のカレーはね、そもそもは初代がこだわって作っていて、昔はお店のレシピにもあったの。あとね、BGMも初代のこだわり」

「この波音が、ですか？」

「うん。春夏秋冬ずっと波音を流すって決めたのも初代なの」

「そうだったんですね。でも、どうして、あえて波音を？」

「そういえば、どうしてなんだろう？　わたしも聞いたことがない気がするなぁ……」

祐子さんは記憶を辿るように首を傾けた。でも、何も思い出せなかったようだ。

「まあ、でもさ、とにかく、このお店にも歴史あり、でしょ？」

「はい」

「いろいろあったけど、気づけば、もう三代目なんだもんね」

感慨深く「ふう」と息をついた祐子さんが、しみじみ幸せそうにビールを飲んだ。ぼくも、釣られて喉を鳴らす。

「久しぶりに厨房に立ったけど、やっぱり仕事の後のビールは格別ね」

「はい。美味しいです」

「あ、ところでさ、翔平くん、漫画の方はどうなの？」

祐子さんが、ふいにベクトルをこちらに向けた。

「え……」

「絵里がね、翔平くんの夢、叶うといいなって、家でよく言ってるから」

「…………」

「あ、でもね、翔平くんがプロの漫画家になっちゃうと、うちのお店からいなくなっちゃうんだよなって、不安そうな顔もしてるけどね」

祐子さんは、穏やかな目でぼくを見ていた。

「漫画の方は、いまも頑張ってはいますけど……」

「けど？」

「けど……」結果が付いてこないので、と言いかけて、やっぱりやめた。「もっと、頑張ろうと思っているところです」

「そっか」

「はい」

「自信は？」

「ある……と言いたいです」

無意識にそう言っていた。この言葉には嘘がないと思う。

「うん。まあ、そうだよね」

ふいに祐子さんが、ゆっくりと深く頷いた。

「え……」

「誰だって、いつも、いつも、自信に満ち溢れていられるってわけじゃないもんね」

「……はい」

「翔平くんは意外だと思うかも知れないけどさ、絵里もね、レストランのオーナーシェフっていう仕事が、自分に向いているのかどうか、いまだに自信を持てていないみたいだしね」

「え、そうなんですか？」

「うん。家にいるとき、たまにぽろっと口にするのよね。意外でしょ？」

ぼくは頷いた。

「絵里さんは、料理も上手だし、お客さんに好かれてますし、プロファイリングだってすごいですし……」

「わたしもそう思うの。でもね、絵里がどうしてプロファイリングなんてするようになったか、知ってる？」

ぼくは、首を振った。

するとと祐子さんは、テーブルの上の色あせた写真に視線を落とした。

「初代の言葉が伝わったからなの。二代目の旦那を通じてね」

「え？」

「他人に喜ばれることが、いちばん純粋な幸せだっていう、あの言葉」

「………………」

「ようするに、祈りなのよ、絵里のプロファイリングって」

「祈り？」

「うん。お客さんの幸せを願っているからこそのプロファイリングでしょ？　それに、結果としてお客さんが幸せそうな顔をしていたら、絵里も気分がよくなるのよね。気分がよければ、あんまり自信が持てないでいる仕事も愉しくなるし、少しずつでも自信が持てるようになるでしょ？」

絵里さんが、そんな思いで厨房に立っていたなんて……。

「知らなかったです」

でも、いつも気分よく仕事をしようとしているのは、見ていれば分かる。

「人ってさ、あんまり自信を持てない仕事をしてても、よく探してみれば、何かしら自分がやれることってあるものなんだよね」

「………………」

「わたしだって、旦那を亡くしたとき、絵里を抱えてこのお店を切り盛りする自信なんてなかったし、むしろ不安だらけだった。でも、初代と旦那が一生懸命に守ってきたお店を失くすのだけは、どうしても嫌だったから――」

自らがオーナーシェフとなって、お店を守り抜いたのだ。

ぼくは、ゆっくりと頷いてみせた。

祐子さんは、懐かしそうな顔で、さらに続けた。

「でね、せっかくやるんだったら、少しでも楽しい気分でやっていこうと思って、鼻歌作戦を思いついたの」

「あ……、だから、絵里さんも」

「そう。あの子、わたしの癖が完全にうつってるでしょ？」

「はい。うつってます」

「いつも、わりと楽しそうに見えない？」

「見えます。とても」

「うふふ。まあ、実際、楽しんでるみたいだしね」

ぼくは黙って頷いた。

「だからってワケじゃないけどさ、翔平くんも、好きなことを、好きにやればいいんじゃないかな？」

「え？」

「肩の力を抜いて、鼻歌でも唄いながら、のびのび自由な気持ちでさ。そうしたら、自信があってもなくても、そこそこ楽しめると思うよ」

そう言って祐子さんは、茶目っ気のある少女みたいに微笑んだ。

もしかすると、祐子さんは今夜、この言葉をぼくに伝えたかったのではなかろうか。

そんな気がしたぼくは、少し背筋を伸ばして、「はい」と返事をした。

すると次の瞬間、ぼくの首筋から背中にかけて、ざっと鳥肌が立った。雨の日の幽霊が、いきなり語りかけてきたのだ。

心の――ままに――生きなさい――。

短くて強い言葉が、脳天から打ち込まれた気がした。

そして、それが、ぼくの胃の腑にストンと落ちた。

驚いた。初代の幽霊が、はじめてぼくへのアドバイスを送ってくれたのだ。

「ん？　翔平くん？」

「あ、はい」

「どうかした？」

「あ、え、いや……、ちょっと、喉が変で……」

ゴホゴホと咳払いをするフリをして、ぼくは少しだけ壁の方に振り向くと、ありがとうございます、と強い念を飛ばした。

そして、そのとき、あることに気づいたのだった。

自分の心に嘘をつかずに人生を創れと言った手島さんの守護霊と、心のままに生きることを勧めてくれた雨の日の幽霊が、じつは、ほとんど同じことを言っているということに。

現世を生き抜いて、そして去っていった先達たちは、みな同じような思いを抱くのかも知れない。よくよく考えると、これまでぼくが遭遇して「会話」をしてきた数多《あまた》の幽霊たちのアドバイスをひとことでまとめるとするならば、それは「死ぬときに後悔しない生き方をするべき」という一点に尽きるような気もする。

嘘の咳を止めたぼくは、少しビールを飲んで喉を湿らせた。

消し忘れていたBGMの波音が、いつもよりやさしく店内をたゆたっている。

「あの、祐子さん」

「ん？」

「祐子さんは、いま――、ええと、何ていうか……」

後悔しない人生を選択し続けていますか？　と、まっすぐには訊けず、ぼくは言葉を詰まらせてしまった。

「癌の治療のことかな？」

いきなり直球を投げられて、ぼくは少したじろいだ。

「あ、はい……」

「絵里からは、聞いてる？」

ぼくは、声を出さずに小さく頷いた。

「そっかぁ」

ため息みたいにそう言った祐子さんは、ビールを少し飲んで、なぜかホッとしたような顔をした。

「あの子、本当に信頼してるんだね、翔平くんのこと」

「え？」

「だって、わたしの治療のことまでしゃべるんだから、よっぽど信頼してるんだと思う」

祐子さんは、間違いないわ、と言わんばかりに頷いて見せた。

「わたしもね、こう見えて、ずいぶんと長いこと考えたの」

「…………」

「人生って、一瞬、一瞬、自分で選択しながら積み上げていくものでしょ？」

「はい……」

「だったら、最後の瞬間まで責任を持って、ちゃんと自分で選択しなくちゃって思ったの。じゃないと、死ぬときに後悔するなって」

「え……」

死ぬときに後悔――。

何気なく祐子さんが口にした台詞が、霊たちの助言と、ぼくの思いと、リンクしていることに、偶然ではない何かを感じてしまう。

「で、自分の選択を最後まで貫けたときに、はじめて本当の意味で自分らしい人生になるんじゃないかって思ったのよね」

祐子さんの言わんとしていることは、理解できる。

「でも、絵里さんは——」

ぼくの口が、なかば無意識にそう言っていた。

「うん。あの子は、心配してくれてるよね」

「はい……」

「それはね、もちろん分かってるの。でもね、もしも、いま、わたしの人生を絵里に選択させたとして——、わたしが副作用とかで長いこと苦しんでいる様子を見せたら、絵里は何て思うかな?」

瞬間、ぼくは息を呑んだ。

「自分のせいで、苦しんでいるって……」

答えたぼくの声は、語尾がかすれてしまった。

「ね」

小さく頷いた祐子さんは、とても穏やかに微笑んだ。

そのときテーブルの上で、ブーン、と微細な振動音が響いた。

「あ、メールだ。ちょっとごめんね」

祐子さんがスマートフォンを手にした。そのメールを読んでいる隙に、ぼくは壁の方をチラリと見た。なぜだろう、雨の日の幽霊は、さっきよりずいぶんと薄くなっていた。

「うふふ。メール、絵里からだった」

スマートフォンを手にしたまま、祐子さんが笑う。

「え？」

「わたしの帰りが遅いから、心配してるって」

「あ、すみません」

「翔平くんが謝らないでよ。わたしが付き合わせたんだから」

「でも……」

何かを言いかけたぼくにかぶせるように、祐子さんがしゃべり出す。

「あの子、病み上がりなんだから、まずは自分の心配をしてなさいって。ねえ？」

言って祐子さんはペロリと舌を出した。

こんなに幸せそうに微笑んでいるこの人が、余命宣告を受けているだなんて――。

ぼくは、どうにも現実味を持って受け入れることができず、セピアに色あせた写真に、ふたたび視線を落とすのだった。

◇　◇　◇

「ペーパードライバーにしては、運転けっこう上手じゃん」

白い小さなレンタカーの助手席で、寿々ちゃんが褒めてくれた。

「そう、かな。でも、じつはけっこうドキドキしてるんだけど」

「ちょっと、怖いこと言わないでよ。あっ、次の信号を左に曲がって」

「あ、うん」

梅雨の晴れ間——。

夏を思わせる日差しのもと、ぼくらは約束どおりフェリーに乗って海を渡ってきた。

せっかくだからレンタカーを使おうよ、と言い出したのは、免許を持っていない寿々ちゃんだった。

ぼくらの住む街の対岸は、思いがけず鄙《ひな》びた風情の漁師町で、時間の流れがずいぶんとゆっくりに感じられた。実際、道路を走っている車の速度ものんびりしたものだ。ペーパードライバーとしては助かるけれど。

「ここ、曲がるよ？」

「うん。狭い路地だけど、大丈夫？」

「行ける——、と思う。多分」

信号のある小さな交差点で、ぼくはステアリングを右に切った。ゆっくりと入り込んだ路地は、左右に古い木造の家々が並んでいて、まるでひと昔前の映画のロケセットみたいだった。

「そのまま、まっすぐね」

寿々ちゃんが、ぼくに指示を出す。

いったいどこに向かっているのかと訊ねてみても、寿々ちゃんは「なんとなく、こっちかなって思うところに行ってみたいの」などと、妙な返事をするばかりだった。

やがて、路地は行き止まりになった。ぼくらの目の前には、捨て置かれたような小さな海辺の公園がぽつんとあった。

「ずいぶん小さな公園だね」と、寿々ちゃん。

「うん」と頷いて、ぼくは訊ねた。「降りる?」

「もちろん」

エンジンを切り、車から降りた。

寿々ちゃんと肩を並べて、公園の入り口に立つ。

その刹那、ぼくは強烈なデジャヴに襲われた。

そう遠くない過去に、この公園を訪れたような気がしたのだ。

でも、ここに来るのは、はじめてだった。絶対に。

ぼくらは公園のなかへと足を進めた。

木枠が朽ちてしまった砂場。あちこちに雑草の草叢《くさむら》ができた地面。そして、錆の浮いたブランコ。

きいこ、きいこ。

ふいにぼくの脳内でブランコの軋む音が再生された。

ハッとして、足を止めそうになった。

そうだ、ここは――。

思い出した。漫画の落選を知ったあの夜、夢に見た公園だ。

ざわ、ざわ。

ざわ、ざわ。

公園から見えるエメラルド色の凪いだ海。そして、不安を掻き立てるようなこの潮騒。

間違いない。あの夢で見た公園だ。ぼくは確信していた。

でも、どうして寿々ちゃんは、ここに……。

「いい天気だね」

公園の真ん中で寿々ちゃんが伸びをした。

「うん……」

ぼくは青空を見上げる。

宇宙が透けて見えそうなくらいの晴天だけど、なぜかぼくらを取り囲んだ世界は、モノクロ写真のようにうら寂しく見えた。

「ブランコ、乗るね」

と、ぼくは言った。

寿々ちゃんは「うん」と頷いただけで、海を見詰めていた。

ぼくは少し海の方へと進み、二つあるブランコの右側に腰掛けた。錆の浮いたチェーンを握った瞬間、わりと古い「念」の名残りを感じた。少し意識を集中させてみると、かつてこのブランコに乗っていた少年の背中がうっすらと見えてきた。痩せた背中に黒いランドセル——、小学生だ。いじめにでも遭ったのだろうか、それはとても淋しい「念」だった。しかも、この「念」、ぼくが子供の頃に抱いていた感情と、どこか似た匂いがする気がした。

そっとブランコを揺らした。

きいこ、きいこ。

きいこ、きいこ。

夢のなかで聞いたすすり泣きのような音が公園のなかに響く。

その音が潮騒と溶け合うと、変に胸のなかがざわつきはじめる。

ふと、背後に「誰か」の気配を感じた。

振り向くと、寿々ちゃんの近くにおばあさんの霊がいた。やさしそうに微笑みながらこっちを見ている。どうやら生前は海女《あま》さんだったらしい。寿々ちゃんが、その霊からゆっくりと離れて、こちらに歩み寄ってきた。

「わたしもブランコ乗ろっと」

隣のブランコに寿々ちゃんが座った瞬間、ふたたび、ぼくはデジャヴに襲われた。

あの夢のなか、後ろからきて、隣に座るのは……。

そうだ。

ぼくの、理解者――。

夢のなかでは、そういう設定だった。

「この感覚、懐かしいなぁ」

寿々ちゃんがにっこり笑ってブランコを揺らした。

ぼくも揺らす。

きいこ、きいこ、きいこ。

「ねえ、翔平くん」

「ん？」

「もし、この公園にね、わたしたち以外の人がいるとしたら、どんな人が似合うと思う？」

二つのブランコは前後ちぐはぐに揺れていたから、寿々ちゃんの表情は少し読み取りにくかった。

「え、なにそれ？」

「いいから、答えてみて」

寿々ちゃんは、淡々とそう言った。

「どんな人が似合うか……」

ブランコが前後に三回揺れているあいだ、ぼくは考えた。そして、鎌をかけてみた。

「海女さん……かなぁ。おばあさんの」

すると、寿々ちゃんがブランコの揺れを止めてこっちを見た。

ぼくも止めた。

「じゃあ、その海女さんは、どこにいるのが似合う？」

真顔で、寿々ちゃんが訊く。

「ぼくらの、ちょっと後ろあたり」

そう答えたら、寿々ちゃんは両手を胸に当てて目を閉じた。

そして、ゆっくり深呼吸をすると、ふたたび目を開いた。

大きな黒い瞳がいつもより潤んで、つやつやと光って見えた。

「正解」

寿々ちゃんは、笑わずにぼくを見ていた。

「うん……」

ぼくも、寿々ちゃんを見ていた。

「わたしね」

「…………」

「夢に見たの。この公園」

ぼくは黙ったまま、ただ小さく頷いた。

「誰かがブランコに乗っててね、わたしが後から乗るんだけど」

「うん」

「その人はね、生まれてはじめて会う、わたしの――」

「理解者、だよね」

つぶやくようにぼくが言ったとき、二人のあいだをまばゆい光の粒子をはらんだ海風が、ふわり、と通り抜けた。

寿々ちゃんが、かすかに頷いた。

「ぼくも、夢で見てたよ」

「そっか」

「予知夢」

「だね」

真剣だった寿々ちゃんの表情が、少しやわらいだ。

ざわ、ざわ。

ざわ、ざわ。

潮騒が地面を這うように忍び寄ってきて、足元からぼくらを包み込んでいく。

まさか、こんなことがあるなんて――。

ぼくは呼吸を忘れたように、隣の「理解者」を見詰めていた。

すると、寿々ちゃんが、ぼくから視線を移して、自分が握っているブランコの鎖を見た。

「このブランコ、昔、少年が乗ってたみたい」

「淋しい少年だよね」

「うん。後ろにいる海女さんは、その子のお祖母ちゃんだね」

「え——」

ぼくは、一瞬、返事ができなかった。

「寿々ちゃん、そこまで……」

「あれ？　翔平くんは、分からない？」

寿々ちゃんは小首を傾げた。

「うっすらとしか見えてないし、『声』はぜんぜん聞けない」

「そっか」

「うん」

ぼくが頷くと、寿々ちゃんが小さく笑った。

「じゃあ、わたしの勝ちだね」

「え、これって勝ち負けなの？」

ぼくも笑う。

「うん。この場所までたどり着けたのも、わたしのおかげでしょ？」

澄んだ声の響きが、いつもの寿々ちゃんに戻りつつあった。

「そう、だけど——」

「ここに来られたから、わたしたちのことが分かったんだよ？」

「そう、だけどさ」

「だから、わたしの勝ち」

寿々ちゃんが、うふふ、と笑って、ふたたびブランコを揺らした。

「じゃあ、まあ、いいよ。負けで」

ぼくも、ブランコを軽く漕いだ。

今度は、ぴったり同じタイミングで前後に揺れていた。

「本当のことを言うと、わたしね」

「うん」

「はじめて電話で翔平くんの声を聞いた瞬間から――」

恋に落ちてたんだ――、なんて言ってくれるかな、と淡い期待をしたけれど、それはあっさり裏切られた。

「変な人だなって思ってた」

「え、変な人って……」

苦笑したぼくを見て、また寿々ちゃんが、うふふ、と笑う。

笑ってはいたけれど、よく見ると、やわらかなカーブを描いた頬にしずくを伝わせていた。

その泣き笑いがあまりにも愛おしくて、ぼくは胸苦しさすら覚えた。いますぐブランコを止めて、もっと近くでその笑顔を見たい。そして――、と思ったけれど、小心者のぼくは口を開けなかった。もしも、いま心の内を吐露してしまったら、いっそう変な人だと思われてしまうかも知れない。だから、ぼくは、心とは裏腹な言葉を口にしたのだ。

「寿々ちゃんのことも、変な人だなって思ってたよ」

「あはは。そうだろうね。お互いさまだけどさ、こんなに変わった能力のある人、他にいないもんね」

「うん。全然いなかった。いままで生きてきて、一人も」

「偽物は、いっぱいいるのにね」

「あはは。それはたくさんいる」

止まったブランコに腰掛けたまま、ぼくらはあらためてお互いを見詰め合った。

ざわ、ざわ、ざわ。

潮騒が胸に浸透してきて、現実感が希薄になってくる気がした。

でも、目の前にいるこの女性は、間違いなくぼくと同じ霊能者だった。年齢も同じで、誕生日も一緒で、地方で生きにくくなって飛び出してきたのも一緒で、しかも、同じ夢を見ていたという事実。これを「偶然」と呼べるはずもない。もしかすると、これが流行《はや》りの「引き寄せ」とかいうやつなのか——。

「なんかさ、うれしいね」

泣き笑いの寿々ちゃんが、親指で涙を拭った。

「うん。うれしい」

「この世に、自分と同じ仲間がいるなんて――」

「ちっとも思ってなかった」

ざわ、ざわ、ざわ。

「わたし、いま、信じられないくらい新鮮な気分」

「ぼくもだよ」

「いたんだね」

「いたね」

「信じられない」

「でも――」

「信じるしかないけどね」

寿々ちゃんがくすっと笑った。

「ねえ、寿々ちゃん」

「ん？」

「どの段階で、ぼくにこの力があるって気づいてた？」

「だいぶ前から怪しいなって思うことはあったけど」

「たとえば？」

「お店のなかに幽霊がいるでしょ？」

雨の日の幽霊だ。

「あの幽霊、翔平くんと会話してるっぽかったし、はじめて港の公園でアイスクリームを食べに行ったときも」

「あっ、白い服を着た女の子の幽霊が前を通り過ぎたとき」

「つんのめりそうになったよね。二人して」

「あのときは、ぼくも、寿々ちゃんは、もしかして——って思ったよ」

「翔平くんにバレないように、必死でごまかしてたの」

「あはは。演技、上手だったよ」

「でしょ？　あと、さっきも言ったけどね、お店の予約をしたときに聞いた電話の声が、普通の人の周波数じゃなかったというか」

「分かる、それ。寿々ちゃんの声も、普通とはちょっと違う気がしたから」

「あ、やっぱり、わたしの声も、そうなんだ？」

「うん」

「そっか。知らなかった」

「ぼくらが出会ってなかったら、どっちの声のことも知らないままだったね」

「たしかに……」寿々ちゃんは、しみじみとしたため息をついて、続けた。「あ、しかもね、翔平くんを占おうとして、守護霊を探したんだけど、いないんだもん。びっくりした」

「あ、やっぱりぼくにはいないんだ」

「うん。いないよ」

「っていうか、じゃあ、あのビスケットは？」

「あはは。ごめん。ビスケットはダミーなの。わたしは単純にお客さんの守護霊と『会話』をして、占ってただけなんだよね」

「なんだ。そうだったのか」

「あは。ごめんね」

「ううん」ぼくは首を横に振って、気になっていたことを伝えた。「ちなみに、寿々ちゃんにも守護霊がいない気がするけど」

「やっぱりね。わたしね、もしかして、霊能者は自分の守護霊だけ見えないとか、そういうことなのかなって勝手に思ってたの。でも、わたし以外で見えない人がいたから、びっくりしたんだよね」

「あっ、もしかして」

「ん？」

「ぼくの占いが上手くいかなかったからって、アイスをおごってくれたのは……」

「あはは。そういうこと。翔平くんには守護霊がいなかったから、占いようがなかったんだよね」

それからぼくらは、ひたすら霊能力について、お互いが感じていること、知っていることについて確かめ合った。

たとえば、エネルギーの強い複数の霊は、同じ時、同じ場所には出られないことや、霊にも個性があって、好みの天候があること。あるいは、霊能者と霊のあいだにも相性があって、見え方や意思の疎通の差が出ることや、白っぽい霊には悪意がないけれど、黒っぽい霊はいわゆる「悪霊」の確率が高いということ。水辺やビルの地下には霊が溜まりやすいこと。いわゆる「気」の強い人には、霊はなかなか取り憑けないこと。ぼくが「ゲート」と呼んでいる店の前の路地は、雨の日の幽霊のような強い思念を持つ霊が作り出す異世界へのトンネルのようなものだということなど、とにかく、これまでのお互いの経験で得たものを片っ端から確認し合ったのだ。

そこで分かったのは、寿々ちゃんの能力は、ぼくよりもずっと強いということだった。とにかく、どこにいても霊がよく見え、しかも、よくしゃべれる。

だから、雨の日の幽霊とも容易に会話できていたし、彼が初代の文太さんだということも、とっくに知っていたという。

「文太さんは、絵里さんの守護霊ではないよね？」

ぼくが訊くと、寿々ちゃんは頷いた。

「うん。違うね。文太さんは単なる地縛霊なんだけど……、たしか、お客さんを待っているとか……、そんなことを言ってた気がするな」

「え、お客さん？」

「うん」

「誰だろう？」

「詳しくは訊いてないけど、そんなことを言ってたと思う」

「ふうん」

文太さんに、お気に入りのお客さんがいるのだろうか？

ぼくは、ふと気になったけれど、とくに思い当たるフシもないから、まあ、いいか――、
ということにしておいた。

気づけば、いつの間にか、寿々ちゃんの涙は止まっていた。

むしろ、話に熱中して、ブランコに座ったまま前のめりになっている。

「まさか、こういう話をできる相手と巡り合えるなんて。はあ……」

寿々ちゃんは、大袈裟なくらいに深いため息をついた。

「しゃべれると、なんだかスッキリするよね」

「するっ！　もう、わたし、幼少期からずっと、ずっと、溜め込んできたんだもん」

「だよね」

「こういう話って、少しでも口にすると『変な人』扱いされてさ……」

言葉の途中で、寿々ちゃんは瞳を曇らせた。

「分かる、それ」

「良かれと思って、助言してあげても」

「気味悪がられちゃう」

「そう。ひどいよね、ほんと。こっちは善意なのに」

「うん……」

二人して、あまり思い出したくない過去に触れてしまったようで、少しのあいだ、会話が途切れた。ぼくはその沈黙を塗りつぶしたくて、静かにブランコを揺らした。

きいこ、きいこ、きいこ。

音に反応したやさしい海女さんの霊が、ぼくの背中を見ている気がした。

「翔平くんはさ」

「うん」

「その能力のせいで、いじめられたりした？」

寿々ちゃんの澄んだ声は、なぜだろう、あまりぼくの胸を痛めずに「いじめ」という単語を届けてくる。

「うん」

「そっか。わたしもだよ」

女の子のいじめも、きついんだろうな、と思う。

「あの地元から逃げてきて、よかった」

ブランコを揺らしながら、ぼくは言った。

「わたしも」寿々ちゃんも静かにブランコを揺らしはじめた。「翔平くんと会えたしね」

「え？」

「えって、なに？」

「あ、いや……」

考えすぎか、ぼくの。

寿々ちゃんは、何事もなかったかのように話題を変えた。

「ねえ、いま、海女さんだったお祖母ちゃんが、後ろから見てるでしょ？」

「うん」

「あのお祖母ちゃんはさ、孫がこのブランコに残した残留思念から離れられないでいるみたい。亡くなった後も心配してるんだね」

「そうなの？」

「うん。でも、本体は成仏してる。ここに残ってるのは、霊の抜け殻みたいな感じ。だから、わたしでもしゃべりにくい」

「そっか」

「人間の想いって、すごいよね。こうやって何年ものあいだ物に残っていたり、その思念で霊を引きつけておいたりもできるんだもん」

「うん」

一応は、頷いた。

でも、ぼくの本音は少し違った。人間の想いは「すごい」というよりも、むしろ「哀しい」という感覚の方が強かったのだ。だから、ぼくは言った。

「漫画を描いてるとさ、どうしても自分の内面が滲み出てきちゃうんだよね。幼少期からこんな特異体質で、いじめも受けて、親からも精神科医からも、ふつうじゃない子っていう扱いをされたからさ」

「うん……」

「いくつになっても人との関わり方が下手くそで、考えすぎちゃう癖があるみたいで――、だから漫画のキャラも、ちょっと考えすぎる哀しいキャラになりがちなんだよね。そこが回りくどいって、編集者に言われたこともあるし」

「そっかぁ。周囲に理解されない哀しさは、わたしたちじゃないと分からないしね」

「うん……」

小さくため息をついたとき、ぼくらの足元を、すっと黒い影が通過した。空を見上げると、大きな羽を広げたトンビが、ゆっくりと音もなく旋回していた。

ずいぶんと気持ち良さそうに飛んでいるな――。

そう思っていたら、隣から寿々ちゃんの声が聞こえてきた。

「わたしもね、地元にいた頃は人との関わり方が下手だったなぁ。でも、こっちに出てきてから練習した」

「練習？」

「うん。占いの仕事でね」

「練習のために、占いをはじめたの？」

「あ、最初は違うよ。この能力を使っても、気味悪がられるどころか喜んでもらえるし、お金までもらえちゃう――、一石二鳥な仕事だなと思ってはじめたんだけどね」

「なるほど」

「ビスケット占いなんてインチキだけどさ、ちゃんと守護霊と会話して、幸せになるためのアドバイスをあげて、お客さんたちに気分よく帰ってもらうまでするのが仕事でしょ？これ、けっこう、いい練習になるんだよね」

「たしかに、そうかもね」

　寿々ちゃんの人一倍の明るさやコミュニケーション能力は、あえて自分から磨いてきた結果、得られたものだった。一方のぼくは、そういった努力からは、ひたすら逃げ続けてきた感がある。漫画を描くことを理由に、人と会う時間を減らしたし、職場だって、絵里さんと上手くやればいいだけのラクな場所だ。お客さんとのコミュニケーションも、ただビジネスライクにこなせばいいだけだから、とくに困ることもない。つまり、ちっとも「練習」をしてこなかったことになる。

　同じ「個性」を抱きながらも、努力をして自分を変えた寿々ちゃんと、逃げているだけのぼくとでは、人間力に大きな差が生まれていることは間違いないだろう。

「あ、そうだ」ふいに寿々ちゃんは、何かを思い出して手を叩いた。「わたしね、つらいときは『きらきら眼鏡』をかけてるの」

「え、きらきら……眼鏡？」

「うん。だいぶ前だけど、よく当たる占い師ってことで女性誌の取材を受けたのね。そのとき、インタビューしてくれた人が、大滝《おおたき》あかねさんっていうフリーライターの女性だったの」

「うん」と、ぼくは頷いて先を促した。

「そのあかねさんを占ってあげたとき、余命宣告を受けた恋人がいて、すごくつらい状況だってことが分かったのね。なのに、あかねさんは、わたしにたいしても、周囲の編集者とカメラマンにたいしても、すごく明るくて、気分よく接してくれたんだよね。それで、わたし、逆に訊いてみたの。つらい環境下にあっても、幸せそうでいられるコツはありますかって」

「うん……」

「そうしたらね、あかねさんが言ったんだよ。『きらきら眼鏡』をかけてるんですよって。ようするにね――」

寿々ちゃんが説明してくれた「きらきら眼鏡」とは、ひとことで言えば、心にかける目に見えない眼鏡のことらしかった。その眼鏡をかけると、世の中の素敵なところ、楽しいところ、美しいところ、人のいいところにフォーカスできる――、そういう設定なのだぞうだ。

「それを聞いてから、わたしもね、あかねさんの真似をして、なるべくかけようと思ったんだ」

「きらきら眼鏡を」

「うん」

「そっか」

寿々ちゃんは「きらきら眼鏡」をかけているから、きらきらして見える世界に生きている。だからこそ、寿々ちゃん本人もまた、いつだってきらきら輝いているのだろう。

「ぼくも、かけようかな」

とりあえず、かけたつもりで素直に言ってみた。

「いいね。ふたりでかけようよ」

寿々ちゃんが微笑んでくれる。

ふたりで――。

遥か頭上でトンビが鳴いた。ブランコが切なく軋み、そして、潮騒が胸のなかまで浸透してくる。

人生ではじめての、運命の出会い。

正直、ぼくの気持ちは、もうとっくに溢れていた。

「ねえ、寿々ちゃん」

ブランコを止めた。

「ん？」

寿々ちゃんはまだ、静かに揺られたままだ。

「きらきら眼鏡をかけたらさ」

「………」

「あの、ぼくと——、あ、ええと」

寿々ちゃんが、ブランコを止めた。察しのいい寿々ちゃんは、ちゃかしたりせずに——、むしろ、心のなかで、がんばれ、と励ますような顔でこちらを見てくれていた。それなのに、ぼくときたら、声がすっかり震えてしまったのだ。

「つ、付き合って、くれるかな……」

いつの間にか、世界から音が消えていた。

寿々ちゃんの顔が、ゆっくりと微笑みに変わっていく。

でも——、

「ごめんなさい」

やけに清々しい声色で、寿々ちゃんは言った。

その瞬間、ふたたび、すべての音が戻ってきた。

「………」

音が戻ったら、今度はぼくが声を失っていた。

だよね。

そんなに上手くいかないよな。

胸から溢れていたものが、すうっと潮のように引きはじめたとき、寿々ちゃんが続けた。

「きらきら眼鏡をかけるだけじゃ……、まだ足りないかなぁ」

「え……」

それから少しの間、考えるようなそぶりをしていた寿々ちゃんが、ちょっといたずらっぽい笑みを浮かべてぼくを見た。

「受賞して、漫画家デビューが決まったら、付き合ってあげてもいいかも」

「え？」

寿々ちゃんが、ぼくの目を見たまま、ゆっくりと頷く。

「あ、ええと……、それは、脈あり……ってこと？」

ぼくの心臓は内側から肋骨《ろっこつ》をバクバク叩いていた。

「翔平くんは、デビューできる脈は、あるの？」

「え……、それは」

いまのところ、ない。

「なかったら、脈なしだけど」

寿々ちゃんは、まだ笑っている。

ぼくはため息をついた。

「正直いうと、脈がある出版社は、ないかな。いまは」

いまは、と付け加えることが、精一杯の抵抗だった。

激しく拍動している心臓が、不安の重さで鈍く痛みはじめた。

「そっか。ないのね。じゃあ――」

「あ、ちょっ――、ちょっと待って」

「………」

「箸にも棒にもかからないわけじゃない――って、言われたところはあるから」

「そこは、イケそう?」

ぼくは、ごくり、と唾を飲んだ。

寿々ちゃんが、くすくす笑い出す。

「返事に間が空きすぎ。翔平くんは分かりやすい人だよねぇ」

「え……、だってさ」

と言ったものの、続く言葉が出てこなかった。胸のなかが重苦しくて、思わずひとつ深い息をついた。

寿々ちゃんがふたたびブランコを揺らした。

そして、エメラルドグリーンの海の方を眺めながら、澄んだ声でしゃべり出した。

「わたしね、これを翔平くんが漫画にしたらいいのになって、以前から思ってた題材があるんだよね」

「え？」

「聞きたい？」

「あ、うん」

寿々ちゃんはブランコに揺られながら、その題材について愉しそうに語ってくれた。そして、それは、ぼくがいままで想像もしていないような内容で、しかも、描いたら、オリジナリティーとリアリティーがあふれる漫画になりそうに思えて――。

ぼくは膝を叩いて立ち上がった。

「ありがとう。それ、描いてみるよ」

「ほんと？」

「うん」

寿々ちゃんは、まるで少女みたいに髪を揺らしながら、嬉しそうに微笑んでいた。

きいこ、きいこ、きいこ。

「その漫画で、週刊アスカにリベンジする」

決意の言葉を口にしたとき、ぼくの両手は握りこぶしになっていた。

「いいねぇ」

嬉しそうな寿々ちゃんが、ブランコの揺れをどんどん大きくしていく。

「その作品で、絶対にデビューするから」

ぼくは心の底から真剣に、そう言った。
すると寿々ちゃんは、にっこり大きな笑顔を浮かべて、
「わたし、応援するから」
と言ったと思ったら――。
えっ？
大きく揺れていたブランコから、寿々ちゃんの身体が、
ふわり――。
斜め上方に飛び出したのだ。
スローモーションのように、空中を移動していく寿々ちゃん。
きゃー、という声は、悲鳴なのか、あるいは、歓声なのか。
下から見上げた寿々ちゃんは、梅雨の晴れ間のコバルトブルーの空をバックに、全身で
笑っているように見えた。
ぼくは無意識に心のシャッターを切って、この最高にきらきらした映像を胸にしっかり
と定着させていた。

【鳥居絵里】


「ねえ、お母さんはさ、翔平くんと寿々ちゃん、うまくいったと思う?」

「うーん……、今日はいい天気だったし、とりあえず、ドライブデートは最高だったんじゃない?」

母は、そう言って目を細めた。

レストランが定休日の夜——。

わたしは母と一緒に夕ご飯を作り、そして楽しくおしゃべりをしながら食べた。すでにそれぞれお風呂にも入っていて、いまは、寝るまでの時間をまったりと過ごしているところだ。

「だよねぇ。ああ、なんかもう、あの二人、青春だよなぁ」

「あはは。なに年寄りみたいなこと言ってんの」

「えー、だってさ、あの二人、若くてぴちぴちしてて、しかも、絶対にいい感じなんだもん」

わたしの見立てでは、すでに付き合う確率一二〇パーセントということになっている。

「わたしから見たら、絵里だって充分にぴっちぴちだけど?」

「わっ、親バカな台詞、もう一回言って」

「駄目よ。二回目からは、言葉が軽くなるから」

「けちんぼ」

くだらない会話で、わたしたちは笑い合う。

母娘だけれど、昔からどこか友達同士みたいな――、そんな居心地のいい関係がとても気に入っているし、ずっと自慢だった。

「お母さん、コーヒー飲む？」

まだしばらくの間はおしゃべりをしていたいから、わたしは訊いた。

でも、母は小さく首を横に振ったのだ。

「ううん。わたしはいいや。もうすぐ寝るから」

もう、寝ちゃうの……。

胸裏でつぶやきながら、わたしは違う言葉を口にする。

「そっか。じゃあ、わたしも水でいいや」

椅子から腰をあげて、キッチンで水を飲んだ。

リビングに戻ると、母は壁の時計を見上げていた。

時刻は、まだ十時を少しまわったところだ。

「じゃあ、そろそろ寝ようかな」

母が、わたしを見て言う。

今夜は、あまり体調が優れないのかな――、わたしはそう思うけれど、口には出せなかった。

「早寝だね」

「朝から畑仕事をしてるからね」

「そっか」

「うん」

ふと、わたしたちの間にしんみりとした沈黙が降りてきた。
チ、チ、チ、チ……。
壁の時計が秒針を刻む。

母の余命を、少しずつこの音が削り取っていくような気がして、わたしは慌てて沈黙を塗りつぶした。

「あ、あのさ」

「ん？」

「わたし、今日から、お母さんの部屋で一緒に寝てもいい？」

前々から、言おう、言おう、と思いながらも、少し照れ臭くて言えずにいた台詞が、すっと喉から出てきてくれた。

「え？」

母は少し目を見開いたけれど、すぐにわたしの想いを察してくれたのだろう、とても恵み深く微笑んでくれた。

「いいよ。お布団、持っておいで」

「うん」

わたしたちはリビングを出て、それぞれ寝る準備に取り掛かった。わたしは二階の自室のベッドから布団をはがし、母が寝室として使っている一階の和室へと運び入れた。母はすでに、自分の布団を敷いていた。

その母の布団に、ぴったりと並べてわたしの布団を敷く。

「絵里と一緒に寝るなんて、何年ぶりかしら」

言いながら母は、部屋の奥の仏壇の前に立った。

そして、静かにおりんを鳴らす。

これは毎晩の母の日課だ。

両手を合わせ、数秒間、目を閉じてから、こちらを振り向いた。

「さ、寝ようかね」

「わたしも、拝む」

ゆっくりと布団に入る母を横目で見ながら、わたしも入れ替わりでおりんを鳴らし、父と、祖父母と、ご先祖様を想った。

お母さんを、長生きさせて下さい――。

お願い事は、ひとつだけにしておいた。数を増やすと、効力が薄まる気がしたから。

寝室の照明を落とし、わたしも布団に潜り込む。

「子供のころ以来だね」

暗い天井を見上げながらわたしが言うと、母は「そうだねぇ」と、少し感慨深いような声を出した。

「絵里が小さかった頃は、自分の布団で寝るのを嫌がって、いっつもわたしかお父さんの布団に潜り込んできてたの。覚えてる？」

「うん……」

覚えているに決まってる。母の布団と、父の布団、それぞれの匂いまで覚えているのだから。そして、それは、わたしにとっての、かけがえのない記憶のひとつでもある。

「絵里は、布団に入ってもなかなか寝ない子だったんだよ」

「うん。それで、よく、お父さんが即興で物語を作ってくれて——」

「絵本の代わりに聞かせてあげてたよね」

絵本を読むために照明を点けると、わたしがいつまでも寝ないから、父はあえて部屋を暗くして、わたしに目をつぶらせ、そして、自分で考えたストーリーを語って聞かせてくれたのだ。

「お父さんの考える物語って、夢があって素敵だったなぁ」

「わたしのと違ってね」

母は、くすっと笑う。

「お母さんは、物語を作るタイプじゃなかったよね」

「そう。わたしがお父さんの真似をしても、絵里は、お話がつまらないって言うんだもん」

「あはは。わたし、失礼だよね」

「でもね、だしかにおもしろくないなって、わたし自身も思ってたから。物語を作る才能がないのよ、きっと」

「でも、お母さんの布団で寝るのも好きだったよ」

「そう？　ならいいけど」

うふふ、と母が笑う。

当時の母は、物語の代わりに、いろいろと楽しい想像をさせてくれたのだ。わたしに目を閉じさせて、明日は誰と遊ぶのかな？　何をして遊ぶ？　いっぱい笑ってるね？　お弁当には何が入ってるかな？　幼稚園の先生は、どんなお洋服を着てるかな？　と、静かな声で語りかけてくれるのだ。布団の上から、わたしの胸のあたりを、ぽん、ぽん、ぽん、とやさしく叩きながら。幼いわたしは、その穏やかなリズムとともに楽しい未来を想像しながら、ほっこりした気持ちで眠りにつけたのだった。

「懐かしいなぁ……」

「そうね。ほんと、懐かしい」

わたしは胸が痛むほどに過去が愛おしくなってしまい、そのまま暗がりのなかで思い出話を続けた。

「よく、市営の動植物園に連れて行ってもらったよね」

「ああ、あそこはよく行ったねぇ。梅園があるから、梅の季節はきれいだったのよ」

「わたし、あの梅の木に登ってた記憶がある」

「うん。その写真、残ってるよ」

「そっか。見たいな、その写真」

「明日、探して、見せてあげる」

「うん」

暗闇に少し目が慣れてきて、隣で横になっている母の輪郭が見えた。

「小さい頃の絵里は動物が大好きでね、よく動物園の飼育員さんになりたいって言ってたんだよ」

「あ、それ、なんか、うっすら覚えてるかも。動物園のふれあいコーナーで、うさぎとかモルモットとかを触って、それがかわいくて」

「そうね。そのときの写真もあるよ」

「懐かしいなぁ……」

「お店の定休日は、お父さんの車であちこち出かけたもんね」

「うん……」

本当に、あちこちに連れて行ってもらった気がする。公園、水族館、牧場、遊園地、海に山に川に森に、お買い物ひとつですら、幼いわたしにとっては立派なレジャーだった。

右手は父に、左手は母に、それぞれしっかり握ってもらい、万歳をした格好でスキップするように歩いていたときの、あのハッピーな気持ち……。

思い出したら、ふいに鼻の奥がツンとしてしまった。

「ねえ、お母さん」

「ん？」

わたしは、これで最後、という気持ちで訊ねた。

「しつこいって思うかも知れないけど」

「うん……」

「治療……」

「…………」

「やっぱり、しないの？」

母は、返事をするまでに、三回ゆっくりと呼吸をした。

そして、短く答えた。

「うん」

「そっか……」

「もう、治療はたくさんしてきたし」

母の言葉は、語尾が少しかすれていた。

わたしは枕の上で頭を少しだけ転がして、横目で母を見た。暗がりに浮かぶ母のシルエットは、天井を向いたままだった。

「そっか……」

「うん」

そう答えるだろうな、とは思っていたけれど、いざその答えを聞くと、わたしの胸のなかに淋しさの結晶みたいな黒い石ころがコロンと転がった感じがした。そして、その石ころの違和感がどうにも消せなくなるのだった。

「ねえ、絵里」

わたしの名を呼ぶ母の声があまりにも静かで、恵み深くて、わたしは返事をできなかった。

「…………」

それでも、かまわず母は、天井に向かって小声でささやくようにしゃべった。

「延命治療はしないで欲しいの。でも、痛みとか苦しみを取り除くための治療だけはしようと思ってるから」

「…………」

わたしは、まだ返事ができなかった。ただ、母のシルエットを見詰めるだけだ。

「本当はね、ちょっと照れ臭いからね」

「…………」

「まだしばらくは、絵里に伝えるつもりじゃなかったんだけど――」

そこまで言って、母はいったん「ふう」と息継ぎのように息をした。そして、とても穏やかな声で続けた。

「わたし、幸せだったなぁって思ってるの」

「………」

「お父さんが亡くなったり、わたしもお父さんと同じ病気になったり――、そういうつらいこともあったけどね……、でも、それでもやっぱり、幸せだなあって、いまは思う。もう、幸せだらけ」

「………」

「そのなかでも、わたしのいちばんの幸せは、やっぱり絵里が生まれてきてくれたこと」

母は、まだ天井を見詰めている。

わたしは胸の奥に生じた熱っぽさにやられながら、黙って母の声に耳を澄ましていた。

まばたきをしたら、しずくが伝って枕を濡らした。

「小さな絵里をたくさん抱っこして、手をつないで、すくすく成長していく様子をいちばん近くで眺めていられて、一緒にたくさんの思い出を作れたことがね、何よりの幸せ」

「………」

わたしは、黙ったまま、ただ洟《はな》をすすっていた。

「絵里が、あのお店を継いで大切にしてくれていることも、こうやって一緒に寝ようって言ってくれることもね……」

そこで、ふと、母は言葉を詰まらせた。

すでに語尾は潤み声だった。

しんとした薄闇のなか、しばらくは二人の洟をすする音だけが聞こえていた。

なんとなく――、この部屋のどこかに、父の魂がいる気がする。

わたしは布団のなかで身体を少しずらして、母の方へと近づいた。そして、もぞもぞと手を動かし、母の布団のなかへと忍び込ませた。

母の布団のなかは、陽だまりみたいな温度で満たされていた。

わたしの手が、母の手を見つけた。

言葉を交わさず、そっと布団のなかで握り合った。

わたしを育ててくれたやさしい手は、少し皮膚がガサついた「働き者の手」になっていた。わたしのやわな手は、その慈悲深いぬくもりに包まれてふるえ出しそうだった。

枕がじわじわと濡れていく。

世界でいちばん大好きなこの人に――、せめて、わたしのいちばん幸せな姿だけは見せてあげたい。

切実な想いが込み上げてきて、わたしは涙声を出した。

「あのさ、お母さん――」

「ん？」

「手島さんのことだけど……」

「うん」

「どう思う？」

するとわたしは、わたしの手を握ったまま、こちらに寝返りを打った。

「あの人は、わたしの命の恩人だよ」

「………」

「あんなにやさしくて誠実な人は、なかなかいないと思う」

「そっか……」わたしは、握っていない方の手で涙をぬぐった。「じゃあ、歩くんのことは？」

母は、ふっと小さく笑うと、わたしと同じように涙をぬぐった。

「そのことは、絵里がよく考えて、自分で決めることでしょ？」

「……うん」

「絵里が決めたことは、お母さん、ぜんぶ応援するから」

それは分かっている。だって、母は、昔から、ずっと、ずっと、そうしてくれたから。

「うん。分かった。ありがと……」

そう答えたとき、喉の奥から、悲しみを絞り出すような声が漏れてきて――、そのまま
わたしは母の手をぎゅっと握りながら、幼子のようにしゃくり上げた。

【坂田翔平】

寿々ちゃんに交際の条件を出されてからというもの、酷使し続けているぼくの中指のペンだこは常にじんじんと熱を持っている。いわゆる「痛気持《いたぎも》ちいい」という感覚だ。寿々ちゃんからもらったアイデアは、すぐにプロットにした。そして、いま、そのプロットをもとにネーム作成に取り掛かっているところだ。

ここ数日は、ひたすら描いては消し、修正を加えては消し——を繰り返している。隙間の時間は、すべて漫画のために費やしていた。朝起きてすぐに漫画ノートを開いては、いくつかのアイデアを絞り出し、ランチタイムの後の休憩時間も、以前のように空いた客席で一人こつこつと描き続けている。絵里さんと祐子さんは、そんなぼくを孫を見るような目で見てくれていて、よくコーヒーや紅茶を淹れてテーブルまで運んでくれたりする。正直いえば、そういう気遣いは、ちょっと面映ゆくもあるけれど、でも、いまはとにかく、二人の気持ちをありがたく受け取りつつ、創作にすべてを注ぐのだと腹をくっていた。

そんな漫画漬けの日々にちょっとした異変が起きたのは、梅雨に入って二度目の、よく晴れた日のことだった。

昼休みにテラス席でネームの作成に取り掛かろうとすると、海がよく見えるいつもの席に、あの義足の老人が座っていた。勉さんだ。

そのまま勉さんを無視して隣のテーブルで作業を進めてもいいのだが、なんとなく居心地が悪くなりそうで……、ぼくは思い切って声をかけた。

「あの、お水でもお持ちしましょうか？」

すると、勉さんはいつものようにギロリとぼくを見据えると、眉間にシワを寄せ、無愛想な口調でこう言った。

「かまわん」

「あ、はい。では、ぼくはちょっと、隣のテーブルで作業をしてもよろしいでしょうか？」

「かまわん」

勉さんは、まったく同じ台詞を、まったく同じテンションで口にした。

ぼくは苦笑しそうになった。すでにランチタイムは終わっているのだ。まだ、そこに座っていても「かまわん」と、ぼくが許可を出すのなら分かるのだが……。

ほんと、おもしろい人だよな――。

苦笑したぼくは、隣のテーブルに着いて漫画ノートを開いた。

勉さんは、じっと遠い海を眺めている。

梅雨のあいだはあまり見られないコバルトブルーの海だ。

その海がきらめく南の斜面から、清々しい風が吹き上げてくる。南風は庭のハーブを揺らし、ぼくと勉さんの頬を心地よく撫でていく。

それにしても、この老人は、どうしていつも海を眺めているのだろう？

なんとなく気になって、勉さんの横顔を見たら、ぼくの心のなかの台詞が聞こえたかのようなタイミングで、勉さんがゆっくりとこちらを向いた。視線が合ったとき、ぼくの口は自然と開いていた。

「海、お好きなんですね」

勉さんは、何も答えなかった。でも、ぼくから視線をはがすこともなかった。

「どうしていつも、海を？」

ふたたびぼくが訊ねたら、勉さんはぼそっと答えてくれた。

「懐かしい」

「え……。以前、海辺に住んでらしたとか、ですか？」

「違う」

いつもどおりの無愛想な声色。

やっぱりこの人は、あれこれ詮索されるのを好まないのだろう。

そう思ったぼくは、問いかけることをやめた。それなのに、どういう風の吹き回しだろう、勉さんは問わず語りにぼそぼそとしゃべり出したのだ。

「脚があったところがな、疼《うず》くんだ」

「え……」

「海を眺めていると、それが落ち着く」

「………」

「ほんの少しだけな」

ぼくは、勉さんの義足に視線を向けた。すると勉さんは、すっとぼくから視線を外して、また海の方を見詰めた。

爽やかな海風に吹かれながら、まばたきもせず遠い海を見下ろしている勉さん。

「それと――」

「はい」

「約束が、ある」

「え？　約束、ですか？」

「ああ」

本当は、いろいろとしゃべりたいことがあるのではないか？

だとしたら、ぼくが、この人の話し相手になってあげないと――。

なんとなく、そう思った。

開いていた漫画ノートをそっと閉じて、勉さんに向き直った。そして、なるべくシンプルな言葉を投げかけて、勉さんから言葉を引き出そうとした。

勉さんは、ぼくの質問に答えたり、答えなかったりした。こちらを見ることもあれば、海を眺めたままのこともあった。それでも、決してぼくを避けようとはせず、ただ、いつものとおり淡々とそこにいた。そして、ぼくの休憩時間が終わる十五分ほど前に席を立つと、杖を突き、義足を引きずるような足取りで帰っていった。

テラスにひとり取り残されたぼくは、ふと思い立って鞄のなかからスマートフォンを取り出し、寿々ちゃんに電話をかけた。

三コール目で、澄んだ声が届けられた。

「もしもし？」

「あ、寿々ちゃん、お昼休み中にごめん」

「ううん。どうしたの？」

「いま、勉さんと、しゃべったんだよ――」

「え、あの、義足の？」

「そう」

それからぼくは、ついさっき交わされた勉さんとの会話の内容を、なるべくそのまま寿々ちゃんに伝えた。すると寿々ちゃんは、「そっか。分かった。わたしこれから仕事に戻るから、夜に電話するね」と言って通話を切った。

ぼくはスマートフォンを手にしたまま、ゆっくりと立ち上がった。そして、勉さんが取り憑かれたように眺めていた海を見た。

初夏の空をひらひらと反射させるまばゆいブルー。

ぼくは目を少し細めた。

対岸は淡いシルエットで、低い山々と麓の港町が見えている。

音もなく斜面を駆け上がってくる清爽な風。

ざわ、ざわ。

ざわ、ざわ。

ぼくの胸の浅いところに、あの公園で聞いた潮騒が広がりはじめた気がした。


翌日は、ふたたび梅雨空が戻ってきた。

鮮やかだった窓の外の色彩も、雨雲の薄鈍《うすにび》に封じ込められてしまう。

ランチタイムになると、寿々ちゃんがやってきた。

「あら、いらっしゃい」

可愛がっている寿々ちゃんの来店に、絵里さんは嬉しそうに微笑んだけれど、今日の寿々ちゃんはいつものカウンターではなく、壁際にあるテーブル席に着いた。当然、絵里さんは「え?」と意外そうな顔をして「どうして、テーブル席なの?」と訊ねた。寿々ちゃんは「たまには、気分を変えてみたくて」と、涼しい顔で微笑み返してみせる。

なに、どういうこと?

絵里さんは、口には出さず、ぼくに目で訊いた。

ぼくも黙って首を小さく横に振って、とぼけた。

絵里さんのことだから、ぼくと寿々ちゃんが何か隠し事をしていることなど、あっさりお見通しなのだろう。でも、仕方がない。今日のこればかりは、絵里さんにも内緒を貫き通す必要があったのだ。

寿々ちゃんがあえて壁際の席を選んだのは、正面を向いたまま、さりげなく雨の日の幽霊、つまり文太さんとしゃべるためだった。カウンターに着いてしまうと目の前には厨房の絵里さんがいて、どうしても文太さんとの「会話」が不自然になる。つまり、絵里さんに、ぼくらの特異な能力を悟られる可能性があるわけで、それだけは避けなければならない。

椅子に座った寿々ちゃんは、本日イチ押しのランチメニュー「高原キャベツとトマトのポトフ」を迷わず注文すると、さっそく文太さんとの「会話」をはじめた。口を動かすでもなく、ただ、ぼうっと前を見たまま「想い」を伝え合うのだ。

ぼくは、その「会話」のキャッチボールを感じ取っていた。どちらがしゃべり、どちらが聞いているのか――そこまでは理解できていた。しかし、「会話」の内容までは伝わってこなかった。忙しくランチタイムの仕事をこなしているせいで、意識を集中させられなかったのだ。仮に、意識を集中させられたとしても、そもそもぼくと文太さんの周波数は合いにくいから、部分的にしか聞き取れないだろうけど。

「Aランチ、お待たせ致しました」

ぼくが、うやうやしく「高原キャベツとトマトのポトフ」をテーブルの上にのせると、寿々ちゃんは「ご苦労、ご苦労」と冗談を言って微笑んだ。そして「もうオッケー。全部聞けたよ」と、小さくウインクしてみせた。

「え、もう？」

「うん。詳しくは、夜ね」

あまり寿々ちゃんとしゃべっていると、また絵里さんに怪しまれてしまうから、ぼくは早々にテーブルから離れて、通常業務に戻ることにした。その際、ちらりと壁際に視線を送ってみたら、雨の日の幽霊は、いつもより白く光っているように見えた。寿々ちゃんに想いを存分に伝えられて嬉しいのかも知れない。


夜になっても、小雨が降り続いていた。

仕事を終えたぼくと寿々ちゃんは「港の占い館」の近くにある海鮮居酒屋で落ち合った。ネットの情報によれば、この店は、二人で訪れても半個室を使わせてくれるため、若いカップルに人気があるらしい。もちろん、ぼくらも半個室を使わせてもらった。でも、その理由はカップルだからではなくて、他人に聞かれたらドン引きされるような「霊の話」をするからだ。

とりあえず、ぼくらは生ビールで乾杯をした。

そして、ウエイトレスにいくつかのつまみを注文すると、すぐに本題に入った。

「で、文太さん、何だって？」

「その前に、翔平くんは、わたしと文太さんの会話、どこまで聞いてたの？」

「ごめん。仕事に集中してたから、正直、ほとんど聞こえなかった」

「そっか。じゃあ、最初から話さないとね」

寿々ちゃんは軽くビールで喉を潤すと、やや声をひそめてしゃべり出した。

「あのね、翔平くんの言うとおり、勉さんと文太さんは、第二次大戦で、ともに戦った盟友だったよ」

「やっぱり……」

勉さんがぼくに言っていたことは事実だったのだ——。

「ということは、文太さんが会いたがっているお客さんって」

「うん、勉さんだね」

寿々ちゃんが、確信を持って頷く。

「勉さんはさ、いつも海を眺めにくるから、晴れた日に来てたんだよね。でも、文太さんは、雨の日にしか出られないみたいなんだよ」

「そっか。それで、すれ違ってたんだね」

「だね……」ぼくは、海を眺めている勉さんのいかめしい横顔を思い出した。「寿々ちゃん、二人の関係、もっと聞いたんでしょ？」

「もちろん。あの二人ね、かなり凄絶な経験をしてたの」

「凄絶って？」

「二人は同じ部隊に所属していて、南太平洋に浮かぶジャングルだらけの島に上陸したらしいの。そこで、寝食をともにしながら、敵と戦っててね——」

寿々ちゃんいわく、たまたま同い年だった二人は仲のいい同期で、ある朝、南洋の青々とした海を見晴らす丘の上で、必ずこの戦争に勝ち、生きて祖国に帰ろうと誓い合ったのだそうだ。そして、そのとき、祖国に戻ってからのお互いの夢も語り合っていたのだという。

「でもね、ある日の夕暮れ前、土砂降りのスコールで視界が利かなくなっていたときに、敵に急襲されたんだって」

「え……」

「相手の方が数も多くて、いよいよ撤退かっていうときに、文太さんの脇腹に銃弾が当ったの」

「え、撃たれたの？」

そんな話、祐子さんからも聞いていない。

「うん。だけどね、その銃弾は脇腹をかすめただけで、かすり傷だったらしいの。でも、衝撃はすごくて、文太さんは跳ね飛ばされるようにひっくり返ったんだって」

「うん」

「そうしたら、それを見た勉さんが慌てて飛んできて、文太さんを抱えて逃げようとしたの。そのとき、今度は勉さんのふくらはぎに銃弾が……」

そこまで言うと、寿々ちゃんは少し眉をひそめた。でも、つらそうな顔のまま続けてくれた。

「うずくまった勉さんを見て、文太さんは、馬鹿野郎って。どうして俺なんかのためにお前がって……。そしたら勉さんは、祖国に帰ってからの約束があるからなって、血だらけの脚を押さえながら、そう言ったんだって」

「勉さんは、その怪我で、義足に……」

ぼくはショックで言葉を失いかけていた。

不思議なことに、寿々ちゃんが説明してくれる言葉には、言葉以上の情報が込められている気がしていた。つまり、文太さんが実際に体験した凄絶なシーンが、ぼくの脳裏で映像として流れるのだ。これも、もしかすると寿々ちゃんとぼくならではの特異な能力なのかも知れない。

「それでね――」寿々ちゃんは続ける。「文太さんの脇腹はかすり傷だったから、今度は慌てて、逆に勉さんをかついだんだって。そのとき勉さんはもう意識がほとんど飛んでたみたい。文太さんは、銃弾の雨のなか、とにかく必死に走って、そのままなんとか逃げ切ったの」

命からがら逃げ延びたものの、勉さんは野戦病院で膝から下を失うこととなり、ひと足先に祖国へと送り返されたのだそうだ。そして、残された文太さんは、最後まで戦い抜き、奇跡的に生き抜いて終戦を迎えた。

帰国した文太さんの実家は、大空襲で焼かれた東京だった。一面の焼け野原に呆然とした文太さんは、とりあえず地方の親戚に身を寄せさせてもらい、しばらくはそこで暮らしていたそうだ。しかし、そもそも人に世話になることが苦手な文太さんは、戦後の混乱のなか親戚の家を出て、この港町へと流れ着くと、とある食堂で働きはじめることになった。食堂とはいっても食糧難の時代だから、そこは政府から配給される「外食券」がないと食べられないような店だったという。

「そういう食堂をね、当時は『外食券食堂』とか『厚生食堂』っていってたらしいんだけど、翔平くん知ってる？」

「いや、はじめて聞いたかも。学校でも習わなかったよね」

「うん。わたしも初耳だった」

「寿々ちゃん、そんなところまで会話できちゃうんだね」

「まあね」

「すごいな……」

ぼくは素直に感心していた。

「毎日、守護霊さんと会話をするプロですから」

冗談めかして言った寿々ちゃんが、今日はじめて明るめの笑みを浮かべてくれた。でも、続きをしゃべり出すと、ふたたび形のいい眉をひそめて小声になった。

「で、文太さんね、もともと料理に興味があったのと、戦争で餓死寸前のつらさを味わったことから、食べることはつくづく幸せなことだっていう考えを抱くようになったらしいの」

「なるほど……」

「人に歴史あり、だよね」

「ほんとだね」

　このとき、ぼくは、祐子さんに見せてもらったセピア色の写真を思い出していた。あの生真面目そうな表情は、ぼくには想像もつかないような酷烈な人生の荒波に削られて作られたものだったのだ。

「キッチン風見鶏の創業は、一九六九年だったって」

「え、そんなことまで？」

「うん。わたし、スマホにメモまで取ったんだから」

「すごいな、寿々ちゃん……」

「でしょ？」

「うん」

「少しは感謝してる？」

　ふいに寿々ちゃんが、いたずらっぽく笑った。

「え？」

「わたしに、感謝」

「もちろん、してるよ」

「じゃあ、ここは翔平くんのゴチね」

「えーっ」

と言ってはみたものの、それはもちろんポーズだ。

「仕方ないな。今夜はゴチするよ」

「やったぁ」

ニコニコ顔で寿々ちゃんがジョッキを手にしたとき、ほとんど高校生くらいにしか見えないウエイトレスがやってきて、テーブルに刺身の盛り合わせを置いていった。

「美味しそう」

「ほんと美味そうだね」と言ったとき、ぼくのなかに、ふと、あるアイデアが降ってきた。

「あ、そうだ寿々ちゃん」

「なに？」

「ここ、ゴチするからさ」

「うん」

「ついでに、もうひとつだけ頼まれて欲しいことが出てくるかも知れないんだけど」

「え、なにそれ？」

ジョッキのビールを半分くらいまで飲んで、寿々ちゃんが「ぷはぁ」とやった。

「その答えを言う前に、もう少し聞いておきたいことがあるんだよ」

「ん？」

と、小首を傾げる寿々ちゃん。

「ほら、勉さんがさ、二人のあいだには『約束』があるんだって、テラスでぼくに言ったでしょ」

「ああ、それね」

「その『約束』が何だったのか、文太さんは言ってなかった？」

「あっ、言ってた」

「やっぱり。それ、けっこう重要な情報じゃない？」

「ごめん。めっちゃ重要だった」

寿々ちゃんは拝むように両手を合わせて、肩をすくめてみせた。そんな寿々ちゃんの仕草がいちいち可愛くて、ぼくは、ぼくらのあいだで交わされた「約束」を思い出した。そして、中指のペンだこを親指でさすりながら、重要な話を促した。

「じつはね、二人のあいだで交わされた重要な約束っていうのは――」

少しもったいぶったようにしゃべりはじめた寿々ちゃんだけれど、その内容は、なるほど、もったいぶるにふさわしいほど、意外なものだったのだ。

「まさか、そんな『約束』だったなんて……」

「二人にとっては重要な『約束』なんだろうけど、ちょっと意外でしょ？」

「うん……」

ぼくは、無意識にため息をついていた。

すると、寿々ちゃんが、ひとりごとみたいにつぶやいた。

「わたしも、勉さんに会ってみたいなぁ」

それは、ぼくにとっては、まさに渡りに船だ。

「じゃあ、タイミングを見て会わせるよ」

「ほんと？」

「うん。でも、その前に、ちょっと作戦会議をさせて欲しいんだ」

「作戦会議？」

「うん」

「なに、それ」

少し前のめりになった寿々ちゃんを焦らすように、ぼくは「それはね」と言ってから刺身を口に放り込んだ。すると寿々ちゃんは、今日いちばんキュートな笑みを浮かべてこう言った。

「中とろ食べてないで、早く教えてぇ」

ぼくは笑いながら答えた。

「その作戦名は、ズバリ――」

「ズバリ？」

「成、仏、大、作、戦」

小さく吹き出した寿々ちゃんに、ぼくはわりと真面目な作戦の内容を説明した。

もちろん、寿々ちゃんは嬉々として協力を約束してくれた。

◇　◇　◇

朝から激しく降っていた雨が、夜になると小雨になった。

気温は少し肌寒いほどで、天気予報では「梅雨寒《つゆざむ》」という言葉が使われた。

そして、この日の「キッチン風見鶏」では、ディナータイムを早々に切り上げて、小さなパーティーの準備が整えられていた。

今日は、絵里さんの三十三回目の誕生日なのだ。

このパーティーの発案者は手島さんだった。祝われる絵里さんは照れ臭そうに、「ささやかな感じにしてね」と言っていたけれど、いざ、こうして二つつなげたテーブルに並べられた料理の数々を見ると、さすがレストランの料理——、としか言いようがないくらいに壮観だった。

祐子さん、絵里さん、そして料理が趣味の寿々ちゃんの三人で準備をしたのだから、当然といえば当然だ。ちなみに、ぼくは厨房では役立たずで、ほとんど雑用係だった。

準備を整えたぼくら四人はテーブルを囲んで談笑していたのだが、そこにはパーティーの発案者の姿がなかった。

「手島さん、遅いね」

ぼくの隣に座る寿々ちゃんが、冷めかけた料理に視線を落としながら言う。

壁の時計を見ると、時刻は午後九時を十五分ほど回っていた。すでに十五分の遅刻だ。

「仕事がバタバタしているのかもね」

と、祐子さんがフォローをしたものの、主役の絵里さんは、

「さっき携帯にメッセージを入れたんだけど、まだ既読にもなってないんだよね」

と、まるで自分に責任があるような顔をして、小さくため息をつくのだった。

なんとなく、だけれど、このところの絵里さんは、どこか様子がおかしい気がしていた。

手島さんとの関係は順調そうで、ちょくちょくデートをしているようだし、祐子さんとは、これまで以上に親密に見える。それなのに、ふとした瞬間、考えごとでもしているように、ぼうっとしていることが増えたのだった。仕事でミスをするほどではないけれど、ぼくが名前を呼びかけて、ようやくハッと我に返るようなことも幾度かあった。

「祝ってもらうわたしが、発案者を差し置いて言うのもアレだけど――、もう、先にやっちゃおうか?」

絵里さんが、眉をハの字にして言った。

「そうね、その方が手島さんも気がラクだろうし」

祐子さんが追随して、ぼくと寿々ちゃんも賛成した。

「じゃあ、ぼく、スパークリングを持ってきます」

ぼくは冷蔵庫に向かって歩き出した。

と、そのとき、絵里さんのスマートフォンが鳴った。

「もしもし」

三人の視線を浴びながら、絵里さんが通話をしはじめた。

「あ、ううん、大丈夫ですよ。いま、先にはじめちゃ……。えっ？　うん……。それで？　高熱？　はい、こっちは全然ですけど、病院は——、はい、分かりました。じゃあ、はい、いったん切ります」

途中から絵里さんの声が緊迫しはじめたので、残された三人は固唾《かたず》を呑んでいた。

「どうしたの？」

祐子さんが訊くのとほぼ同時に、絵里さんが早口でしゃべり出していた。

「歩くんが自宅で熱を出して寝込んでたんだけど、さっき急激に熱が上がったって連絡を手島さんが受けて、いま慌てて職場から車を飛ばして病院に連れて行ったところだって」

「歩くんの状態は？」

寿々ちゃんが訊くと、絵里さんは立ち上がりながら答えた。

「いま、まさに治療中みたい。わたし、ちょっと——」

「行くなら、わたしの車を使って。翔平くん、運転してあげてくれる？」

「あ、はい」

祐子さんから車のキーを渡された。

「料理は、わたしと寿々ちゃんで片付けておくから」

「ありがとう、ごめんね」

絵里さんは、言いながらすでに玄関に向かって歩きはじめていた。

「翔平くん、よろしくね」と祐子さん。

「はい」

ぼくはテーブルの前で立っている祐子さんと寿々ちゃんに小さく頷いてみせると、そのまま急いで絵里さんを追って外に出た。

「翔平くん、ごめんね」

絵里さんは小雨に濡れながら、店の前に停めてある祐子さんの小型車の傍に立っていた。

「いえ。すぐ出します」

ぼくは運転席に乗り込んだ。絵里さんも助手席に乗り込む。エンジンをかけ、ライトを点け、ワイパーを動かした。慣れない車だから、操作に少し手間取ってしまう。サイドブレーキを外し、ようやくアクセルを踏み込んだ。そして、ぼくは通い慣れた「ゲート」を車で通り抜けていく。

「絵里さん、目的地は？」

「あ、ええと――、坂を下りて、港の公園の通りを右にしばらく行ったところにある春谷《はるたに》総合病院。分かる？」

「ちょっと、分かりませんけど、でも、とにかくそっちに向かいます」

「うん。病院は国道沿いだから」

「はい」

細い「ゲート」を抜け、ステアリングを右に切った。

そのまま坂道をずるずると下っていく。

対向車線をゆっくりと上ってきたパトカーとすれ違ったとき、助手席の絵里さんが言った。

「あ、翔平くん、シートベルト」

「あ……」

運転しながらシートベルトを装着する。となりの絵里さんも、いま着けているところだった。

「落ち着いていこうね」

「はい」

と返事をしたときにはもう、長い坂道を下り切って、赤信号につかまっていた。目の前には港の公園が見えている。公園の水銀灯が小雨にぼんやりと煙りながら光っていて、なんだか夢のなかで見るたんぽぽの綿毛のようだった。

「翔平くん、ここを右ね」

「あ、はい」

言われてウインカーを出す。

ぼくはペーパードライバーの自分に、落ち着け、と言い聞かせながら、ひとつ深呼吸をした。

◇　◇　◇

名前に「総合」と付くだけあって、そこは海辺の大きな病院だった。ぼくは建物の壁で赤く光る「救急」と書かれた看板を見つけ、その近くの空いたスペースに車を停めた。

絵里さんが助手席から降り、ぼくもすぐに続く。

そして、病院のなかへと足早に入っていった。

救急受付のカウンターにいたのは、紺色の制服を着た守衛さんだった。いかにも「定年退職後に再就職をしました」といった感じのやさしそうな老人だ。絵里さんはその人に来院の理由を伝え、第二診察室に入るよう指示された。

薄暗い夜の病院のなか、絵里さんの背中を追うように歩く。二人の靴音が静かな廊下でこだました。廊下を歩き出してすぐのところに「第二診察室」と書かれたプレートを見つけた。絵里さんはプレートの下のクリーム色のドアを軽くノックした。

返事は、ない。

「入ろうか」

「はい」

そっとドアを開け、そのままなかへと入っていった。

右側のカーテンをめくると、そこが診察室だった。いちばん奥に治療用のベッドがあり、その手前に紺色の背広を着た男の後ろ姿を見つけた。鳥の巣のようなもじゃもじゃ頭——、手島さんだ。

歩くんはベッドに横たわり、医師と看護師に処置を受けているようだった。顔は医師に隠れて見えないが、点滴を打っているようだ。

「手島さん」

絵里さんがそっと声をかけると、もじゃもじゃ頭が振り返った。

「あ、絵里さん……、来てくれたんですか」

手島さんは、不安げな顔のまま絵里さんとぼくを見た。

「はい。母の車で」

絵里さんが答え、ぼくは黙って小さく会釈をした。手島さんも黙礼を返してくれた。すると中年の女性看護師がこちらを振り向いて、唇の前に人差し指を立てた。

「しー。いま寝たところなので、お話は外でお願いします」

看護師のひそひそ声にぼくらは頷くと、そっと踵を返して廊下に出た。

第二診察室の引き戸をぴったり閉めてから、絵里さんが訊いた。

「歩くんの具合は？」

「なんとか落ち着きました」

落ち着いたと聞いて、絵里さんとぼくは顔を見合わせた。そして、どちらからともなく「ふう」とため息をついていた。

「なんか、すみません。ご迷惑をおかけしちゃって」

「いえ。とにかく、歩くんが無事でよかったです」

絵里さんの横で、ぼくも小さく頷く。

「立ち話もナンなんで、そこ、座りましょうか？」

手島さんが、第二診察室の前に置かれたオレンジ色のベンチを手で示した。

絵里さんを真ん中にして、ぼくらは並んで腰掛ける。

それから、手島さんは、これまでの一連の流れを話してくれた。

いわく、お祖母さんと一緒に自宅にいた歩くんは、夕方から発熱し、夜になると四〇度を超える高熱を出してしまったのだそうだ。お祖母さんは、手島さんに電話をして救急車を呼ぶべきかどうか訊いたのだが、手島さんは「俺が連れて行くから、待ってて」と言って、営業先から車で急行した。普段、医師を相手にセールスの仕事をしているだけに、救急車を呼んで病院を探してもらうよりも、自分の知り合いの医師に直接電話を入れた方が早く診てもらえると踏んだのだ。

「そんな感じで、バタバタしちゃってて……。連絡も遅れてしまって、本当にすみませんでした。せっかくの誕生日パーティーなのに」

手島さんが、また鳥の巣みたいな頭をぺこりと下げた。

それを絵里さんが「いえいえ」と両手を前に出して制しながら、「本当にもう大丈夫ですから。パーティーなんていつでもできますし」と澄んだ声で言う。

「翔平くんも、ごめんね」

「いえ、そんな」と言ったとき、ふと車の鍵をロックし忘れているような気がした。「あ、ちょっと、ぼく、車の鍵をかけ忘れたかも知れないんで、確認してきます。あと、ついでに、祐子さんと寿々ちゃんに、歩くんは無事だってメッセージを入れておきますね。それと、トイレにも――」

メッセージとトイレのくだりは、もちろん、ぼくなりの気遣いだ。

ベンチから立ち上がり、元来た廊下を歩き出す。十数メートルほど先で右に折れると、そこはもう救急受付だ。

「すみません。ちょっと、車の鍵をかけ忘れちゃって」

好々爺《こうこうや》みたいな守衛さんにそう言いながら、ぼくは建物の外に出た。

雨はさっきより少し強くなっていた。

遠く暗闇のなかから低い波音が聞こえてくる。

ぼくは小走りで車に近づいていき、ドアのロックをかけた。

ふたたび病院のなかに入ると、しんとした受付にまで絵里さんと手島さんの会話が漏れ聞こえてきた。やっぱり、しばらくは二人にしておくべきだろうと判断したぼくは、守衛さんのいる救急受付の前に置かれたオレンジ色のベンチにそっと腰を下ろした。

守衛さんが、そんなぼくを親しみのある目で見て、あれ、行かないの？　という顔をしたので、ぼくも小さく頷くだけで返事にした。すると、守衛さんは察してくれたようで、すぐにこちらから視線を外し、パソコンのキーボードをカタカタと打ちはじめた。

夜の薄暗い病院は、耳鳴りがしそうなほど静かだった。

あまりにも静かだから、トーンを抑えてしゃべっているはずの絵里さんと手島さんの声が、離れているぼくの耳にまで届いてしまう。院内で唯一の雑音は、守衛さんが不器用そうに叩いているキーボードの音だけだ。

「もしも、ですけどね」

廊下の方から手島さんの声が聞こえてくる。

「はい」

「この間のこと……、もしも、絵里さんがオーケーしてくれたとしても」

「はい」

「正直、今日みたいなことが、また起こるかも知れないなって……」

手島さんの言う「オーケー」とは、絵里さんが「交際を許可する」という意味だろう。ようするに、これからも歩くんが病気をしたりして、パートナーとなった絵里さんには迷惑をかけるかも知れません、と手島さんは言いたいのだ。

その言葉にたいする絵里さんの返事は聞こえてこなかった。絵里さんは絵里さんで、いろいろと思うところがあるのかも知れない。

「ぼくが子持ちでなければ、こういうご迷惑はおかけしないはずなんですけど、でも――」

手島さんは、そこでいったん間をとった。そして、不安と決意の両方をはらませたような声色で続けた。

「でも……、ぼくには、どうしても、歩を手放すっていう選択肢は考えられないんです」

「はい」

絵里さんが小声で返事をした。その声色は、なんだか淡々としていて、手島さんを受け入れそうにも、突き放してしまいそうにも聞こえた。二人の表情が見えないせいだろう、ぼくはだんだんと不安になってきて、口のなかが渇いてきた。

「ぼくは、歩を、この手でしっかり育てようと決めています。でも、絵里さんのことも、あきらめたくなくて……」

「…………」

カタカタ、カタ、カタカタ。

守衛さんのキーボードの音が、心なしか小さくなった気がする。

「両方とも手に入れたいなんて言ったら……、やっぱり、ぼくは、我がまま……ですよね？」

語尾のところで、手島さんの声のトーンが下がっていた。

自信なさげに鳥の巣をぽりぽり掻いている手島さんの姿が、ぼくにはリアルに想像できてしまった。しかも、この先の絵里さんの返事も、だいたい予測ができていた。

「あのね、手島さん――」

「はい……」

「わたしね」

「はい……」

絵里さんの声は淡々としていた。ぼくは部外者なのに、緊張でお腹に力が入ってしまっていた。

「これだけは、言えます」

カタ……。

守衛さんが手を止めた。

薄暗い病院のなかに、キーンと静謐が満ちる。

と、次の刹那――、ふたたび絵里さんの澄んだ声が小さく響いた。

「わたしは、歩くんを手放すような人とは、お付き合いできません」

それは、まさに、ぼくが想像したままの言葉だった。

お腹の力が抜けて「ふう」と息を吐いたら、守衛さんと目が合った。

守衛さんは、やさしそうな目尻のシワをいっそう深くして、小さく二度、うんうん、と頷いた。その仕草にぼくはほっこりとして、小さく頷き返していた。

「あ、え……？　ということは、ええと、絵里さんは、ぼくと――」

浮き足立ったような手島さんの声が聞こえてきたと思ったら、その声にぴしゃりと絵里さんがかぶせた。

「その前に――」

「え……」

「ふたつ、条件があります」

「じょう、けん？」

守衛さんと、また目が合った。もはや、ぼくらは、あの二人を応援する同志のようになっている。

「はい」

「な、なんでしょう……」

不安げな手島さんの声色にたいして、絵里さんが少し明るめの声で答える。

「そんなに難しい条件じゃないんですけど」

「え、あ、はい」

「ひとつは、歩くんの実のお母さん、ようするに手島さんの妹さんのね、お墓参りに連れていって欲しいんです」

「え……」

「それと、もうひとつなんですけど――」

絵里さんは、思いがけない条件を掲げた。

それを聞いた守衛さんは、しみじみ幸せそうに目を細め、うんうん、と小さく頷いていた。ぼくも、きっと同じような顔をしているんだろうな、と自分で思う。

「条件は、その二つです」

「えっと、それだけ——、ですか？」

「はい」

それから、少しの間、院内に沈黙が蔓延《まんえん》した。でも、その沈黙は、こちらが気恥ずかしくなるくらいに、ぬくぬくとした幸福感に満ちた無音だった。

「絵里さん……、ええと、何ていうか、ありがとうございます」

手島さんの声が、ちょっぴり裏返った。もしかしたら、泣いているのかも知れない。

その声を聞いた守衛さんが、くすっと笑い、ぼくも苦笑してしまった。

自分の心に嘘をつかずに、人生を創っていく——。

守護霊のアドバイスどおりに行動した手島さんも、絵里さんも、いまはきっとくすぐったいような幸せを味わっているに違いない。

さて、と。

ぼくはふたたび「ふう」と短いため息を漏らして、ベンチから立ち上がった。いったいぼくは、どんな顔をして二人の元へ戻ればいいのやら……。

本気で困りながら受付を見ると、守衛さんが親指を立てて、ぼくに微笑みかけていた。

ぼくも同じポーズで応えて、そのままトイレに向かうことにした。個室に入って、祐子さんと寿々ちゃんにメッセージを送るのだ。

歩くんも、絵里さんと手島さんも、オッケーです——、と。

◇　◇　◇

「最後に、隠し味のウスターソースを入れて、と――」寿々ちゃんが丁寧に分量を計って、鍋のなかにソースを加えた。「はい、これで、あと少し味が馴染むまでかき混ぜたら完成」

「了解です」

ぼくは、ひたすらおたまで混ぜ続けるという、子供でもできる係を仰せつかっていた。

すでにお店のキッチンには「鳥居家のカレー」のスパイシーな匂いが充満していた。

「いい匂いでしょ」

「うん」

寿々ちゃんと肩を並べて、ひとつの料理を作る――。

なんだか、いつか、こんな未来が本当に展開するような気がして、ぼくはカレーを混ぜながらニヤけそうになってしまった。

「翔平くん」

「え、なに？」

ぼくは真面目に手を動かしたまま、隣の寿々ちゃんを見た。

「勉さんって、本当に作り物みたいに動かないんだね」

「うん。いつも、あんな感じだよ」

テラス席にいる勉さんは、いつもどおり、南の海をぼうっと眺めたまま微動だにしない。

窓の外は、まばゆい陽光があふれていた。

長かった梅雨は昨日で終わり、今日からは夏なのだ。

そして、いま、ぼくらはいよいよ、あの「成仏大作戦」を決行しているところだった。

梅雨空のあいだは、海を眺める勉さんは来店してくれない。だから、すっきりと空が晴れ上がる梅雨明けを待っての決行となったのだ。

今日、お店は定休日で、誰もいない店舗を寿々ちゃんとぼくで使わせてもらっている。

以前、絵里さんが寿々ちゃんにレクチャーした「鳥居家のカレー」を、ぼくと寿々ちゃんで作りたい、と願い出たら、二つ返事でオーケーしてくれたのだ。

「翔平くん、そろそろいいと思うよ」

「え、完成？」

「うん。完成」

寿々ちゃんが、両手を上げてこちらを向いた。ぼくもおたまを置いて、両手を上げる。

そして、ハイタッチ。

パチン！

いい音がキッチンにこだました。

店内は、今日も波音がたゆたっていた。勉さんのいるテラス席にもスピーカーがあるから、同じ波音を味わっているはずだ。

寿々ちゃんが、皿にご飯とカレーをよそってくれた。

ぼくは、いつもの使い慣れたトレーに「鳥居家のカレー」とお冷やをのせる。

そして、寿々ちゃんと一緒にテラスへと出た。

噛み付かれるような強い日差しに、思わず目を細める。それでも、海から斜面を這うように吹き上がってくる夏色の風は、ため息が出るほど爽快だった。

「勉さん、これ」

ぼくは、そっとテーブルの上にカレーを置いた。コップに入れたお冷やも一緒に差し出す。

こちらを振り向いた勉さんに、寿々ちゃんを紹介した。

「ええと、この人は、ぼくの――」彼女です、と言いたいところだけれど、あの条件はまだ満たしていない。だから正直に「友達の、寿々さんです」と言った。

「こんにちは。寿々です」

夏の陽光にふさわしい明るい笑顔で挨拶をした寿々ちゃんに、勉さんは何も返事をしなかった。でも、百戦錬磨の寿々ちゃんは、そんなことは一ミリも気にしてはいない様子で、ぼくの横から話しかけた。

「南の方の海、今日はすごく綺麗ですね。文太さんと過ごされた島の日々を思い出しますか？」

「あんた……」

勉さんが、太く、かすれた声を出した。

「わたしは、文太さんとお話ができるんです。だから、勉さんとのことはひととおりお聞きしました」

「………」

瞬間、絶句した勉さんだったけれど、ゆっくりと表情をいつものいかめしいそれに戻していった。今度は、ぼくが口を開く。

「いつもテラス席のスピーカーから流している波音ですけど、これ、じつは、文太さんがこのお店を作ったときに、BGMは一年中、波音にするって決めたんだそうです」

さらに、ぼくの会話の尻尾を寿々ちゃんが繋いでくれた。

「海が見える丘の上にレストランを作ったのは、かつて南の島の丘の上で、勉さんと『波音』を聴きながら『約束』をしたからだって、文太さんは言ってました」

「あんた、そこまで……」

「もっと、もっと、知ってますよ。土砂降りのなか、敵の銃弾が脇腹をかすめた文太さんを助けようとして、勉さんが駆け寄ったら、文太さんはこう言ったんですよね。『馬鹿野郎。お前、何で飛び出してくるんだ。早く戻れ』って。そうしたら勉さんは、こう答えたんです。『お前に死なれちまったら、お前が自慢しているライスカレーとやらを食わせてもらえねえからな』って」

寿々ちゃんの台詞を聞いた勉さんは、「ふっ」と小さく笑った。それを見た寿々ちゃんが、さらに続ける。

「で、このカレーがお二人の『約束のカレー』です。かつて文太さんがこのお店で作っていたものと、まったく同じレシピで作ったので、同じ味がするはずです」

南の海から、さーっと清爽な夏の風が吹き上げてくる。

その風に踊る庭のハーブたち。

テラスの軒下のスピーカーからは、やわらかな波音が漂ってくる。

「奴は――」と、勉さんがかすれた声を出した。「死んだのか」

ぼくと寿々ちゃんは、ゆっくりと頷いた。

「そうか。そう、だろうな」

親友の死を知った勉さんは、むしろ表情を穏やかにした気がした。

「これは、俺に……」

カレーを見下ろして、ぼそっとつぶやいた。

「はい。召し上がって下さい。ぼくらを介しましたけど、文太さんから勉さんへのカレーですので」

ぼくは、ウエイターらしく、折り目正しくそう告げた。

勉さんが日差しにきらめくスプーンを手にした。

そして、少しのあいだ南の海を眺め遣ってから、文太さんとの約束のカレーを食べはじめた。

ひとくち、ひとくち、噛みしめるように、スパイシーな風味を堪能する勉さん。ぼくと寿々ちゃんは、その様子を横からじっと見つめていた。

少しして、勉さんはいったんスプーンを止めると、

「ふう……」

と息を吐いた。

そして、食べかけのカレーをじっと見詰めながら何か言おうとしたのか、わずかに口を開きかけたその刹那――、日に焼けた顔がみるみる歪んでいったのだ。

勉さんの頬をしずくが伝い、それがカレーのなかに落ちた。

ひた。

ふたつめのしずくがカレーのなかに落ちたとき、ふたたび勉さんはスプーンを動かしはじめた。

すると、不思議なことに、あのいかめしかった表情が少しずつやわらぎ、肌艶も若々しくなっていくように見えた。

驚いたぼくが、「寿々ちゃん……」と小声で言うと、寿々ちゃんは少し目を潤ませながら、黙って小さく頷いた。

風が吹き、ぼくらの頭上をもこもこした羊雲が音もなくゆっくり移動していく。そして、その雲が、とんがり屋根の動かない風見鶏の向こうへと消えたとき――、勉さんはカレー

を食べ終え、そっとスプーンを置いたのだった。

「ごちそうさま……」

南の海に向かって、勉さんはそう言った。

そして、こちらをゆっくりと振り向いた。

「あいつの言ったとおりの味だった」

勉さんは、左手の甲で涙をぬぐった。

「よかったね、翔平くん」

「うん……」

ぼくは、どんどん若返っていく勉さんの姿を眺めたまま頷いた。

そして、なぜだろう、このとき、ぼくは分かっていたのだ。まもなく、勉さんとのお別れの時が来るということを。

もう二度と、海を眺める片足の老人とは会えなくなるのか――。

そう思ったら、ふと、あることを思い出した。

「あの、勉さん」

「ん？」

「前からお聞きしたかったことがあって――」

「………」

「苗字は、何ておっしゃるんですか？」

するとは勉さんは、ぼくと出会ってからはじめて、穏やかな笑顔を見せてくれた。

「風見《かざみ》だよ。俺の名前は、風見勉」

それを聞いたぼくは、やっぱり、と深く頷いてみせた。

「風見、勉さん……」

寿々ちゃんが、つぶやく。

「ああ、そうだ」

答えた勉さんの姿がさらに若返っていき、気づけば義足の部分も元どおりの脚になっていた。

いま、勉さんは、ぼくと同じくらいの年齢かな――。

そう思ったとき、勉さんの身体がパッと白い光に包まれた。

明るく神々しいのに、少しもまぶしくはない――、それはとても不思議な光だった。

光に包まれた勉さんは、どこか名残惜しそうな目で、ふたたび遠い南の海を見遣った。

そして、次の瞬間――。

「あ……」

「あ……」

ぼくと寿々ちゃんの声が重なった。

勉さんの身体がみるみる半透明になっていき、

ふわり

南からの風が吹くのと同時に、白い光ごと勉さんは霧散してしまったのだ。

まるで、想い出の海風に溶けて運ばれたかのように。

「寿々ちゃん、いまの……」

「うん。成仏大作戦、成功だね」

これが……、霊が成仏する瞬間なのか――。

「はじめて見たよ」

「え？　そうなの？」

「うん……」

「わたしは、何度も見てるよ」

「それ、初耳だけど」

「だって、はじめて言ったんだもん」

寿々ちゃんが、くすっと笑う。

勉さんがいたテーブルを見ると、そこにはまったく手が付けられていないカレーとお冷やが、ぽつんと残されていた。

「ねえ、翔平くん」

「ん？」

「どうして、さっき、勉さんの苗字を訊いたの？」

「ああ、あれはね」

ぼくは、簡単に説明をした。

つまり、この店のオーナー一家の苗字は「鳥居」。

そして、店の名前は「キッチン風見鶏」。

屋根の上に「鳥が居る」から「風見鶏」だとすると、単純に足りないものは「風を見る」ものだと思ったのだ。

「えっ、そんなことを考えてたなんて、それこそ初耳ですけど」

「だって、はじめて言ったんだもん」

ぼくはニヤリと笑いながら、さっきの寿々ちゃんの台詞を鸚鵡《おうむ》に返した。すると、寿々ちゃんは小さく吹き出して言った。

「風見勉と、鳥居文太」

「風見と鳥居」

「合わせて」

「キッチン風見鶏」

「そういうことだったんだね……」

「うん」

「それにしても、よく気づいたよね、お店の名前の秘密なんてさ」

「毎日、絵里さんのプロファイリングを見てるから、ぼくも少しは賢くなったのかな」

ほとんど冗談で言ったのに、

「なるほど……」

と、変に納得している寿々ちゃんにも、ぼくは訊きたいことがあった。

「それよりさ」

「ん？」

「勉さん、昇天したあと、天国で文太さんと会えるの？」

「さあ、そこまでは、わたしもわからないよ」

「でもさ――」

と言いかけたぼくは、あらためて見慣れたテラス席の周囲をくるりと見回し、そして窓ガラス越しに店内も見た。

「あ、翔平くんも、気づいてたんだ」

「うん。変わったよね、この店」

「正解。もう、文太さんもいなくなったみたいだね」

「やっぱり、そっか……」

ぼくが面接を受けるために、はじめてこの店を訪れたときから、ずっと、ずっと、染み付いていた強い霊の「匂い」のようなものが、いまはきれいさっぱり無くなっていたのだ。

おそらく、店の前の「ゲート」も、いまはどこにでもある裏路地になっているのだろう。

もう、雨の日の幽霊とも会えないんだ——。
そう思って小さく嘆息しかけたとき、ふいに一陣の南風が斜面を駆け上がってきた。
ごう。
と音がして、寿々ちゃんの髪が顔にかかった。
すると、次の瞬間——、
カタカタカタカタ……。
ぼくらの頭上から小気味いい音が降ってきた。
寿々ちゃんとぼくは、その音のする方を見上げた。
「あっ」
ぼくは、思わず声を上げてしまった。
動いていたのだ。
あの、とんがり屋根の上で。
ずっと南の海を向いたまま固まっていた、この店のシンボルが。
ぼくと寿々ちゃんは、顔を見合わせた。
「そういうことだったんだね」
寿々ちゃんが、得心したように言った。

文太さんが出ていた雨の日も、屋根の上では風見鶏が南洋の島のある方を、じっと見詰め続けていたのだ。

「文太さんも、勉さんも、どっちも強い霊だったから、一緒には出られなかったけど……」

あの対岸の公園のブランコのように、このお店の名前や、料理や、屋根の上の風見鶏には、それぞれの「想い」がたしかに残っていて、その匂いをお互いに感じとっていたのかも知れない。

「あの二人、天国で会えるといいね」

「うん……」

それからぼくらは、文太さんがいなくなったテーブル席に着いた。そして、手つかずのまま残された一皿のカレーを、二人で分け合って食べた。さすがに冷めてしまっていたけれど、それでもぼくらを破顔させるには充分の美味しさだった。

「ごちそうさまでした」

「ごちそうさま」

「さすが、わたしが作ったカレー、食べたら昇天するくらいに美味しいよね」

寿々ちゃんの冗談は、いつだってカレーみたいにピリリと機転が利いている。

「うまいね」

ぼくも、美味いと上手いをかけてみたけれど、寿々ちゃんは気づいてくれなかった。

「翔平くんさ、そもそも、どうして勉さんにこのカレーを食べさせようなんて思ったの？」

「人に喜ばれることが仕事だって教わったからね。すれ違っている二人の約束を叶えてあげるのも、こういう能力を持った人間の仕事かなって」

「なるほどね。ちなみに、その言葉、誰に教わったの？」

「初代だよ。でも、祐子さんを介して、教えてもらったんだけど」

「へえ」

「初代の教えを、三代目のもとで働いている従業員がこっそり引き継ぐのも悪くないでしょ？」

「うん、悪くないと思う。っていうかさ、翔平くんはやさしいから、ウエイターみたいな接客の仕事は向いてるのかもね」

寿々ちゃんが真顔で言うから、ぼくは思わず不平をこぼしていた。

「いま、それは言わないでよ」

「え、なんで？」

「だって、いま、必死になって漫画に取り組んでいるんだから」

するると、寿々ちゃんは、わざとらしく首をすくめて笑った。

「うふふ。翔平くん、必死なんだ？」

「え？　そりゃ、そうでしょ」

「どうしてそんなに必死なのかな？」

いたずらっぽい笑みを浮かべて、寿々ちゃんがぼくをからかう。

さすがに照れ臭くなって、ぼくは話のベクトルを変えた。

「寿々ちゃんだってさ、占い師より料理人の方が向いているかもよ？」

なかば揶揄するように言ったのに、寿々ちゃんは頰にえくぼを浮かべたのだ。

「それ、自分でも思うんだよね。っていうか、料理人になるのって、わたしの小さい頃からの夢だったの」

「えっ、そうなんだ。はじめて聞いたよ」

そういうことは教えてよ――、と思っていたら、寿々ちゃんが、待ってましたとばかりに微笑んで、こう言ったのだ。

「だって、はじめて言ったんだもん」

ふわり

夏の光の粒子をいっぱいにはらませた風が吹いた。

その風に包まれたぼくらは、くすくすと笑い合った。

とんがり屋根の上で同じ風を受けた風見鶏も、カタカタカタ、と幸せそうに笑っていた。

# エピローグ

ランチタイムが終わり、テラス席からお客さんが消えると、ぼくはいつもどおり無人のテラスをアトリエ代わりに使わせてもらいながら、こつこつとネームを描きはじめた。夜の営業がはじまるまでの、つかの間の作業場だ。

今日の空は清々しい秋晴れで、ハーブの香りも心地いい。

ぼくがいま描いているストーリーは、十五年前のこの店で実際にあったという人情話だ。しかも、若い霊能者カップルのラブストーリーや、戦争で離ればなれになった幽霊たちの友情物語などを絡ませることで、ファンタジックな色合いも出している。

「歩くん、お待たせ」

この漫画の主人公のモデルとなった人が、いま、アイスコーヒーを淹れて、テラス席まで運んできてくれた。

「師匠、ありがとうございます」

「どう、ネームは順調？」

「あとほんの少しで仕上がります」

「そっか。楽しみだなぁ」

　この「師匠」とは、ぼくが幼かった頃から絵と漫画の描き方をみっちり仕込んでくれた翔平さんだった。ちなみにこの漫画のヒロインは、いまや師匠の奥さんとなった寿々さんだ。

「絵里さん」

　師匠が、ハーブの庭に向かって声をかけた。

「はーい」

　返事をしたのは、戸籍上、ぼくの義母となってくれた人だ。

「絵里さんの分もアイスコーヒーを淹れておきましたんで、こっちのテーブルに置いておきますね」

　師匠が言うと、ハーブの手入れをしていた絵里さんが嬉しそうに目を細めた。

「翔平くん、ありがとね」

「いいえ。んじゃ、歩くん、頑張ってな」

「はい」

　ぼくの肩をポンと叩いて、師匠が店内に戻っていく。

　いま、師匠は、この店の「雇われ店長」という肩書きで、主にフロアを担当している。つまり、ウエイターさんだ。奥さんの寿々さんは厨房担当の料理人。夫婦二人で、日々、楽しそうにお店を回している。

この寿々さんという人は、じつに不思議な人で、お客さんのことをちょっと見ただけで、その日の体調やら考えていることやらを読み取ってしまうのだ。寿々さんいわく、それは「プロファイリング」という技術によるものらしい。しかも、その技術は、絵里さんから料理のレシピを教わっているときに、勝手に盗んで身につけたというから驚きだ。

「さてと、氷が溶けちゃう前に飲まないとね」

そう言いながら、ハーブの庭で立ち上がった絵里さんが、隣のテーブルにやってきた。

「歩、どう？　いい感じに描けてる？」

「うん、いいはず」

「わたしのことは五割り増しで美人に描いてよね」

笑いながら言った絵里さんは、とても美味しそうにアイスコーヒーを飲んだ。

「んー、喉が渇いてたから、最高」

いつも鼻歌を唄っているご機嫌なぼくの義母は、この店のオーナーをしつつ、メインの仕事として有機農業と賃貸アパートの経営をこなしている。どちらも、いまは亡き祐子さんから引き継いだ仕事だ。生前、ぼくをとても可愛がってくれた祐子さんは、残念ながら癌で亡くなってしまったけれど、医者に宣告された余命よりは三年ほど長く生きてくれたらしい。

絵里さんの夫は、もちろん、ぼくの義父《ちち》――、つまり、もじゃもじゃ頭の手島洋一だ。義父はいまもサラリーマンを続けているけれど、結婚後、絵里さんが本気で畑仕事をやるようになってからは、しばしば休日に「土いじり」を愉しむようになっている。そして、それが本人も驚くほど性に合っているらしいのだ。

ああ、早く定年退職して、畑一本に絞りたいなぁ……。

というのが、最近の義父の口癖である。

ようするに、絵里さんと二人で仲睦まじく、日がな一日のんびり土いじりをしていたいのだろう。もちろん、絵里さんが日々、丹精込めて育てた野菜たちは、祐子さんの頃と同様に「キッチン風見鶏」の食材として大切に使われている。

ぼくがいま描いている漫画は十五年前の設定だから、キャラクターとして登場する義父はまだ三八歳で、絵里さんは三二歳という若さだ。霊能者のキャラクターとして描いている師匠と絵里さんは、ともに二四歳という設定だから、いまのぼくのひとつ上ということになる。

自分の家族と、家族のように親しくしている人たちの過去を漫画作品として描くなんて、正直、なんだかとても不思議な感じがしているし、照れ臭さもある。霊能力やらお化けやらというフィクションの設定があるとはいえ、その他はすべてノンフィクションなのだから、なおさらだ。

あ、そうそう——、この物語には「原案」がある。

それは、かつて漫画家を目指していた師匠が描いたネームだった。師匠は、そのネームを原稿に仕上げて漫画賞に応募したものの、残念ながら落選してしまい、ついには「漫画家になる」という夢そのものをあきらめたそうだ。それでも「この物語はきっと面白い漫画になる」という確信だけは、ずっと捨てきれずにいたという。そして、いざ、弟子を自称するぼくがプロの漫画家になろうと思い立つやいなや、「歩くん、じつはさ……」といって、この物語を「原案」としてプレゼントしてくれたのだった。

ぼくは、そのネームに目を通すやいなや、即決した。

これなら勝負ができる、と確信したのだ。

作品のタイトルは、師匠とも話し合った結果、店名をそのまま使って「キッチン風見鶏」とした。

はじめて師匠のネームを読んだとき、ぼくはある二つのシーンに心を震わせた。

そのひとつ目は——、若き日の師匠と寿々さんが、レンタカーとフェリーを使って対岸へと渡り、小さな海辺の公園のブランコに乗っているシーンだ。そこで師匠が告白し、条件をつけた寿々さんが漫画の題材となるアイデアをさずけるという流れが好きなのだ。

つまり、ぼくが師匠から授かった物語も、そもそもは寿々さんのアイデアだったということになる。そう考えると、巡り巡ってきた「ご縁」というもののありがたみを感じざるを得ない。

ふたつ目のシーンは——、幼少期のぼくが高熱で病院に運ばれたときのひとコマだ。義父と絵里さんがいよいよ付き合うのかどうか、というときに、絵里さんがふたつの条件を出すのだが、そのふたつ目の条件が、ぼくの胸には響いた。

師匠が描いていたネームには、そのときのことを、こんな会話のやりとりとして描かれていた。

絵里「歩くんが今後、わたしをどう呼ぶかとか、わたしにどんな役割を求めるかとか――、そういうことはすべて歩くんの気持ちを尊重したいんです」

手島「え……」

絵里「わたし、歩くんの『自由を奪う鎖』にはなりたくないんです。むしろ、歩くんをできる限り自由にさせてあげられるような、そういう存在でいたいから」

という内容だった。

そして、このやりとりは、師匠いわく実際にあったことなのだそうだ。だから、現実でも、ぼくは幼い頃から絵里さんのことを「おかあさん」と呼んだことがない。最初から一貫して「絵里さん」だった。そして、その距離感がお互いに心地いいまま、ずっと続いているのだった。

ぼくの実の父と母は、天国にいる。

お墓だってある。

それでも、ぼくにとって手島洋一という人は、世間一般にいう「父親」以上のスペシャルな存在だし、絵里さんという人は「母親」以上のスペシャルな存在なのだ。血のつながりや戸籍上の関係性がどうであれ、ぼくら三人は誰が何と言おうと「家族」だという自負がある。そして、そんな風にぼくを育ててくれた二人に、これからどんな孝行をしてやろうかと考えていると、思わず鼻歌が漏れそうになるのだった。

「ん? 歩、なに見てんの?」

「あ、いや、別に……、ぼうっと考えごとをしてた」

秋晴れのもと、幸せそうにアイスコーヒーを飲んでいる絵里さんのことを、ぼくはなかば無意識に眺めていたらしい。

「わたしの顔に、何かついてるのかと思っちゃったよ」

そう言って苦笑した絵里さんは――、ふいに、何かを見つけたのか、庭の右端の日陰に視線を送った。そして、ほんの一瞬、懐かしそうに目を細めたように見えた。

釣られて、ぼくもそっちを見る。

「ん? 何か、あるの?」と、ぼく。

「あそこにさ、トンボがいるなあって」

よく見ると、ハーブの葉っぱに一匹の赤とんぼがとまっていた。

「あ、ほんとだ」

「ね?」

「秋だね」

「うん。わたしが一年でいちばん大変で、いちばん楽しみな季節の到来」

毎年、絵里さんは、収穫の秋を何より楽しみにしているのだ。

「ぼくも、バイトの合間に畑を手伝うよ」

「うん。よろしくね。さてと――」

アイスコーヒーを飲み干した絵里さんは、ひとつ伸びをすると、すっくと椅子から立ち上がり、ふたたびハーブの手入れに取り掛かった。

それを見たぼくも、「ふう」と気合を入れてネームの仕上げに取り掛かる。

いま、ぼくの漫画ノートのなかでは、勉さんという義足の老人が「約束のカレー」を食べて成仏する様子が描かれていた。

つまり、物語のラストシーンだ。

ここをビシッと決めれば、ネームとしてはパーフェクトになりそうな気がしている。

ぼくは集中力を高めて鉛筆をノートに走らせた。

◇　◇　◇

しばらくして、その鉛筆がひたと動きを止めた。

これまで何度も描いては消し、描いては消し、を繰り返してきたノートをじっくりと見下ろす。

どこか修正すべき点はないか――、自分で自分の粗探しをする。

しかし、見当たらない。

うん、大丈夫だ。

ついにネームが完成した。

ぼくはノートの上に鉛筆を置いて、思い切りため息をついた。

そして、座ったまま伸びをして、青空を見上げた。

爽やかな秋風が吹き、とんがり屋根の風見鶏が、カタカタカタ……と楽しそうな音を鳴らしている。

透き通った空の青を吸い込むように、あらためて深呼吸をひとつ。

このネームをもとに、全力でペン入れをできたなら——と、イメージをしてみる。すると、何の根拠もなく新人賞を獲れる気がしてくるのだった。ネームとはいえ、それくらいの自信作に仕上がったことがしみじみ嬉しい。

かつて師匠は、この物語のなかで自分と寿々さんを霊能者という設定にすることで、「異端児として生きることの苦しさ」を描き出した。もちろん、それはそれで面白かった。だけど、ぼくは、あえて「異端児として生きることの面白さ」も加えて描いてみることにしたのだ。そして、それが上手くハマった感がある。

実際、人が生きていれば、辛いことや悲しいことなんていくらでも起こる。でも、そういう出来事の裏側をよくよく見てみると、必ずどこかに素敵なプレゼントが隠されていることに気づくものだ。

以前、義父が、こんなことを教えてくれた。人生にマイナスと思われる出来事が降りかかってきたなら、心のなかで「だからこそ」という魔法の言葉を発してみること。そうすれば、自然とその先の未来がプラスに開けてくるからね、と。

ぼくの生い立ちで喩《たと》えれば、こうなる。

幼少期に交通事故で両親を失い、義理の父と祖母に育てられることになった。その結果、ひとりぼっちの淋しい時間を過ごすことが多い子供時代になってしまった。しかし、「だからこそ」孤独な時間をフルに使って師匠に教わった絵や漫画を練習することができた。そして、いま、プロを目指せるところまで画力が上達した。

あるいは、こうも言える。漫画のなかの師匠は、霊能力のある異端児として苦しんだ。「だからこそ」同じ異端児の寿々さんと出会うことができ、幸せになれた。

ようするに、同じ出来事を経験したとしても、それをどう捉えるかという見方ひとつで人生は如何様にも変えられるというわけだ。

マイナスをころりとプラスに変えてくれる、「だからこそ」という魔法の言葉——、ぼくはこの漫画のネームで、そういうことも表現してみた。きっと、師匠に読ませたら気に入ってくれるはずだ。

近い将来、このネームにきっちりペン入れをしたあかつきには、ぼくをずっと可愛がってくれた師匠を落選させた『週刊少年アスカ新人賞』に、あえて応募するつもりでいる。

師匠に変わって、本気のリベンジだ。

と、ひとりテラスで鼻息荒くなっていたら、なんだか甘いものが食べたくなった。このネームを脱稿させた自分へのご褒美ということで、港の公園のアイスクリーム屋に行って、いつものキャラメルチョコチップを食べようと思う。店のおじさんが漫画家みたいな風貌をしているというのも、なんとなく縁起がいい気がするし——。

ぼくはテーブルの上で開いていた漫画ノートを閉じた。

と、そのとき、店のなかから少女たちの明るい声が漏れ聞こえてきた。

振り返ると、ランドセルを背負った美海《みみ》と凛々《りり》の姿が見えた。

小学校が終わり、お店に立ち寄ったのだ。

美海は、ぼくの妹——、つまり、義父と絵里さんの間に生まれた娘で、凛々は師匠と寿々さんの娘だ。ふたりは、たまたま同じ小学五年生なうえに生年月日もまったく一緒で、物心ついた頃からまるで双子みたいに心を通じ合わせる仲良しコンビだった。

大人たちは親しみを込めて、この二人をまとめて「ミミリリ」と呼んでいる。

少女たちはなかなかの元気印で、普通に歩いているだけでもスキップをして見えるタイプだ。きっと、ただ生きているだけでも心がウキウキしているのだろう。

凛々が寿々さんに何かをしゃべりながら、カウンターの足元の脇にある真鍮のフックに、ランドセルを引っ掛けて吊るした。

聞けば、あのフックは、幼少期の絵里さんが使っていたそうだ。

妹の美海は、カウンターのど真ん中に堂々とランドセルを置いていた。ああいう大胆さは、義父ではなく、むしろ絵里さんに似た気がする。

しばらくして、美海と凛々がテラスに出てきた。人懐っこい少女たちは、さっそくぼくのいるテーブルに近寄って来る。

「ニイニ、ただいま」と凛々。

「ただいま」と美海。

「はい、おかえり。学校は楽しかった？」

「うん」

「うん」

二人は、あまり顔は似ていないけれど、こんな風にそっくりな受け答えをする。誕生日が一緒だと、似てくるものなのだろうか。

同じ生年月日といえば、師匠と寿々さんも、どこか受け答えが似ているところがあるよな——。

そんなことを考えていたら、ふいに美海がハーブの庭の右手奥を振り向いて、にっこりと笑った。すぐに凛々も同じところを見て微笑んだ。

「ん？」

釣られて、ぼくもそちらを振り向く。

しかし、彼女たちの視線の先には、とくに何かがあるわけでもなかった。

この二人は、幼い頃からときどき不思議な行動を取ることがあるのだ。しかも、二人そろってそれをやる。いきなり壁に向かって話しかけたり、天井に向かって手を振ったり――。まあ、子供の遊びだろうから、べつに気にするわけでもないけれど。

「おばあちゃんだね」

美海が笑みを浮かべたまま言った。

おばあちゃん？

いったい何のことだ？

ぼくが訝しく思う直前に、凛々が口を開いた。

「うん。ふわふわ飛ぶおばあちゃん」

「え？」

ぼくは意味が分からず、なんとなくハーブの手入れをしている絵里さんを見た。すると、絵里さんがしゃがんだままこちらを見て、クスッと笑っているではないか。

「何を見てるの？」

ぼくが、ミミリリに訊くと――、

「トンボのおばあちゃんがいるんだよ」

凛々が愉快そうにそう言って、すぐさま美海も「トンボのおばあちゃんだよね」といたずらっぽく笑う。

「トンボのおばあちゃんって、なに？」

思わずぼくが苦笑したら、二人は声をそろえて笑い出した。

二人が見ている庭の右奥といえば、たしかにさっきはトンボがいたけれど、いまはもう見当たらない。すでにどこかに飛んでいってしまったのだろう。

「ニイニには見えない、トンボのおばあちゃんだよね？」

「うん、そう。トンボのおばあちゃん」

少女たちが、また笑う。

「トンボ、どこにいるの？」

「飛んでっちゃった」

「うん、飛んでっちゃった」

「なんだよそれ？　二人して、またニイニをからかってるな？」

ぼくは、笑いながら二人をにらんでやった。

少女たちは、きゃーきゃー言いながら、その場でジャンプしている。五年生にしては、この娘たちはピュアで幼い方だと思う。でも、その分、可愛くもあるのだけれど。

ふいに一陣の風が海の方から駆け上がってきて、二人の少女の髪の毛をなびかせた。

そのとき、ぼくはいいことを思いついた。

「あ、そうだ。ニイニはこれから港の公園に行って、アイスを食べようと思ってるんだけど、美海と凛々も一緒に行く？」

「わあ、行く、行く」

「わたしも、行く」

二人は声を揃えて返事をした。

「よし。じゃあ、キャラメルチョコチップを堪能しに行こうかね」

言いながら、ぼくは、海がいちばんよく見える幽霊の特等席から立ち上がった。

「歩、ありがとね。二人をよろしくね」

ハーブの庭から絵里さんの声がした。

「はい。じゃあ、ちょっと行って来ます」

カタカタカタ、カタカタ……。

楽しげな風見鶏の歌を聴きながら、ぼくとちょっと不思議な少女たちは、いつものアイスクリーム屋を目指して歩き出した。

本書は、ハルキ文庫のための書き下ろし作品です。

Haruki Bunko
ハルキ文庫

も 4-1

キッチン風見鶏《かざみどり》

著者 森沢明夫《もりさわあきお》

2018年6月18日第一刷発行

発行者 角川春樹

発行所 株式会社角川春樹事務所
〒102-0074 東京都千代田区九段南2-1-30 イタリア文化会館

電話 03(3263)5247(編集)
03(3263)5881(営業)

印刷・製本 中央精版印刷株式会社

フォーマット・デザイン 芦澤泰偉
表紙イラストレーション 門坂 流



ISBN978-4-7584-4168-1 C0193 ©2018 Akio Morisawa Printed in Japan
http://www.kadokawaharuki.co.jp/[営業]
fanmail@kadokawaharuki.co.jp[編集]　ご意見・ご感想をお寄せください。

JASRAC 出 1805168-801